Pascal Renaudineau

I0562479

Sept jours pour Anna

roman

Éditions Dédicaces

SEPT JOURS POUR ANNA, par PASCAL RENAUDINEAU

Couverture : JÉRÔME SAILLARD

DU MÊME AUTEUR :
- Paris, Marseille, mes amours, Éditions Dédicaces 2013.

Dépôt légal :
Bibliothèque et Archives Canada
Bibliothèque et Archives nationales du Québec

Un exemplaire de cet ouvrage a été remis
à la Bibliothèque d'Alexandrie, en Egypte

ÉDITIONS DÉDICACES INC
675, rue Frédéric Chopin
Montréal (Québec) H1L 6S9
Canada

www.dedicaces.ca | www.dedicaces.info
Courriel : info@dedicaces.ca

Pascal Renaudineau

Sept jours pour Anna

*À ma partenaire de toujours,
aux marathons de ma vie.*

"Il n'y a pas d'amour,
il n'y a que des preuves d'amour."
Pierre Reverdy

"Deux étions et n'avions qu'un cœur."
François Villon

"Si tu veux courir, cours un kilomètre.
Si tu veux changer ta vie, cours un marathon."
Emil Zatopek

Avant

En se réveillant ce matin là, Alain se dit qu'il venait de passer sa deuxième nuit sans Anna. Il en restait encore quatre... et il n'avait aucune nouvelle de sa femme depuis son départ. Il ne supportait pas de se retrouver sans elle. Manque d'habitude et besoin de la sentir toute proche. Ils se parlaient de moins en moins. Mais qu'importe. La savoir à ses côtés suffisait à son bonheur.

Il regarda sa bedaine. À ce rythme, il ne verrait bientôt plus ses pieds. Comme beaucoup d'hommes de son âge, Alain vivait mal sa cinquantaine naissante. Il levait le coude de plus en plus souvent. Pour se détendre, pour se réfugier, pour oublier... pour tout un tas de mauvaises raisons.

Il pensa au regard d'Anna. À cette heure matinale, elle aurait été encore couchée mais il aurait démarré sa journée du bon pied.

Elle avait dix ans de moins, la classe, la ligne, et surtout le verbe facile. Tout son contraire ! Il en était là de ses pensées et l'imaginait de l'autre côté de l'Atlantique. À plus de six mille kilomètres de leur Provence. Loin des cigales, la tête dans les gratte-ciel. À la découverte de Big Apple. Il ne parlait pas la langue de Shakespeare et sourit en songeant à cette grosse pomme. Dire que New York faisait rêver le monde entier...

À commencer par Anna. Tellement contente à l'idée de la découvrir. Il se souvint de l'annonce. Elle était revenue triomphante un soir du boulot. Comme souvent, elle avait rencontré dans sa journée une dizaine de médecins généralistes pour leur vanter les mérites des nouveaux médicaments de son employeur. Son "labo" pharmaceutique la payait grassement depuis plus de dix ans pour cette activité particulière de commerciale. Entre deux visites, Anna avait appris qu'elle était invitée avec d'autres collègues français pour une semaine de séminaire au siège social de sa multinationale. Une première pour ces visiteurs médicaux.

Anna, toujours en mouvement, toujours sur la route, s'organisait habituellement pour ne pas "découcher" plus d'une ou deux nuits. L'aventurière aimait retrouver Bouc Bel Air, leur village d'adoption, situé entre Aix en Provence et Marseille. Calme et pratique pour prendre le train ou l'avion. Partir et revenir. C'était son rythme.

Cette organisation convenait parfaitement à Alain. Contrairement à sa femme, il n'aimait pas être seul dans leur vaste maison perchée sur une colline. Elle fleurait bon le romarin, le thym et le soleil mais sans sa présence, il manquait l'essentiel…

En ce petit matin de solitude, Alain ne comprenait toujours pas que la voyageuse n'ait donné aucun signe des États-Unis. À l'heure qu'il était, Anna devait dormir profondément, décalage horaire oblige. Mais avant de rejoindre les bras de Morphée, elle aurait pu le rassurer…

Pour se calmer, Alain s'imagina qu'elle était étendue, nue, à ses côtés. Il se vit lui faire l'amour sauvagement. Lui dire combien il l'aimait. Malgré les années, malgré sa cinquantaine, malgré l'absence d'enfant qu'il avait eu du mal à accepter.

Mais de tout cela, il se savait bien incapable. Car Alain était taiseux et taciturne. Réfléchir seul dans son coin et cacher ses sentiments. C'était sa marque de fabrique. Il en souffrait mais était ainsi fait. De silences et de non-dits. Pessimiste quand elle était optimiste. Avare de mots quand elle était bavarde. Habillé toujours pareil aux côtés d'une femme à la pointe de la mode.

La grosse horloge de la cuisine affichait 7h30 et son café refroidissait, perdu qu'il était dans ses pensées. Pour elle, il était 1h30. Elle devait roupiller profondément comme d'habitude. Et rêver sa vie comme elle savait si bien le faire. Refaire le film de sa journée. Dans la ville qui ne dort jamais. Oublier qu'il s'inquiétait…

Alain but son café d'une traite. Dans trente minutes, il faudrait partir pour aller bosser. Il lui faudrait expliquer, écouter, donner des exercices d'application, répondre aux questions et motiver ses "élèves". La journée passerait vite comme toujours. Mais il allait gamberger. C'était plus fort que lui. Pourquoi ne l'avait-elle pas encore appelé ? Même pas un mail ou un SMS pour lui dire qu'elle était bien arrivée. Elle savait bien qu'il attendait de ses nouvelles. Mais Anna l'avait en quelque sorte oublié. Il sentit l'angoisse monter et décida d'aller se doucher.

Deux jours plus tôt...

Anna se dépêcha avant qu'Alain ne rentre du boulot. Elle devait finir cette valise qui lui faisait tourner la tête. Son départ pour New York était imminent. Elle attendait cet instant depuis des semaines et le redoutait.

Son entreprise l'invitait aux États-Unis pour une semaine d'échanges, tous frais payés. Elle allait découvrir la ville de tous les possibles, rencontrer tous ses "collègues" américains et surtout tenter de relever le défi insensé qu'elle s'était fixée : finir un marathon ! En commençant par le plus célèbre du monde.

Il y a quelques mois, elle aurait franchement rigolé devant une telle hypothèse. C'était avant. Avant cette aide imprévue, avant cet entraînement dont elle ne se serait jamais crue capable, avant qu'elle ne se donne les moyens d'y parvenir. C'était en fait avant sa décision...

Tout avait changé en elle et Anna était décidée quelles que soient les conséquences. Certes, elle n'avait jamais couru quarante-deux kilomètres et cent quatre-vingt quinze mètres, cette distance mythique, qui l'attendait. Mais qu'importe : il n'était plus question de reculer. Elle verrait bien ce qui allait se passer.

Sa valise était presque terminée : robes, jupes, tailleurs, chemisiers, dentelles, chaussures à talons... Elle n'avait rien oublié, était prête à séduire. Alain ne serait pas surpris s'il voyait cette garde robe. Lui qui vantait et aimait son style ! En revanche, sa panoplie complète de coureuse de fond devait rester confidentielle.

Anna ferma sa valise et ses secrets. Dans quinze minutes, il serait là. Elle prit dans son sac à main l'enveloppe sur laquelle elle avait simplement écrit "Alain", puis sortit le papier préparé depuis plusieurs jours, relut ce texte qu'elle aimait tant. Elle fredonnait, c'était plus fort qu'elle. Elle avait soigneusement surligné les deux phrases qui lui tenaient à cœur. Celles que son mari devrait lire et enfin comprendre… Quoi qu'il arrive.

Il lui restait quelques minutes pour trouver les mots, ses mots à elle. Essayer d'expliquer ce qu'elle voulait, tout ce qu'elle vivait depuis plusieurs mois. Elle se rendit compte qu'il lui aurait fallu toute une nuit pour y parvenir. Qu'importe. L'Amérique l'appelait. Elle rangea l'enveloppe. Sûre de son destin.

Le jour J

Les jours se suivaient et se ressemblaient. Le courant ne passait toujours pas entre la France et l'Amérique. Anna découvrait New York depuis quatre jours et Alain attendait désespérément un signe. Mauvais présage, pensa-t-il, en ouvrant la porte de leur maison de Bouc Bel Air.

En ce dimanche automnal, il ne fallut pas le forcer pour voir les choses en noir. Pessimiste un jour, pessimiste toujours. Le temps d'enlever son manteau, il ouvrit le réfrigérateur où la vision d'une Leffe blonde lui enleva momentanément l'angoisse qui le tenaillait depuis le départ d'Anna. Pour rien au monde, il n'aurait souhaité l'accompagner. Contrairement à son épouse, l'Amérique ne l'avait jamais fait rêver. Il se dit qu'Anna devait être bien contente de vivre son séjour à 200% sans son boulet de mari, négatif pour dix ! Mais le black out qu'elle lui imposait le faisait souffrir et douter.

Ses yeux fixaient la mousse de sa bière. Il repensa à cette érection terrible qui l'avait réveillé en sursaut ce matin dans son lit. Il était seul mais rêvait d'elle, de cette époque où leurs corps se réclamaient presque tous les jours. S'ils étaient un peu l'eau et le feu tous les deux, leur harmonie sexuelle avait longtemps été parfaite. Elle n'avait pas besoin de parler et lui de se taire. Ils agissaient l'un et l'autre et jouissaient l'un dans l'autre.

Alain s'était soulagé en pensant au corps d'Anna, qu'il aimait toujours autant malgré le poids des ans. Puis l'angoisse était revenue. Insidieuse. Terrible. Subissant le silence d'Anna, il refaisait le film de leur vie. Devait se rendre à l'évidence : leur histoire s'étiolait. Non pas qu'il l'aimait moins. Mais leur complicité n'était plus celle des débuts. Anna parlait de moins en moins, ce qui chez elle n'était jamais bon signe. Et lui n'arrivait pas à compenser.

La surprise new yorkaise était arrivée au bon moment pour sa femme. Elle avait fait sa valise rapidement, prête à partir, prête à l'oublier. Elle ne lui avait rien promis en partant, rien dit de particulier. Leurs adieux avaient été plutôt froids. Cette indifférence polie lui glaçait le sang. La distance qu'il avait ressentie au moment de l'embrasser ne lui laissait aucun répit.

Il finit en hâte sa Leffe, en ouvrit une autre. Boire devenait trop souvent un refuge. Elle ne lui en faisait jamais le reproche mais ne devait pas en penser moins. Pour une fois, Alain vit clair dans sa noirceur. Au retour d'Anna, il devrait se ressaisir. Picoler moins, sortir de son "autisme", s'ouvrir davantage. Avec le temps, Anna, naturellement bavarde et conviviale, échangeait de moins en moins avec son homme. Vu l'image qu'il lui renvoyait, rien d'étonnant à cela ! Alain pensa à leurs silences, à son silence qui avait traversé l'Atlantique...

Affalé de tout son surpoids sur le canapé en vieux cuir marron de leur salon, il sentit un léger frottement sous son gros cul. C'était cette enveloppe arrivée au courrier la veille, adressée à Anna, et barrée d'un "Personnel" qui l'avait intrigué. L'expéditeur (l'écriture semblait masculine) n'avait pas daigné mettre son adresse au dos. Cet inconnu habitait apparemment la région puisque la missive avait été postée du Var. Un mystère de plus, se dit-il.

Alain avait faim. Il se leva, ouvrit le réfrigérateur, vit encore ces satanées bières mais pas grand-chose à manger. Il attrapa la tomate esseulée qui lui tendait les bras et sans même la rincer l'avala en deux bouchées.

Sans Anna, il était perdu. Pas habitué à faire les courses ni à cuisiner. Par contre, il adorait sentir la bonne odeur émanant de leur cuisine provençale quand il rentrait du boulot. Il s'engluait dans le confort. Un exemple : lorsqu'Anna savait qu'elle rentrerait tard, elle préparait le repas à l'avance. Alain n'avait plus qu'à réchauffer les plats savoureux qu'elle avait mijotés. Cette fois, elle n'avait quasiment rien laissé. Il n'avait pas osé lui poser la question de peur de se faire envoyer balader.

Une demi heure plus tard, Alain avait retrouvé sa position préférée de "légume", vautré sur son canapé. La télévision était allumée, il regardait bêtement défiler les images, sa troisième bière de la soirée à la main. Il s'ennuyait ferme et l'effet de l'alcool ne parvenait pas à dissimuler le malaise qui l'étreignait. Que pouvait bien faire Anna à ce moment précis ? Avec qui passait-elle ce dimanche à New York ? Avait-elle rencontré des Américains sympas ? Il lui aurait posé la question s'il l'avait eue au téléphone…

21 heures à Bouc Bel Air, 15 heures à New York. Alain se réveilla en sursaut sur son canapé. Il était tôt mais il se sentait épuisé et décida d'aller se coucher. Demain, il ferait jour. Il aurait peut-être enfin des nouvelles de son Américaine.

Après avoir avalé un somnifère, il se glissa dans le grand lit vide et pensa à son réveil matinal. Il ferma les yeux. Sentant que le sommeil n'allait pas venir facilement, il se mit à penser à leur rencontre une dizaine d'années plus tôt. Dans un karaoké de la région. Des amis communs les avaient conviés un soir en semaine pour se défouler et s'amuser. Il s'était fait violence pour y aller car il en avait marre de passer ses soirées tout seul comme un con ! Chanter en public relevait de l'exploit pour un introverti comme lui. Jusqu'à ce moment où elle lui avait proposé de l'accompagner. Depuis le début de la soirée, elle monopolisait l'attention et la conversation. Elle enchaînait les histoires, avait un mot pour chacun et adorait chanter. Devant l'ambiance et le monde, Alain s'était tenu en retrait sans trop de difficultés. Fasciné par cette fille, assez grande, jolie, sensuelle… dont la pêche était communicative.

Quand elle avait porté son choix sur la chanson "Paroles, paroles" interprétée par Dalida en duo avec Alain Delon, il avait immédia-tement ressenti un vent d'inquiétude.

— Elle est pour toi celle-là, lui lança-t-elle à la cantonade.

— C'est-à-dire, bredouilla Alain…

— Tu ne la connais pas ? C'est l'histoire d'un type qui n'arrête pas de parler !

À peine le temps de comprendre, Alain était sur la piste avec elle. Plus de quatre minutes de bonheur et de fou rire. Il connaissait vaguement ce tube des années 70 mais l'avait oublié. Elle en était visiblement folle !

Heureusement pour lui, Alain Delon ne chantait pas… Alain, son prénom…

L'écran affichait déjà les premiers mots. C'était à lui...

— *C'est étrange, je n'sais pas ce qui m'arrive ce soir, je te regarde comme pour la première fois…*

Alain était sans aucun doute rouge pivoine.

— *Encore des mots, toujours des mots, les mêmes mots,* lui répondit en chantant sa Dalida.

— *Je n'sais plus comment te dire.*

— *Rien que des mots.*

— *Mais tu es cette belle histoire d'amour que je ne cesserai jamais de lire…*

Et leur duo improbable continua jusqu'à la fin de cette chanson culte. Ils tombèrent dans les bras l'un de l'autre et ne se quittèrent plus jusqu'à la fin de la soirée.

Leur histoire avait commencé sur ce malentendu. L'histoire d'un beau parleur qui exprime ses sentiments plus vite que son ombre, l'histoire d'une femme qui refuse tous ces mots, ces "caramels, bonbons et chocolats". C'était leur exact contraire et elle l'avait deviné.

Anna Dalida venait d'entrer dans sa vie, elle n'en était jamais sortie. Il trouva finalement le sommeil sur cette pensée positive.

La sonnerie du téléphone mit du temps à parvenir jusqu'à son cerveau. Il fit un bond dans le lit. Le radio réveil affichait 23 heures. En un éclair, il alluma la lumière et s'assit sur le rebord du lit. Enfin, pensa-t-il ! Il n'était que 17 heures, là bas… En décrochant, il pensa très fort à la voix d'Anna.

La communication n'était pas très bonne et le déçut immédiatement. Ce n'était pas sa femme mais une voix masculine, saccadée, hésitante, parlant Américain avec un accent Yankee à couper au couteau.

Alain n'y comprenait goutte et s'énerva immédiatement.

— Parlez français, je ne parle pas… l'anglais, hurla-t-il dans le combiné.

De l'autre côté de l'Atlantique, son interlocuteur, visiblement, ne maîtrisait pas davantage la langue de Molière, fut-elle célèbre. Le dialogue allait s'avérer difficile, voire impossible.

Dans le charabia qui s'en suivit, il entendit distinctement les mots "Anna", "marathon" et "New York". Le reste semblait teinté d'inquiétude, voire de panique mais n'était pas compréhensible pour Alain, franco-français, pour lequel l'apprentissage des langues étrangères à l'école restait un souvenir cuisant.

— Anna, j'ai entendu Anna. Vous voulez dire, Anna, ma femme. My… wife !

— Yes, she is ! Vous… comprendre…

Et son interlocuteur repartit dans une longue tirade, ponctuée de silences, indéchiffrable pour Alain.

— Je suis désolé… Sorry… Vous devez vous tromper de numéro. Vous m'avez réveillé. Je suis dans mon lit. Ici, c'est la nuit. Dans quelques heures, vous dormirez et je me lèverai pour aller bosser. Bye Bye !!

Alain coupa la communication sur ces mots. Abasourdi et soulagé. Molière et Shakespeare ne faisaient décidément pas bon ménage.

Quelques minutes s'étaient écoulées depuis qu'il avait raccroché. Alain avait à peine haussé le ton. Cela n'aurait servi à rien dans ce dialogue de sourds. Comment ce coup de fil avait-il atterri chez lui ? Curieuse coïncidence : le type, à l'autre bout de la ligne, appelait apparemment de New York. Il avait entendu à plusieurs reprises le prénom d'Anna. Comme si ce prénom était capital. Comme si l'Américain voulait lui dire quelque chose sur Anna. Au ton de sa voix, cela semblait grave…

Avait-il bien entendu le mot marathon ? Il lui semblait mais il n'était plus sûr de rien. Lui qui n'était pas sportif pour un sou savait tout de même qu'il y avait un marathon qui se courait là bas. Etait-ce en ce moment ? Il n'en avait pas la moindre idée et s'en moquait complètement.

Sur le coup, cela le rassura car il ne vit pas le moindre rapport entre son Anna et ce marathon. Sa femme n'avait jamais couru et ne se rêvait pas en coureuse de fond. Son look en aurait pâti !

Malgré tout, Alain était dégoûté et en colère. Il avait trouvé le sommeil difficilement grâce à ses souvenirs, grâce à cette chanson qui ne les avait jamais quittés. C'était leur histoire, leur signe de ralliement. Sans Dalida et Alain Delon, ils ne se seraient sans doute jamais séduits. Lui l'introverti et elle l'exubérante. Mais finalement les contraires s'étaient attirés.

Alain divaguait encore. L'angoisse dans la voix de cet Américain lui revint en pleine figure comme un boomerang.

— Vous… comprendre…

Avait-il bien compris ? Cet Amerloque parlait-il de son Anna ? Il essaya de se souvenir de ce que ce type lui avait dit. Quels avaient été ses premiers mots ? L'avait-il demandé personnellement ? Alain ne se souvenait pas avoir entendu son prénom, encore moins son nom. Il avait été surtout terriblement déçu en entendant une voix d'homme. Ce n'était pas sa femme… comme il l'avait pensé en une fraction de seconde au moment de décrocher.

Au final, Alain trouva tout de même curieux qu'on l'ait appelé, manifestement pour une raison urgente. Son caractère pessimiste reprenait inexorablement le dessus. C'était plus fort que lui.

Il sortit du lit pour se faire violence et se raisonner. Oui, c'était une erreur de numéro. Rien d'étonnant surtout lorsque l'on téléphone de l'étranger. Avec les indicatifs internationaux, le doute était permis. À dire vrai, il n'en savait rien mais le raisonnement semblait tenir la route.

Cette hypothèse crédible ne l'empêchait pas de gamberger. Qu'on le veuille ou non, les faits étaient têtus : il n'avait eu aucune nouvelle d'Anna depuis son départ. Comme si elle l'avait oublié. Comme si elle s'en foutait de lui maintenant qu'elle découvrait cette Big Apple de tous les superlatifs.

Et si ce n'était pas une erreur ? La question venait à nouveau le tarauder. Une mauvaise blague ? Anna n'aurait tout de même pas osé…

Alain marcha dans la chambre et s'arrêta net devant la glace où Anna se contemplait tous les matins. Là où il la voyait toujours aussi belle et élégante. Cette fois, il ne vit qu'un pauvre mari angoissé et rabougri. Il était minuit. Seulement 18 heures à New York.

Pour une fois, Alain ne tourna pas le problème dans tous les sens. Même si elle lui avait demandé de ne pas l'appeler, il s'en foutait. Il avait besoin d'en avoir le cœur net, d'entendre sa voix. Quelques secondes. Et il pourrait finir sa nuit.

Il composa son numéro de portable avec une rapidité qui l'étonna lui-même. Lorsqu'il entendit la messagerie, il poussa un cri de dépit dans la maison. Alain en avait ras le bol. Il se dirigea vers la cuisine et ouvrit une énième bière. Le ridicule ne tue jamais, pensa-t-il. Demain matin, il téléphonerait à madame Bruguière, la responsable d'Anna, restée en France. Elle aurait forcement des nouvelles du groupe parti à New York. C'était le seul moyen qu'il venait de trouver pour calmer son stress.

Le jour d'après

L'histoire se répétait. Voilà la première pensée d'Alain lorsqu'il crut percevoir la sonnerie de son téléphone portable. Celui qu'Anna lui avait acheté pour qu'il soit un peu à la page. Lui l'homme des cavernes, toujours en retard d'un épisode en matière de technologie. Mais il ne rêvait pas : son mobile venait de le réveiller ! Juste le temps de regarder l'heure.

— Putain 7 heures ! Je suis à la bourre, hurla-t-il dans la chambre.

C'était encore un appel "inconnu". Alain était agacé et anxieux.

— Oui, allô, dit-il d'un ton qui se voulait sec.

— Bonjour monsieur. Monsieur Vitali ?

Cette fois, c'était une femme et une Française, pensa Alain.

— Oui, lui-même. Qui est à l'appareil ?

— Madame Bruguière. Je suis désolée de vous appeler si tôt…

Quelques secondes passèrent. Et ce silence parut soudain insoutenable. Ce nom, cette voix hésitante… Non, il ne se méprenait pas.

— Je suis la responsable de votre femme, madame Vitali…

— Que se passe-t-il ? répliqua aussi sec Alain, comme pour se rassurer.

Mais une barre au ventre lui glaça le sang, à peine ces mots prononcés.

— Je viens d'apprendre une terrible nouvelle…

Il réalisa qu'elle pleurait et ne trouvait plus ses mots. Alain était suspendu à la suite mais il avait déjà compris. Compris qu'il s'agissait bien d'Anna la nuit dernière…

— Je suis désolée… votre femme est décédée hier à New York. D'une crise cardiaque en pleine rue. Je viens de l'apprendre…

Le radio réveil affichait 7h01. Alain balança son portable sur le lit et se mit à chialer. Son cœur allait exploser, il était essoufflé. Machinalement, il mit sa tête entre ses jambes et poussa un cri de désespoir. Sans fin. Anna et lui. Alain et Anna. Alain… sans Anna. Il cauchemardait. C'était tout simplement impossible. Il sauta sur le combiné.

— Qu'est-ce-que vous me racontez ? Une crise cardiaque. Anna n'a aucun problème de cœur, elle est sportive, en bonne santé.

— Je sais, vous avez raison. C'est atroce… La police de New York vient de m'appeler avec les organisateurs de la course. Anna est tombée d'un seul coup, comme foudroyée, d'après les coureurs qui étaient à côté d'elle…

— Mais vous allez vous arrêter ! De quoi me parlez-vous ? Quelle course ? Quels coureurs ?

-…

— Allô, vous m'entendez ? À quelle putain de course faites-vous allusion ?

— Monsieur Vitali, je m'excuse, vous êtes sous le choc... comme moi. Vous préférez que je vous rappelle dans quelques minutes ?

— Non mais soyez claire ! J'aimerais comprendre votre charabia.

— L'accident s'est produit juste après le quarantième kilomètre. Dans Central Park et devant une foule considérable, comme vous vous en doutez. La panique a gagné tous les spectateurs. Les coureurs se sont arrêtés… Apparemment la police est arrivée tout de suite puis les premiers secours. Mais c'était déjà trop tard… Je suis bouleversée comme vous. Anna rêvait tellement de ce marathon. C'est un cauchemar…

Alain commençait à réaliser et recollait les morceaux. Le coup de fil d'hier soir. Il n'avait pas rêvé. Son corps semblait l'abandonner. Seul son esprit résistait.

— Mais Anna n'a jamais couru de sa vie ! Encore moins un marathon ! Elle est à New York pour son job, vous êtes bien placée pour le savoir !

— Oui bien sûr. Mais elle avait décidé depuis plusieurs semaines d'en profiter également pour faire le marathon. Elle en parlait tout le temps. C'était sa nouvelle drogue, son défi…

— Madame Bruguière, vous vous foutez de moi ?

— Euh, pourquoi… Non bien sûr que non. Je ne dois pas être claire, excusez moi. C'est l'émotion.

— Mais je vous le répète, Anna NE COURAIT PAS. JAMAIS.

Il insista sur ces mots espérant se faire enfin entendre de cette madame Bruguière.

— Vous vous trompez, ce n'est pas elle qui est morte !!! C'est IMPOSSIBLE.

Alain entendit l'écho de ses mots, tellement il avait hurlé. Comme un dernier espoir…

— Monsieur Vitali, il n'y a aucun doute. Je suis comme vous, je n'arrive pas à y croire. Même si je voyais moins Anna ces derniers temps, je sais qu'elle avait très bien préparé son affaire et rien laissé au hasard. Elle était professionnelle. Comme d'habitude…

— Elle avait potassé son séjour avec des guides touristiques pas avec des baskets !

— Monsieur Vitali. Je suis bilingue et la police a été très claire. Votre femme courait avec un dossard contenant au dos ses coordonnées complètes. Elle avait mis deux numéros à prévenir en cas d'urgence : le vôtre et le mien. Les policiers vous ont d'ailleurs appelé en premier hier soir mais vous ne vous êtes pas compris…

— Oui c'est vrai mais Anna ne courait pas comme je ne cesse de vous le répéter. Il y a forcément une erreur… quelque part.

Madame Bruguière s'était enfin tue. Elle réalisait qu'il avait raison, se rassura Alain. Cette méprise allait enfin cesser une bonne fois pour toutes.

— Vous n'étiez pas au courant ?

En un éclair et au son de la voix de son interlocutrice, Alain venait de comprendre. Comprendre que sa femme ne lui avait pas tout dit. Comprendre qu'il était le dernier des idiots. Comprendre qu'il n'avait plus aucune raison de vivre.

— Non… Je n'étais pas au courant… comme vous dites.

Il s'excusa, promit de la rappeler plus tard et raccrocha. Son regard perdu vit péniblement les chiffres clignoter sur son radio réveil. Il était seulement 7h06. Il venait de passer les cinq minutes les plus cruelles et stupides de son existence.

Elle était partie un matin. Sans prévenir. D'un seul coup. Ni un coup du sort, ni le coup du lapin, mais un coup du cœur. Un coup de poignard pour lui. À six mille kilomètres de chez eux...

Alain était effondré, meurtri et trahi. Seul dans la maison, seul dans la vie. Pourquoi de tels drames n'arrivaient-ils pas qu'aux autres ? Tous ces inconnus qui souffrent en silence... Mais un pauvre habitant de Bouc Bel Air venait de rejoindre la cohorte des veufs.

Il se redressa sur ses deux jambes, prit un mouchoir et s'essuya les yeux. Combien de minutes avait-il pleuré après avoir raccroché ?

Lorsqu'il l'avait rappelée, Alain avait senti à quel point madame Bruguière était doublement perturbée : par le décès brutal et imprévu d'Anna mais aussi par la découverte de son mari à propos du marathon.

Cette seconde conversation avait été moins ubuesque que la première et Alain avait posé un maximum de questions. Oui, tout le monde savait dans l'entreprise que sa femme s'était mise à courir pour faire ce marathon. Oui, elle devait être entraînée. Oui, elle courait sous les couleurs de son entreprise comme une dizaine d'autres collègues américains. Oui, elle était seule de "l'équipe" de Provence à s'être lancée dans l'aventure.

Madame Bruguière lui avait aussi expliqué qu'elle avait rappelé la police pour les informer que le veuf avait cette fois... compris. Le rapatriement du corps d'Anna devait intervenir sous 48 heures. Il n'y aurait pas d'autopsie car la cause du décès ne faisait aucun doute. Des crises cardiaques de ce type arrivaient malheureusement assez souvent dans ce genre d'épreuves, y compris chez des athlètes chevronnés.

Alain avait "remercié" madame Bruguière pour son aide avant de la laisser. Elle n'avait posé aucune question, sentant le terrain miné. Comment pouvait-il ne pas être au courant de cette aventure ? Pourquoi Anna lui avait-elle caché ce défi insensé ? Depuis combien de temps s'était-elle mise à courir ? Pourquoi ces mystères ? Que croyait-elle qu'il eut fait ou dit si elle le lui avait annoncé ? Même si le sport et lui n'avaient jamais fait bon ménage, il aurait compris. Peut-être même applaudi une fois l'exploit accompli. Bien sûr, il aurait été inquiet comme d'habitude. L'aurait sans doute saoulée... Mais de là à tout lui masquer. Elle avait préparé son affaire dans son dos depuis des mois. Caché ses vêtements de course. Raconté partout qu'elle se voyait marathonienne. Sauf à l'homme de sa vie. Celui avec lequel elle partageait tant depuis leur karaoké commun.

Alain avait beau prendre le problème dans tous les sens, cette trahison était incompréhensible. Elle avait au moins le mérite de le laisser se focaliser sur ces non dits…

Il ne pleurait plus car il n'avait sans doute plus de larmes. C'était encore pire. Son estomac était noué et sa solitude lui pesait déjà... Alain repensa à toutes ces années de mariage, tous ces moments où Anna avait illuminé son quotidien. Il visualisa aussi ses faiblesses et ses manques.

Et maintenant ? Notre homme songea à arrêter là l'hécatombe. Pourquoi continuer à vivre sans elle ? Ils n'avaient pas d'enfants et sa famille, ses parents, son frère, en cet instant précis lui semblaient bien inutiles. Ils essaieraient de l'aider, de lui expliquer qu'on se relève toujours, même du pire.

Mais Alain, lui, savait. Savait que sa vie n'avait plus aucun sens. Il allait se retrouver seul. Comme avant la rencontre, avant la chansonnette. Il n'y aurait plus de paroles, il serait asséché et se laisserait périr. Quoi qu'en pense son entourage.

Un éclair de lucidité lui traversa l'esprit. Il était bientôt 8h30 et son groupe allait l'attendre. Alain était formateur dans une toute petite boîte de Marseille, spécialisé sur le droit du travail. Il devait démarrer ce lundi un cycle de trois jours consacré aux licencie-ments professionnels. Lui qui était si réservé passait le plus clair de son temps à expliquer aux autres les subtilités des législations successives du monde du travail. Contrairement à sa vie privée, il parlait tout le temps et ne se débrouillait pas si mal. C'était aussi une façon d'asseoir son autorité et de ne pas se laisser envahir par les stagiaires. Son public aurait été sans doute surpris d'observer le même homme dans sa vie privée.

Il retrouva son téléphone, caché dans ses draps et repensa à ce réveil impromptu qu'il n'oublierait jamais. Absurde et mortel. Alain restait incrédule devant ce qui venait de se passer. Il prit son courage à deux mains, tomba sur la secrétaire de son organisme de formation et lui annonça la terrible nouvelle. Quand reviendrait-il ?

Il n'en savait rien. Il fallait annuler ses formations jusqu'à nouvel ordre. Le corps d'Anna arriverait à Marseille dans deux jours. Il devait "prévenir la famille, les amis et organiser les... obsèques". La secrétaire ne sut trop quoi lui dire et lui souhaita simplement bon courage.

En raccrochant, Alain sentit un grand vide. Il pensa à la réaction de leur entourage commun avec Anna. Surtout le sien car la famille de sa femme était réduite à sa plus simple expression. Il eut une pensée pour Edmonde, sa belle-mère, et sentit les sanglots l'envahir. Il ne devait pas craquer, se montrer pour une fois à la hauteur. Une seule pensée le réconforta en songeant aux dernières volontés de sa Dalida. Anna voulait donner son corps à la science. Tout irait vite à son retour en France et personne n'irait pleurer sur sa tombe...

Il devait avertir Edmonde en premier. Elle était la seule famille d'Anna. Sa mère. Le père était mort il y a bien longtemps quand la gamine avait cinq ans. D'une crise cardiaque. Curieuse coïncidence, songea Alain. Le couple n'avait pas eu le temps d'avoir d'autres enfants. Anna avait grandi en enfant unique. Ses parents étaient comme elle, sans frère ni sœur...

L'enfant n'avait donc jamais connu les joies des relations avec les oncles et tantes, les cousins et cousines. Lorsque sa mère était devenue veuve, la petite avait ressenti encore plus vivement la solitude de sa situation. Un désert sentimental.

Edmonde avait tenté de donner le change et de s'occuper du mieux possible de sa fille. Mais Anna disait toujours qu'elle avait manqué d'amour, d'attention et de... folie. D'une vraie famille en quelque sorte. La mort du père avait marqué une rupture et Anna avait dû se construire sans la présence d'un homme. Ce sujet n'était jamais abordé entre Edmonde et sa fille. Alain pensa qu'il en était de même pour lui avec sa femme. Maintenant c'était trop tard. On ne rattrape jamais le temps perdu, se dit-il...

Edmonde illustrait bien cette maxime. Il y a deux ans, elle avait dû se résigner à quitter son appartement de Marseille, situé à deux pas du carrefour des Cinq Avenues, en pleine ville mais tout près du plaisant parc Longchamp. Quand Anna et Alain allaient la voir, souvent le dimanche midi, ils aimaient s'y promener tous les deux, après le déjeuner concocté par Edmonde. Elle faisait souvent les plats réclamés depuis son enfance par sa fille unique : encornets farcis, daube provençale, poivrons marinés, loup farci aux herbes de la garrigue. Tout cela fleurait bon la Provence. Mais c'était avant que l'état d'Edmonde ne se dégrade peu à peu. Le diagnostic était tombé quelques mois après : Alzheimer. Rien que le nom avait fait peur à Anna. Les médias parlaient régulièrement de cette maladie terrible pour le patient mais aussi pour son entourage.

Sa femme avait tout géré parfaitement, en bonne professionnelle qu'elle était. Elle s'était fait expliquer par le menu les symptômes, l'évolution de la maladie dans le temps, les traitements... Tout avait commencé de façon presque anodine. Edmonde oubliait le jour de la semaine, rangeait ses affaires au mauvais endroit, ne les retrouvait plus. Puis au fil des mois, d'autres obstacles étaient apparus : elle cherchait de plus en plus ses mots, changeait d'humeur brutalement, n'arrivait plus à compter ses sous ni à gérer son budget. Pour Anna et Alain, la distance entre les Cinq Avenues et Bouc Bel Air s'était rapidement révélée insurmontable. Le jour où Edmonde s'était retrouvée à deux heures du matin sur le trottoir en robe de chambre et pantoufles, Anna n'avait pas tergiversé. Le danger devenait évident. Les médecins avaient été clairs : Edmonde entrait dans une nouvelle phase de la maladie et ne pouvait plus vivre seule.

Quelques semaines après, sa mère était placée dans une maison de retraite spécialisée, en pleine campagne aixoise, pas très loin de leur maison de Bouc Bel Air.

Là où Alain devait maintenant se rendre pour lui annoncer qu'elle avait survécu à sa fille. Cruel destin. C'est injuste, cogita Alain au moment de décrocher son téléphone pour appeler l'établissement où séjournait Edmonde. L'infirmière parut surprise, tellement peu habituée à l'entendre lui, le mari effacé. La nouvelle de la mort d'Anna sembla l'atteindre comme si les deux femmes avaient tissé un lien de complicité au fil du temps.

— Ne venez pas tout de suite. Madame Caussion n'est vraiment pas bien aujourd'hui. Elle n'a pas dormi de la nuit, refuse de s'alimenter et nous agresse à tout bout de champ. Ce serait mieux d'attendre un peu si vous en êtes d'accord, lui exposa calmement l'infirmière.

— Je comprends mais je dois lui annoncer la mort de sa fille, je n'ai pas le choix, rétorqua Alain.

Il voulait en fait se débarrasser au plus vite de cette épreuve qu'il appréhendait par-dessus tout. Même si les relations entre Anna et sa mère n'avaient pas toujours été simples…

— D'accord monsieur Vitali mais si vous venez maintenant, madame Caussion ne vous écoutera pas et vous serez obligé d'attendre que sa crise passe. Si vous voulez, je vous appelle dès que votre belle-mère se sent mieux ?

— Ok, répondit sèchement Alain. Prévenez-moi dès que possible, je serai là dans le quart d'heure qui suit.

Cela commence bien, pensa Alain. L'angoisse ne l'avait pas quitté mais ce nouvel imprévu n'allait pas arranger son mal-être. Il alla dans la cuisine. L'horloge affichait 11 heures du matin. Au lieu de grignoter quelque chose, il prit la première bouteille qui vint dans son casier à bouteille. Un Vacqueyras rouge datant de plusieurs années. Il n'avait pas eu la main trop malheureuse pour une fois. Vacqueyras, petit village viticole des Côtes du Rhône, situé à une grosse heure de route, où ils étaient allés… tous les deux. Les souvenirs remontèrent et les larmes coulèrent avec.

Alain ouvrit la bouteille et se servit un grand verre. Il le but quasiment d'une traite dans son canapé en cuir du salon. Son ventre était vide tout comme sa tête. Même s'il se sentait défaillir, il devait encore prévenir ses proches. Malgré le drame qui l'assaillait, les mêmes interrogations continuaient de le hanter. Pourquoi tous ces mystères ? Il imaginait d'ici sa mère lui posant plein de questions comme à son habitude. Ses parents vivaient loin de lui. À Paris. Leur relation n'était ni mauvaise, ni bonne. Alain depuis l'adolescence n'avait jamais réussi à se départir de l'étouffement qu'il avait ressenti à l'époque. Lui, le taiseux, ne supportait pas que sa mère, Solange, le couve et le questionne. Cela explique sans doute pourquoi Alain, son bac en poche, avait choisi de s'installer à Aix en Provence pour suivre ses études, tout en faisant plein de petits boulots à côté pour ne rien devoir ou presque à ses parents. Sa mère avait eu du mal au début. Joseph, son père, semblait indifférent. Taciturne comme son fils. Les événements paraissaient ne jamais l'atteindre…

Il leur téléphona et tomba justement sur son père. La conversation fut des plus brèves, comme souvent en pareilles circonstances. Alain parla de la crise cardiaque mais ne mentionna pas le marathon. Il évoqua le rapatriement et l'absence d'enterrement. Ils n'auraient pas à se déplacer.

— Ta mère va vouloir venir tout de suite, tu t'en doutes, affirma Joseph.

— Dis lui que je la rappelle très vite quand je pourrai parler un peu plus, rétorqua Alain.

Le ton agacé avait coupé net la conversation entre le fils et son père.

En raccrochant, Alain se réconforta en pensant à son silence sur le marathon. Bien content d'avoir évité sa mère qui l'aurait harcelé de questions. Il songea alors à sa meilleure ennemie… Béatrix, la meilleure amie d'Anna. Ces deux-là ne s'étaient jamais appréciés, sans doute jaloux.

Alain avait tout de suite compris que les deux copines n'avaient pas besoin d'un bonhomme dans leur complicité. Il ne s'était pas battu pour s'immiscer d'autant qu'il n'accrochait vraiment pas avec Béatrix, discrète et fourbe à ses yeux. Lorsqu'Alain la croisait, notamment dans la grande maison de Bouc Bel Air, il voyait dans son regard une malice qui l'avait toujours dérangé. Mais maintenant il n'avait pas le choix : il fallait bien sûr l'avertir et surtout tenter d'en savoir plus sur ce stupide secret de la course à pied.

Le Vacqueyras lui tenait compagnie dans cet océan de détresse et d'incertitude. Au moment où Alain se servit son troisième verre, son téléphone sonna dans sa poche. Il voulut refuser tout de suite l'appel mais constata, à sa grande surprise, qu'il s'agissait de son frère. Il comprit en une fraction de seconde que la nouvelle du décès d'Anna lui était déjà parvenue…

— Allô…

— Bonjour Frérot... Papa vient de m'appeler. Cela n'arrive jamais, comme tu le sais. J'ai tout de suite compris que c'était… grave.

— Excuse moi, j'allais t'appeler…

Un long blanc s'installa. Alain craqua d'un seul coup et son frère pour une fois ne dit rien. La présence de Pierre, son aîné, le réconfortait même s'il était agacé. Son père n'avait vraiment pas traîné pour le prévenir.

— J'ai appris sa mort ce matin au réveil… C'est atroce, je n'arrive pas à y croire.

— Papa m'a dit qu'il s'agissait d'une crise cardiaque ?

— Oui… en plein marathon.

— J'ai vu l'image de l'arrivée à la télé hier soir. Anna voulait sans doute voir l'événement. Curieuse, comme toujours.

— Comme tu dis…

— Comment cela s'est-il passé, Anna n'avait aucun problème cardiaque à ce que je sache ?

— Elle courait, était sans doute épuisée par son effort…

— Pourquoi courait-elle ? Elle encourageait un participant ?

— Non tu n'y es pas du tout…

— Excuse-moi Frérot. Mais je ne te suis pas…

— C'est normal, je te rassure. Je ne comprends pas moi-même.

— Je suis désolé de t'emmerder avec mes questions. Mais as-tu pu savoir pourquoi elle courait à ce moment là ?

— Non, Pierre, elle courait depuis près de cinq heures et venait de passer le quarantième kilomètre de la course…

— Qu'est-ce que tu me dis ? Elle était bien partie là bas pour un séminaire de son boulot ?

— Oui bien sûr, mais aussi pour courir son premier... marathon.

— Mais... tu le savais ?

— Non, comme toi apparemment, je n'en savais absolument rien... C'est encore plus terrible de l'apprendre dans ces conditions.

Leur conversation resta quelques instants en suspens. Comme lui, Pierre était sans doute abasourdi, réfléchit Alain.

— Écoute Frérot, tu ne dois pas rester tout seul. J'ai un rendez-vous dans cinq minutes, je vais l'expédier et je viens te voir à Bouc Bel Air. D'accord ?

— Si tu veux. Je ne bouge pas, je dois encore prévenir d'autres personnes. Viens quand tu peux, je sais que tu es toujours débordé.

Alain avait dit cela sans ironie mais il comprit en raccrochant qu'il avait dû vexer son frère, une fois de plus. Pierre, dit Pierrot, homme de dialogue et de communication, Marseillais d'adoption et non pas Aixois comme lui. Son frère aîné travaillait à son compte comme conseil pour les hommes et les femmes politiques de la région. De droite car c'était un libéral convaincu. La région, plutôt conservatrice, avait réservé le meilleur accueil à cet homme d'entregent, ouvert et sympa, lorsqu'il s'était lancé dans l'aventure de l'action publique après plusieurs expériences professionnelles réussies sur Paris.

Les deux frères avaient cinq ans d'écart. Alain appréciait le côté volubile de son aîné, qui lui rappelait Anna. Leur différence de caractère ne les avait jamais vraiment dérangés. Et Alain lui aussi exerçait son art dans un métier de communication. À sa façon mais non sans réussite également. Ils s'entendaient finalement assez bien, déjeunaient régulièrement ensemble le midi sur Marseille.

Leur seule ligne de fracture concernait leurs parents. Alors qu'Alain avait pris de la distance avec ses géniteurs, Pierrot n'avait jamais eu la même attitude de défiance. Pas une semaine ne se passait sans qu'il échange avec sa mère au téléphone, et depuis peu par mail et en webcam puisque Pierre avait réussi à convaincre Solange de s'équiper d'un ordinateur !

Comme d'habitude, Alain s'était agacé et avait chambré son frère. Comme d'habitude, Pierrot s'était vexé et l'échange avait tourné court. Voilà pourquoi Pierrot avait un autre surnom, "le fils préféré", partagé uniquement avec Anna. Un secret de couple, pensa-t-il, comme tous les couples aiment en avoir. Mais apparemment sa femme aimait aussi lui cacher des choses. Alain jeta un regard désespéré sur sa bouteille de Vacqueyras bien entamée. Depuis son réveil cauchemar par la responsable d'Anna, il n'avait toujours rien mangé et sa tête commençait à tourner. Il attrapa une banane, l'avala en quelques secondes. Il avait déjà trop attendu, pensa-t-il. Il était plus que temps de téléphoner à Béatrix…

Plusieurs heures s'étaient écoulées dans sa nouvelle vie de veuf et Alain n'en savait pas plus. Il avait réussi à joindre Béatrix pour lui annoncer l'atroce nouvelle qui l'avait réveillé ce matin. La meilleure amie d'Anna s'était littéralement effondrée. Elle perdait il est vrai une confidente et un soutien de tous les instants. Les deux amies se connaissaient bien avant qu'Anna et Alain ne tombent amoureux sur les paroles de Dalida et Delon.

Alain ne savait pas grand-chose de Beatrix. Elle était photographe, travaillait à son compte et a priori n'avait pas d'homme. En tout cas, Alain ne l'avait jamais vue accompagnée. Sa discrétion contrastait avec l'omniprésence d'Anna qui attirait la lumière même si elle s'en défendait.

Mais tout cela relevait du passé. Anna serait rapatriée, son corps servirait aux jeunes étudiants de médecine et Béatrix pleurerait certainement toute sa vie sa meilleure amie. Alain se foutait de cette peine comme de l'an 40. Lors de son échange téléphonique avec Béatrix, il avait découvert l'impensable. Béatrix savait qu'Anna courait et qu'elle était inscrite au marathon de New York. Pourquoi sa femme ne lui avait-elle rien dit ? Silence radio. Dès qu'Alain lui avait posé des questions précises, Béatrix s'était fermée comme une huître. Comme s'il fallait taire des choses, comme si un pacte secret liait les deux copines, comme s'il n'était qu'un pestiféré.

— Je ne vois pas pourquoi je te dirai ce que ta femme ne t'a jamais dit. Sa mort nous bouleverse tous les deux, c'est notre seul point commun, lui avait asséné la photographe.

Un uppercut qu'Alain avait pris en pleine tronche. Il n'était pas tombé KO mais avait été bien sonné. Béatrix ne l'appréciait pas, lui non plus. Fermez le ban. Alain avait terminé cette conversation en espérant que ce serait la dernière. Il ne pourrait rien tirer de cette fille et avait tout intérêt à la rayer de sa vie. Son instinct de survie reprenait le dessus.

Heureusement que Pierre arriva sur ces entrefaites pour le réconforter et le nourrir. Alain réussit à manger les pâtes préparées par son frère. L'aîné des Vitali ne laissa rien paraître mais il trouva son frérot vieilli de dix ans, abattu et combattif en même temps... Alain n'était ni grand ni petit. Ses cheveux, très bruns, toujours coupés courts, renforçaient son côté sévère. Ce n'était pas le genre d'homme auquel on avait spontanément envie de taper sur l'épaule. Finalement son physique correspondait assez bien à son caractère bourru.

Pendant qu'Alain mangeait ses tagliatelles, Pierre sortit son téléphone dernier cri et pianota dessus frénétiquement. Fidèle à son image d'homme moderne, branché 24 heures sur 24 sur le monde qui l'entoure.

Pour une fois, Alain ne s'en offusqua pas. Son frère lui expliqua qu'il avait trouvé sur Twitter plein de messages sur le décès foudroyant d'une coureuse française au quarantième kilomètre du marathon de New York. En plein Central Park. Les commentaires étaient réduits à leur plus simple expression.

— Sur Twitter, chaque message ne doit pas dépasser les 140 signes, lui décoda Pierrot. C'est une règle inamovible !

En regardant le téléphone de son frère, Alain découvrit à quoi ressemblait un tweet. Malgré la brièveté des témoignages, l'émotion l'étreignit à nouveau.

Pierre était parfaitement bilingue et lui proposa d'appeler aux États-Unis. Un échange avec le laboratoire pharmaceutique américain d'Anna leur confirma qu'elle se portait à merveille les deux jours précédant la course. Tous les visiteurs médicaux avaient fait du "bon boulot".

— Good job, répéta plusieurs fois Pierre, comme s'il ne savait pas vraiment quoi dire à son interlocuteur.

Tous ses collègues avaient vu Anna le samedi, veille du marathon, pour un dernier déjeuner professionnel.

— Elle évoquait ce marathon et semblait impatiente d'en découdre, témoigna le collègue newyorkais.

Jusqu'à ce D Day, ce dimanche où tout New York s'arrête pour célébrer l'événement. Le marathon le plus célèbre au monde, expliqua le fils préféré à son frère. Le marathon caché où Alain avait perdu la femme de sa vie pour toujours...

La journée touchait à sa fin. Pierre réussit enfin à joindre les organisateurs du marathon, avec son frère à ses côtés. Ils posèrent plein de questions sur la course en général, le nombre de participants, les pays représentés. Le monde entier s'était donné rendez-vous là bas, sauf... moi, regretta dans sa tête Alain. Les responsables de cette fête du sport avaient aussi recueilli plein de témoignages sur le décès d'Anna qu'ils avaient gardés scrupuleusement pour la famille.

"Une jolie fille", "J'avais remarqué cette superbe femme avec sa tenue orange", "Grande, élancée, bien... foutue", "Une coureuse apparemment habituée à ce type d'effort" "Elle semblait crevée comme tout le monde à ce moment de la course mais je n'avais rien remarqué d'anormal".

Pierre traduisait chaque citation à haute voix pour Alain qui prenait en notes simultanément. Les deux frères étaient main dans la main dans cette épreuve, se réconforta Alain, pas mécontent pour une fois de ne pas se retrouver seul.

Les quatre heures trente de course avaient été dépassées. Un coureur brésilien était juste derrière elle alors que se profilait le quarantième kilomètre.

— À cet endroit précis, la foule est particulièrement dense, commenta l'interlocuteur de Pierre.

"Il y a eu d'abord un effet de surprise, puis des cris d'effroi et enfin de la stupeur dans le public massé à cet endroit", avait raconté aux organisateurs ce coureur venu de Rio de Janeiro. "J'étais focalisé sur la crampe qui me tétanisait la cuisse gauche quand tout à coup je l'ai vue s'effondrer devant moi", avait poursuivi ce participant. "Cette vision m'a glacé le sang. Tout le monde s'est mis à hurler dans le public. Les secours sont arrivés presque immédiatement. Je pense qu'elle est morte sur le coup".

Lorsque les policiers, présents à quelques mètres de la scène, ont tenté de la ranimer, c'était déjà trop tard. Une ambulance est arrivée cinq minutes à peine après sa crise cardiaque et les médecins ont constaté officiellement le décès.

— Personne n'a rien pu faire, la crise cardiaque a été irrémédiable… Nous sommes vraiment désolés, affirma l'organisateur du marathon pour clore sa conversation avec Pierre.

— Tous les "sorry" du monde ne feront pas revenir la femme que j'aime, obtempéra Alain. Tu peux me dire ce qu'elle est allée faire dans cette galère ?

La question n'appelait aucune réponse. Pierre respecta la douleur de son cadet et le prit dans ses bras. Une scène inédite dans cette famille où les marques d'affection n'étaient pas légion.

La nuit commençait à pointer le bout de son nez à Bouc Bel Air quand une infirmière de la maison de retraite où séjournait la mère d'Anna rappela Alain. Il pouvait maintenant passer. Pierre proposa à son frère de l'accompagner. Alain refusa en le remerciant pour son soutien et son aide.

— C'est dans ces moments là qu'on voit la différence entre la famille et les amis, releva Alain en songeant fortement à Béatrix.

Les deux frères se dirent au revoir au pied de la maison.

Alain monta dans sa voiture, comme un automate devant achever sa mission funèbre. Tout au long de la journée, il avait prévenu du monde, surtout des amis et des connaissances d'Anna. Autant sa femme était sociable, autant il était "ours". Les prochaines semaines allaient certainement lui rappeler cette évidence : dans leur couple, Anna donnait le rythme et le tempo, lui se contentait de suivre le mouvement. Il allait devoir composer sans elle. La tâche lui semblait tout simplement impossible… Il n'y aurait que son travail de formateur pour lui occuper l'esprit. En pensant aux week-ends qui l'attendaient, Alain fut tétanisé de la tête aux pieds.

La campagne défilait sous ses yeux mouillés. Il sortit de sa torpeur en imaginant la réaction de sa belle-mère. Sa maladie allait peut-être atténuer le choc, d'autant qu'Edmonde était en crise, cogita, honteusement, Alain. Fallait-il tout lui raconter ? Lui parler de ce secret de la course à pied ou tout simplement évoquer une crise cardiaque ? Allait-elle vraiment réaliser ? Devrait-il y retourner dès le lendemain pour lui réexpliquer ?

Toutes ces questions affluaient dans le cerveau épuisé d'Alain quand il aperçut le panneau indiquant l'établissement spécialisé. Il était déjà arrivé. Le trajet lui avait paru tellement court… Mais il ne pouvait pas fuir ses responsabilités. Il était veuf et Edmonde avait survécu à sa fille, son bien le plus précieux au monde… La maladie d'Alzheimer avait rapproché les deux femmes ces derniers temps. Anna allait voir Edmonde à chaque fois qu'elle revenait de déplacement. Elle n'en parlait jamais à Alain et il ne lui posait pas de questions. De temps en temps, le week-end, il accompagnait son épouse. C'était bien le minimum qu'il pouvait faire même si sa présence indifférait certainement sa belle-mère. Edmonde l'appréciait comme une pièce rapportée et leur complicité n'était pas transcendante.

Maintenant la donne avait changé. Alain se promit de s'occuper de sa belle-mère, comme Anna le lui aurait demandé. Il était désormais sa seule famille.

Il ne ferma même pas à clé sa voiture et fila à grandes enjambées vers la chambre d'Edmonde. L'image d'Anna le faisait avancer plus vite. Les faux-fuyants n'étaient plus de mise. L'infirmière le salua et lui présenta ses condoléances. Elle lui raconta la journée d'Edmonde et le mit en garde contre d'éventuelles réactions colériques de la patiente.

Elle était assise dans son lit, le regard un peu perdu, sans doute sous l'effet des calmants que l'équipe médicale lui avait administrés. Dès que la vieille femme réalisa sa présence, son sang ne fit qu'un tour.

— Qu'est-ce que vous foutez là ? Où est Anna ? Où est ma fille ?

— Bonjour Edmonde. Vous savez bien qu'Anna est partie à New York…

— Bien sûr que je le sais. Vous me prenez pour une idiote ou quoi ! Quand est-ce que ma fille rentre ?

Alain s'approcha du lit et posa, timidement, une main qu'il voulait protectrice sur l'épaule d'Edmonde.

— Edmonde, je ne sais pas comment vous le dire mais il est arrivé à New York une chose horrible…

— Elle a abandonné pendant le marathon !

Edmonde l'avait coupé net et Alain se demanda s'il avait bien entendu. Il s'attendait à tout sauf à une telle remarque !

— Vous m'entendez ou vous êtes sourd ! Anna a eu un problème pendant le marathon, rien de grave j'espère…

— Edmonde, Anna est morte, morte d'une crise cardiaque pendant la course…

— NON !!

Ce "non" résonna dans tout l'établissement. Edmonde avait hurlé de toutes les forces qu'il lui restait. Son visage s'était figé d'un seul coup. Pas de doute : elle avait compris. Une infirmière accourut, inquiète du bruit entendu.

— Foutez-moi le camp d'ici, cria Edmonde.

— Calmez-vous, je vais vous expliquer, tenta Alain en guise d'apaisement.

Il remarqua que sa belle-mère avait surtout de la colère en elle. Aucune larme ne coulait sur son visage.

— Je l'ai appris ce matin. Anna est morte au quarantième kilomètre, à deux kilomètres de l'arrivée. Une crise cardiaque foudroyante. Selon les médecins, elle n'a pas souffert et est morte sur le coup.

— Mais vous délirez Alain. Anna n'avait aucun problème de santé, ni au cœur, ni ailleurs. Ma fille a toujours été un roc, elle a toujours fait face à l'adversité. Ce marathon, elle voulait le dompter, comme elle me l'avait encore dit la semaine dernière !

— Vous étiez au courant donc ?

— Bien sûr, quelle question idiote. Pourquoi me l'aurait-elle caché ? Cela faisait plusieurs mois que le projet lui trottait dans la tête. Et comme vous le savez, quand Anna décide quelque chose, elle le fait. Elle n'a jamais évoqué le moindre souci de santé. C'est incompréhensible…

— Malheureusement, on peut faire une crise cardiaque sans aucun antécédent. C'est ce qui s'est produit.

— Vous vous rendez compte de ce que vous m'annoncez. Ma fille morte et moi vivante alors que je déraille de plus en plus…

— Edmonde, excusez-moi mais j'ai pensé à quelque chose tout à l'heure. Le père d'Anna est bien mort aussi d'une crise cardiaque ?

— Mais cela n'a rien à voir du tout, s'emporta à nouveau Edmonde. Ne vous faites pas votre film mon vieux !

Alain était estomaqué par la manière dont lui parlait sa belle-mère. Avant sa maladie, quand elle était encore aux Cinq Avenues, elle n'aurait jamais osé…

— L'idée m'avait juste traversé l'esprit. Vous savez, je suis comme vous, je ne comprends rien à cette crise cardiaque, à cette course…

— Non, vous n'êtes pas comme moi Alain. Nos histoires n'ont strictement rien à voir.

Et Pan, encore une réplique cinglante en pleine tronche. Alain commençait à fatiguer sérieusement. La journée avait été interminable. Il regarda longuement Edmonde qui l'ignorait. La vieille dame semblait perdue dans ses pensées, le regard fixe. Elle devait songer à sa vie, se dire qu'elle était vraiment toute seule maintenant, sans famille à part un gendre dont elle n'avait pas grand-chose à faire.

— Vous comprenez ce que je vous dis. Nos histoires n'ont rien à voir, répéta soudainement Edmonde. Anna n'est plus là, c'est atroce. Surtout maintenant, à un moment de sa vie tellement important pour elle. Tout ce qu'elle aurait pu vivre, tout ce qu'elle va manquer. Il faut croire qu'on ne refait jamais l'histoire…

Elle commençait à délirer de nouveau, se dit Alain. Ces propos n'avaient ni queue, ni tête.

— Je veux rester seule maintenant. Laissez-moi. Merci de m'avoir prévenue. Vous pouvez rentrer chez vous !

Alain ne se fit pas prier et sauta sur l'occasion pour laisser sa belle-mère sur cette nouvelle marque d'indifférence. Cette animosité l'énervait mais il mettait cela sur le compte de la maladie et du traumatisme causé par la mort d'Anna. Il embrassa Edmonde timidement. Elle ne daigna même pas le regarder.

Sur la route du retour, il se sentit accablé et las. Après tous les collègues français et américains, après Béatrix, Edmonde venait de s'ajouter à la longue liste de ceux qui savaient que sa femme courait en vue du marathon de New York. Il aurait pu questionner sa belle-mère mais n'avait pas osé reconnaître qu'il ignorait tout de ce projet. Peur du ridicule, peur de la moquerie, peur du jugement d'autrui. Tout au long de cette journée de merde, il avait survécu malgré les silences de sa femme. Mais il lui faudrait trouver des réponses à toutes les questions qui le taraudaient sans relâche. Faute de quoi, il sombrerait corps et âme…

Le deuxième jour

Il s'était réveillé nauséeux, angoissé, sali… Sa première nuit de veuf avait été courte et très agitée. Alain avait cauchemardé sur "Paroles, paroles". Il voyait défiler à tour de rôle le duo de ce tube des seventies mais Alain Delon était devenu vieux et chauve ! Quant à Dalida, elle ressemblait furieusement à son Anna. Classe, élancée et belle. Le pauvre Delon, décati et fatigué tentait bien de la séduire mais sa promise n'en avait rien à cirer et se foutait carrément de lui…

Alain avait sursauté dans son lit à cette seule vision. Traumatisante pour lui. Anna en chair et en os. Pétillante et décidée. Comme avant. Comme il ne la reverrait plus jamais. Le "vieux" mari allait devoir faire sans elle, sans cette image qui rythmait sa vie jusqu'à lors.

Pas étonnant qu'il n'ait plus trouvé le sommeil après ce réveil brutal. Résolu à ne pas tourner en rond, il décida sur un coup de tête d'aller… travailler. Cela lui occuperait un peu l'esprit en attendant le corps de sa femme. Il ne savait toujours pas exactement quand la dépouille d'Anna serait rapatriée. Demain au plus tôt, pensa-t-il en boutonnant la chemise froissée qui lui vint sous la main. La gestion du linge, en particulier le repassage, était la chasse gardée de sa femme. Elle était tellement attachée à son apparence, contrairement à lui. Comment aurait-il pu en être autrement ? Cela l'arrangeait bien aussi, reconnut-il. Mais à partir de maintenant, il devrait se débrouiller sans elle. Ses collègues verraient certainement la différence assez rapidement.

C'était vraiment le cadet de ses soucis. Dût-il aller bosser avec des vêtements sales et négligés, il s'en foutait. L'important serait de ne pas trop gamberger. Alain s'était toujours noyé dans le travail. Qu'on le veuille ou non, c'est là que l'on passait la plus grande partie de son existence. Son métier de formateur lui plaisait. Il aimait dénicher des exercices improbables pour ses stagiaires, voir leur stupeur à la découverte des pièges qu'il leur tendait. Alain était de prime abord sec et froid mais parvenait assez bien à créer une dynamique de groupe. Le côté bourru et bedonnant du personnage n'inquiétait pas plus que cela. Sa passion et sa disponibilité rassuraient très vite les différents publics auxquels il s'adressait : employeurs, salariés, demandeurs d'emploi, étudiants…

Le travail constituait aussi un équilibre indispensable dans leur couple. Anna était régulièrement absente, occupée à sillonner les routes du Sud pour "vendre" aux médecins les nouvelles spécialités mises sur le marché par son entreprise. Du coup, Alain s'investissait à fond dans la préparation de ses "cours" de droit du travail. Il rentrait souvent tard à Bouc Bel Air où personne ne l'attendait quand Anna était partie.

La donne aurait été tellement différente si un enfant était venu consacrer leur union. Alain se remémora les discussions qu'ils avaient eues à ce sujet il y a bien longtemps déjà. Alain approchait alors de la quarantaine et Anna de la trentaine… Était-ce ces dix années d'écart qui avaient fait la différence ? Officiellement, non. Anna assumait tout simplement de ne pas vouloir d'enfant. Elle était habituée ainsi et s'en portait très bien.

— Je ne suis pas prête, je ne me sentirai plus libre de mes faits et gestes, je ne pourrai plus m'absenter aussi facilement pour le boulot, lui avait-elle expliqué à l'époque.

Alain avait bien tenté de la convaincre du contraire mais il s'était pris un vent.

— Regarde ta famille, tes relations avec tes parents, cela ne donne pas vraiment envie !

Il la revoyait très bien lui balançant ses quatre vérités, tranquillement mais fermement.

Alain s'était écrasé comme d'habitude. Il remettait le sujet à l'ordre du jour de temps en temps mais Anna, enfant unique, était plus que jamais inflexible dans sa vision d'une famille réduite à sa plus simple expression.

Une fois de plus, il n'avait pas été assez courageux, n'avait pas su trouver les mots. Des années plus tard, le résultat de ses faiblesses était patent : veuf et désespérément seul.

La machine à broyer du noir repartait de plus belle quand il arriva au boulot. Il fut soulagé par cette diversion. Aujourd'hui sa boîte de formation ne l'attendait pas. Pour une fois, Alain ne serait donc pas avec un groupe, en face à face comme l'on dit dans le jargon. Il pourrait tenter de voir clair dans les mystères de sa femme, réalisa-t-il avec satisfaction.

Toutes les formations avaient déjà commencé et les couloirs étaient vides. Il salua la secrétaire, un peu décontenancée de le voir débarquer en pareilles circonstances.

— Je ne fais que passer, lui balança-t-il, surpris lui-même par son culot. J'ai préféré venir ici plutôt que de rester seul chez moi.

Sa collègue compatit du mieux qu'elle put. Le temps d'échanger les banalités d'usage, Alain fila dans son bureau. Se mettre à l'abri des regards et des questions qu'il fuyait comme la peste. Il n'avait aucune envie de raconter son cauchemar, la crise cardiaque, le marathon ou encore le don du corps à la science…

Il ouvrit en grand la fenêtre de son petit bureau comme pour se donner une bouffée d'oxygène et alluma son ordinateur, l'outil de travail où il préparait toutes ses formations sur les méandres du droit social qui n'avaient plus de secret pour lui.

Il consulta l'agenda en ligne et vit que son prochain cycle portait sur une toute nouvelle loi réformant le code du travail. Un texte ardu sur lequel Alain s'était penché minutieusement deux semaines plus tôt. Mais aujourd'hui n'était pas un jour comme les autres. Alain n'arrivait pas à se concentrer, tourmenté qu'il était.

Il repensa à ce cœur qui s'était arrêté soudainement. Sans aucune raison. Comme lui avait asséné Edmonde, Anna était en parfaite santé. Contrairement à lui, sa Dalida n'avait pas un gramme de graisse et ses formes de quadra n'avaient rien à envier aux minettes de vingt ans. Elle n'avait jamais évoqué le moindre problème de souffle et la piscine de leur maison était son terrain de jeu préféré de mai à octobre. Anna abattait les allers-retours dans leur bassin spacieux qui faisait 12 mètres de longueur. Elle avait toujours été sportive alors que lui était un cossard de première. Il consentait uniquement à marcher avec sa femme dans les magnifiques collines qui entouraient leur village provençal.

Alain la voyait comme si c'était hier. En maillot de bain. Il s'allôngeait sur son transat, tentait d'oublier son gros bidon et la contemplait. Il y a quelques années, il l'aurait rejointe et l'aurait déshabillée. Ils auraient fait l'amour dans l'eau…

Ce flash back le mit mal à l'aise. Il allait devoir vivre uniquement avec des souvenirs. Au passé sans présent ni futur. Sa vie serait imparfaite pour toujours.

Il divaguait et s'éloignait dangereusement des problèmes cardiaques de sa femme. Y avait-il un lien avec la mort, prématurée également, d'André, le père d'Anna ? Elle n'avait que cinq ans quand le drame était survenu. Orpheline de son géniteur, si petite. Quelle horreur. Le sujet était d'ailleurs tabou. Anna n'en parlait jamais, tout comme Edmonde. La mère et sa fille faisaient comme si cet incident était oublié. Anna avait grandi en se persuadant qu'André n'avait jamais existé. Edmonde se comportait non pas en veuve mais en mère célibataire. L'entourage de ce binôme ignorait tout ou presque de la mort d'André.

Cette chape de plomb n'avait pas varié d'un pouce au fil des années. Alain se remémora la réaction épidermique de sa belle-mère, la veille, quand il avait posé la question d'un éventuel lien entre les crises cardiaques d'André et Anna.

Même si cela l'avait parfois agacé, Alain comprenait cette discrétion. En procédant ainsi, la mère et sa fille avaient voulu se protéger. Question de survie de l'espèce humaine.

Comment lui-même allait-il survivre sans sa femme ? Il était totalement incapable de travailler et ne pensait qu'à ça. Anna morte en courant à six mille kilomètres de distance sans même l'avoir averti… Après lui avoir caché toute sa préparation, tout son ressenti, son trac et son envie. Il ne digérait vraiment pas ces cachotteries qui ajoutaient un sentiment amer à sa souffrance.

Pour tout dire, la symbolique du marathon lui échappait totalement. Il était inculte sur le sujet et ne suivait pas ce type d'événement. Il décida de surfer sur Internet pour en savoir plus et ainsi mieux comprendre l'engouement de sa femme.

En tapant sur Google "marathon de New York", il fut dirigé vers le site officiel. À sa grande surprise, il constata que le décès d'Anna était annoncé sur la page d'accueil. Même s'il ne comprit pas le sens exact de ces quelques lignes, cette vision le toucha. Les Yankees n'avaient pas leur pareil pour faire vibrer la corde sensible, pensa-t-il.

La langue américaine n'étant pas sa tasse de thé, il fouina du côté des sites français. Les informations ne manquaient pas sur le sujet entre les voyagistes officiels, les associations de coureurs, les forums… Les témoignages abondaient deux jours seulement après l'arrivée de la course. Tous les participants étaient fiers d'avoir terminé leur marathon mais surtout heureux d'avoir "couru New York". Alain commença à comprendre que ce marathon n'était vraiment pas comme les autres, que sa légende s'écrivait inlassablement d'année en année. Un coureur évoquait son "graal". Un autre un "sommet". Le "magic marathon" est vraiment "magique", écrivait une coureuse qui revenait ici pour la troisième fois.

Alain se surprit en balayant avec un certain intérêt tous ces commentaires des fous du macadam. Un titre attira son attention "Je l'ai fait et je ne l'oublierai jamais". En cliquant sur le lien, il découvrit un véritable journal de la course, présenté par chapitre. Son auteur était une Française d'une quarantaine d'années qui venait de courir le premier marathon de sa vie à New York. Elle avait réalisé deux rêves en un comme elle l'expliquait avec passion. Le parallèle avec Anna lui sauta aux yeux sauf que sa femme avait vu anéantir tous ses rêves sur un coin de béton de Central Park... Si près du but.

Alain était tombé sans le vouloir sur le document qu'il cherchait. En suivant kilomètre par kilomètre le ressenti de cette coureuse, il retisserait un peu le fil du marathon de son épouse. La narratrice courait accompagnée de son mari, apparemment un adepte de ce type d'événement. Mari et entraîneur à la fois, tout ce qu'Anna n'avait jamais eu avec lui… Il se sentit petit et imprima les pages de ce journal pour dissiper son malaise.

Episode 1

Le grand jour approche. Demain matin sur le coup de dix heures, je vais m'élancer pour la course qui m'accompagne jour et nuit depuis plusieurs mois. Celle que j'ai préparée comme une dingue. Celle dont je rêve et qui m'effraie. Le marathon le plus célèbre au monde. Nous serons au moins quarante mille à prendre le départ de ces quarante-deux kilomètres et cent quatre-vingt quinze mètres.

Une folie dans laquelle je ne me serai jamais engagée sans mon mari à qui je veux rendre hommage dans le premier épisode de mon récit. Il m'a concocté tout mon programme de préparation, m'a soutenue dans l'effort et sera, heureusement, à mes côtés sur la ligne de départ du côté de Staten Island.
Maintenant que ce moment se trouve à portée de pieds, je ressens un mélange de trac et d'envie. La peur de ne pas aller au bout. J'ai beau être préparée, je n'ai jamais couru une telle distance à l'entraînement. Comment mon corps va-t-il supporter tous ces kilomètres ? Que va-t-il se passer quand nous aurons trois heures d'effort dans les jambes, puis quatre heures ? Aurais-je des ampoules, des crampes, des douleurs inédites ? Vais-je réussir mon objectif autour de quatre heures trente minutes ?
J'arrête là les questions qui ne servent à rien sinon à se faire peur ! Car malgré ces doutes, que nous devons tous partager, je ressens aussi une folle envie de participer à cette fête. Elle réunira des athlètes venant du monde entier et paraît-il le meilleur public du monde. Rendez-vous compte : les organisateurs annoncent deux millions de spectateurs tout au long du parcours. À Paris, le plus célèbre marathon de l'hexagone, ils ne sont "que" deux cent mille à encourager les coureurs. Dix fois moins...
Hommes, femmes, enfants, jeunes ou vieux, riches ou pauvres, connaisseurs ou non, ils seront tous là demain matin pour nous pousser à aller au bout de notre rêve. Et il y aura "something for everyone", quelque chose pour tout le monde, comme l'écrit

aujourd'hui le New York Times. Car ici, "tu ne peux pas abandon-
ner, c'est juste… impossible" m'a dit hier en rigolant un coureur
français croisé dans les rues de Manhattan.
Il a raison : j'ai traversé l'Atlantique pour accomplir deux rêves en
un : mon premier marathon et qui plus est à New York, le "magic
marathon" comme disent les Ricains. Des milliers de femmes
voudraient être à ma place. Mais je ne la laisserai à personne. Je
suis prête. Rendez-vous demain matin pour la plus belle aventure
sportive de ma vie. New York m'appartient !

Anna,

Te dire ce que je n'ai jamais su te dire,
te dire que tu me manques,
te dire que ma vie n'a plus de sens sans toi,
te dire que je t'aime depuis ce jour où nous avons chanté ensemble
"Paroles, paroles",
te dire que je ne comprends pas pourquoi tu ne m'as rien dit sur ce
marathon,
te dire que c'était un défi à ton image, plein de vie et de passion...

Ma Dalida, je ne suis ni un homme de dialogue, ni un homme
d'écrit. Je suis un homme des cavernes comme tu me le disais
souvent. Maintenant que tu n'es plus là, je prends ce stylo pour me
libérer et tenter de m'en sortir. Il faut mettre des mots sur mes
maux, comprendre ton secret sur cette course.
Je découvre cet univers totalement étranger du marathon. Je viens
de passer du temps à lire les récits de tous ces coureurs qui étaient
à tes côtés. Le journal intime de cette Française qui venait à New
York courir le premier marathon de sa vie. Comme toi. J'ai
l'impression de te lire comme si tu m'avais laissé un témoignage
posthume. Comme si tu me disais tout. Enfin...

Il avait pris cette feuille de papier sans y penser. Naturellement. Comme une libération. Les mots, tendus comme lui, étaient sortis tout seul. Puisque Anna lui avait caché des choses, Alain allait lui écrire. Une façon comme une autre de lui parler alors qu'elle n'était plus là. Il lui avait raconté ce témoignage complet d'une coureuse qu'il avait imprimé pour le lire à tête reposée.

Son téléphone sonna. Il décrocha. C'était l'assurance. Tout allait vite, trop vite pour lui. Le corps d'Anna serait rapatrié dès le lendemain matin. Cette seule pensée lui colla une boule d'angoisse de la tête aux pieds. Son interlocuteur lui expliqua la procédure le plus délicatement possible mais tout bouillait en Alain. Il devrait identifier le cadavre à son arrivée et signer toute une série de papiers. Les affaires personnelles de son épouse lui seraient remises. "Une grosse valise et un sac à main" précisa le type à l'autre bout du téléphone.

La mission de l'assurance s'arrêtait là mais Alain savait maintenant qu'il devait prévenir immédiatement la faculté de médecine de Marseille. Il avait déjà cherché les coordonnées du service qui s'occupait des dons de corps à la science. Telle était la volonté d'Anna et il allait bien sûr la respecter. Sa femme lui avait toujours affirmé qu'elle préférait être utile à la recherche plutôt que de moisir dans un cercueil. Sans compter qu'un enterrement classique "coûtait deux bras" comme l'on disait du côté de Marseille…

Il n'eut aucun mal à prévenir la faculté. Le corps d'Anna serait pris en charge dès son arrivée à l'aéroport de Marignane. Sa femme disait toujours qu'il fallait perdre le moins de temps possible pour que le corps soit "utile" aux étudiants. Cette seule pensée glaça Alain. Qu'est-ce-que ces futurs carabins allaient faire sur sa Dalida ? Disséquer les organes ? Regarder la décomposition du corps quarante-huit heures après le décès ? Il arrêta là ces interrogations macabres et décida d'aller prendre l'air.

Alain expliqua sommairement les derniers événements à sa collègue.

— Cette fois, je serai absent plusieurs jours. Je préviendrai de mon retour quand j'y verrai plus clair, glissa-t-il maladroitement comme à son habitude.

— Ne t'inquiète pas pour cela. Ici tout le monde comprend, lui répondit sa collègue avec un sourire figé.

Alain la remercia et prit la poudre d'escampette le plus rapidement possible. Il se sentait de plus en plus oppressé...

Seul dans sa voiture, Alain roulait dans la campagne aixoise. Son mal être ne se dissipait pas. Par deux fois depuis ce matin, il avait pris une décision sur un coup de tête. En décidant d'aller travailler puis en se sauvant comme un voleur de son bureau. Son esprit tournait en boucle : cette crise cardiaque foudroyante, ces jours qui avaient précédé où Anna l'avait laissé sans nouvelle, ce mystère incompréhensible du marathon, la réaction hostile de Beatrix. Le temps lui échappait et maintenant la dépouille de sa femme se rapprochait.

Il allait donc la revoir une dernière fois. Morte, froide, les yeux fermés. Cette épreuve le terrorisait. Il repensa à sa Dalida vivante et pétulante quelques semaines plus tôt faisant un pas de danse le long de leur piscine. La peau halée. En forme olympique, du moins apparemment. Elle devait déjà s'entraîner. Éprouvait-elle de la souffrance ? Son cœur battait-il normalement pendant l'effort ? Comment vivait-elle ses silences ?

La comédie de leur vie hantait Alain. Il conduisait machinalement, happé par ses pensées. Bouc Bel Air approchait. Leur maison commune. Là où ils avaient vécu tant de choses. Cette grande bâtisse où le silence allait s'abattre en maître. Le panneau indiquant le centre du village sortit notre homme de sa torpeur. La route montait en lacets jusqu'au cœur du bourg, fait de ruelles étroites où les chats aimaient flâner.

Il faisait chaud dans la maison, songea Alain en pénétrant chez lui. Il ouvrit toutes les fenêtres du salon pour que l'air circule un peu. Il n'avait rien mangé depuis qu'il était parti au travail ce matin mais n'avait pas faim. Notre homme n'était pas assoiffé non plus mais ouvrit tout de même machinalement son réfrigérateur. Toujours vide. Il devrait faire des courses, se persuada-t-il. Pour prendre les marques de cette vie sans Anna. Entre le Perrier et la Guinness qui s'offraient à lui, Alain choisit sans la moindre hésitation la célèbre bière brune irlandaise à la saveur si particulière.

Comme à son habitude, il rejoignit le canapé de son salon, sa bouteille à la main. Il but de grandes gorgées et repensa à ses découvertes sur le marathon de New York. Il relut le premier récit de la coureuse française teinté de joie et d'angoisse. Son second chapitre se déroulait le matin du départ à quelques heures du marathon. En lisant ces lignes, Alain se demanda quels avaient été les sentiments de son épouse. Avait-elle eu une pensée pour son mari resté en France ? Que voulait-elle lui dire à son retour ? Avait-elle prévu de continuer à se taire ou allait-elle enfin lui révéler ce projet fou ?

Il ne lui avait fallu que quelques minutes pour siroter sa bière. L'alcool ne lui donnait aucune réponse à toutes ces interrogations. En revanche, le mot qu'il avait rédigé à la hâte au boulot lui avait fait du bien. Anna ne pourrait jamais lui répondre mais qu'importe, il renouvellerait l'expérience si le besoin s'en faisait sentir.

Il se dirigea vers leur chambre à coucher toujours sur les pas d'Anna qu'il ne voulait quitter. C'était l'une des plus grandes pièces de la maison avec des immenses placards intégrés de part et d'autre de leur lit. Les portes coulissantes vitrées faisaient la joie d'Anna qui se contemplait dans ces miroirs immenses. Un brin narcissique contrairement à lui qui ne s'aimait pas. Le couple disposait également d'une spacieuse salle de bain privative accessible uniquement par leur chambre. Alain s'assit sur le lit tout en fixant la glace où sa femme n'avait pas son pareil pour se faire belle…

Ces deux pièces, intimes, où le couple s'ébattait de moins en moins souvent, leur étaient réservées. Aucun visiteur n'y entrait car Anna était attachée à ce jardin secret. C'est ici que quelques jours plus tôt, elle avait préparé seule ses affaires. Alain savait par la compagnie d'assurance qu'elle avait pris une grosse valise mais ignorait totalement ce qu'elle y avait mis.

Son regard s'attarda sur les placards de sa femme. Il posa sa main sur les portes coulissantes et eut envie de tout ouvrir. En fouillant dans les affaires d'Anna, il trouverait peut-être des réponses aux innombrables questions qui le minaient de l'intérieur. Mais il n'osa pas franchir cette ligne rouge. Par respect pour sa femme, par peur aussi de ce qu'il pourrait découvrir. C'était trop tôt et il se sentait totalement bloqué dans ce rôle de fouineur malsain.

Son téléphone vibra dans sa poche. Bizarrement, il se sentit comme démasqué alors qu'il n'avait strictement rien à se reprocher…

C'était Pierre dont la présence lui était d'un grand secours en cette période de détresse, se rassura-t-il.

— Bonjour Pierrot, merci de m'appeler...

— C'est normal, Frérot. T'es où ?

— À la maison, je viens de rentrer.

— T'as raison, il ne faut pas rester tout le temps enfermé, surtout avec ce soleil lumineux.

— Tu sais, je me fous pas mal du soleil et du temps qu'il fait !

— Oui, bien sûr, excuse-moi, je suis maladroit. En tout cas, c'est bien que tu sortes.

— Je suis juste passé au boulot.

— Ah…

— Cela m'a pris sur un coup de tête car je tournais en rond ici. Le travail reste mon meilleur refuge.

Pierre fut surpris mais tenta de ne rien laisser paraître.

— Tu as réussi à bosser ?

— Non pas vraiment. J'ai essayé mais j'étais incapable de me concentrer. Je suis crevé et je ressasse plein de trucs par rapport à ce qui s'est passé. Du coup, j'ai fait des petites recherches autour du marathon et j'ai trouvé des tas d'infos intéressantes. Tu avais raison Pierrot, les gens ont vraiment l'air accro à cette course, le magic marathon, comme ils disent.

— Eh oui, ton grand frère ne te dit pas toujours des conneries ! À ce propos, j'ai parlé à notre mère au téléphone et par webcam. Elle est paniquée et attend toujours ton appel. J'ai bien tenté de la rassurer mais tu la connais…

Cette nouveauté de la webcam, à l'initiative de Pierre, avait le don d'exaspérer Alain.

— Comme tu dis, je la connais ! Par cœur… C'est pour cette raison que j'ai pris les devants avec papa pour qu'elle ne m'appelle pas. Je n'ai pas eu une seconde à moi depuis deux jours et je n'ai aucune envie que notre mère me prenne la tête comme elle sait si bien le faire.

— J'ai failli gaffer mais apparemment tu n'as pas parlé du tout du marathon ?

— Heureusement que tu es malin. Imagine leur réaction quand ils apprendront que je n'étais pas au courant…

— C'est sûr, mais il faudra bien leur dire. Si tu veux, je peux m'en charger.

— Non Pierre, ce n'est pas à toi de le faire. Laisse-moi gérer cette affaire comme je l'entends.

— D'accord, j'ai compris. Mais essaie de passer un petit coup de fil, même bref, à maman. C'est normal qu'elle gamberge, mets-toi à sa place.

— Je ne suis pas à sa place et c'est le cadet de mes soucis ! J'espère que tu m'as bien compris. Elle m'a toujours collé aux basques et je ne le supporte plus. Je sais que tu n'as pas la même attitude que moi avec eux, surtout avec maman. Tant mieux pour toi !

Alain avait lâché ces mots sans y penser. D'instinct. Il commençait à en avoir ras-le-bol à cinquante balais que le fils préféré lui donne encore des conseils. Maintenant qu'Anna ne serait plus à ses côtés pour le tempérer, il allait lâcher les chevaux, prédit-t-il.

— Ok, ne t'emballe pas, fais comme tu le sens. Je gérerai les jérémiades de notre mère s'il le faut, répliqua Pierre pour couper court à cette conversation qui dérapait.

Mais il avait encore autre chose à lui dire…

— En fait, je ne t'appelais pas pour cela. J'ai découvert un truc sur Twitter dont je voudrais te parler.

— Encore Twitter. C'est bon, tu m'as déjà montré des messages de coureurs hier. Longueur maxi : 140 signes. J'ai bien appris ma leçon ?

— Mais pourquoi tu te cabres ? s'énerva à son tour Pierre. Je suis comme toi, je cherche à comprendre, à en savoir plus. Twitter est une mine d'informations que je manie régulièrement pour mon boulot. Je sais que tu es réfractaire à tous ces nouveaux modes d'expression mais je tente seulement de t'aider…

— Et qu'est-ce que mon frère, toujours à la pointe de la technologie, a donc découvert ?

— Je préfère t'en parler de vive voix…

— Écoute, je suis crevé. Demain va être une journée terrible, je dois récupérer le corps d'Anna à l'aéroport avant qu'elle ne file entre les mains de la Fac de médecine.

— À quelle heure son rapatriement est-il prévu ?

— Sept heures à Marignane… ce n'est pas loin de la maison.

— Écoute, je ne veux pas que tu sois seul, je peux t'accompagner si tu le souhaites ?

Alain ne mit pas longtemps à se décider car il se sentait défaillir rien que de penser à cette formalité macabre.

— Oui, je veux bien. Tu es sûr ?

— Mais oui, c'est normal que je t'accompagne. La famille, tu sais, c'est important, surtout dans ces moments là, se permit d'ajouter Pierre.

— Touché, je m'incline ! Merci Pierrot. Tu passes d'abord à la maison ?

— D'ac. Comme ça, je pourrai te raconter ce que j'ai découvert sur Twitter. Je me fais peut-être mon film mais j'ai un pressentiment... Je voudrais ton avis.

— Que de mystères, je ne sais pas ce que tu mijotes avec ton Twitter. À demain matin mon frère.

En raccrochant, Alain se demanda quelle info Pierrot avait bien pu dénicher en fouinant sur le réseau social au petit oiseau bleu. Il préféra passer à autre chose. Il en saurait plus dès demain vu l'empressement de son aîné...

Alain n'avait pas bougé de la chambre. Il était affalé sur son lit les yeux fermés. Pour se reposer et tenter d'y voir clair. Le coup de fil de Pierre l'avait interrompu alors qu'il phosphorait sur le placard d'Anna. Trop de choses clochaient dans cette histoire. Pourquoi était-il seul ou presque à ne pas savoir que sa femme s'adonnait aux joies de la course à pied ? Pourquoi ne lui avait-elle rien dit pour le marathon de New York ?

Heureusement que son frère était là pour l'aider à surmonter cette épreuve bien plus cruelle qu'un marathon. Il n'en avait trop rien dit par pudeur mais il était vraiment soulagé que Pierrot vienne avec lui accueillir le corps de la femme de sa vie. Même si son aîné ne pouvait malheureusement rien faire pour lui à propos des cachotteries d'Anna dont il ignorait tout également.

Alain n'avait toujours pas ouvert les yeux et n'arrêtait pas de se les frotter comme quand il était gosse... Il adorait cette sensation étrange qui donnait naissance à des formes curieuses et donnait libre cours à son imagination. Mais en cette minute, il devait se rendre à l'évidence. L'horizon était sombre et rien ne se dessinait.

Il rouvrit les yeux en pensant à sa belle-mère à laquelle Anna avait dû raconter plein de choses. Notamment sur ce marathon, son entraînement... Tant pis pour son ego, il devait assumer la situation et reconnaître que sa femme l'avait mis à l'index. Quand les portes se ferment, il faut chercher à les ouvrir, se dit-il. Une façon comme une autre de se donner du courage pour retourner voir Edmonde !

En chemin, Alain constata que le soleil commençait à décliner sur les collines environnantes. Il se surprit à conduire plus vite qu'à l'accoutumée, pressé de découvrir une part du mystère qui entourait la mort de sa femme.

Il évita de se présenter aux infirmières pour perdre le moins de temps possible et rejoignit directement la chambre d'Edmonde. Il pensa à leur dernière entrevue, il y a un jour seulement. Mais cela lui semblait déjà tellement loin tant les événements s'étaient bousculés. Son annonce avait heurté sa belle-mère qui l'avait pris de haut et envoyé balader. Espérons qu'elle se montrerait plus coopérative cette fois. À travers le hublot de la porte, il aperçut la vieille dame qui regardait la télévision. C'était bon signe, se persuada Alain en entrant dans la fosse aux lions.

Elle ne tourna même pas le regard quand il entra dans la pièce. L'avait-elle entendu ?

— Bonjour Edmonde, c'est Alain. Je vous dérange en pleine émission…

— Là au moins vous êtes perspicace mon vieux, lui rétorqua-t-elle sans même daigner quitter des yeux une seconde la petite lucarne fixée au mur.

Plutôt que d'engager les hostilités, Alain préféra lui aussi découvrir ce qui absorbait autant sa belle-mère. À sa grande surprise, il se trouva projeté en plein sitcom franchouillard où un couple s'engueulait copieusement sur le mode du "je te l'avais bien dit que cela se terminerait ainsi !".

Alain savait, lui aussi, s'abrutir devant la télé mais il ne supportait pas ce genre de programmes. Il essaya de se rappeler leur dernière engueulade avec Anna et ne trouva rien. Ce n'était pas dans leur gamme. Et ce, pour une raison très simple, Alain détestait le conflit et s'écrasait en cas de désaccord. Comme lorsqu'il avait voulu cet enfant qu'Anna lui avait refusé. Leurs litiges à tous les deux se réglaient plutôt dans le silence, chacun dans son coin, lui dans son canapé du salon et elle dans sa chambre…

— Pourquoi êtes-vous revenu ? Vous vouliez être certain que j'avais survécu à la nouvelle ? Ne vous sentez surtout pas obligé de prendre soin de ma petite personne parce que ma fille n'est plus là !

Alain ne répondit pas tout de suite car il était une fois de plus soufflé par la virulence d'Edmonde à son encontre. Pour se donner un peu de contenance, il continua à regarder le feuilleton hexagonal aux forts relents américains.

— Vous avez perdu l'usage de la parole mon vieux ?

— Non, je vous rassure. Le "vieux" tient le coup. Enfin j'essaie…

Alain avait carrément envie d'envoyer bouler cette vieille chouette mais pensa au motif de sa visite et à sa femme. Que cela lui plaise ou non, il n'avait pas le choix et devait maintenant s'occuper d'Edmonde comme l'aurait souhaité sa Dalida.

— Depuis hier, je réalise sans vraiment réaliser. Tout est allé trop vite. Le corps d'Anna arrive demain matin à l'aéroport de Marignane, cela devrait m'aider à affronter la mort en face…

— Il faut toujours affronter ce qui vous tombe dessus. J'en connais un rayon là-dessus. Si vous saviez…

— Le plus dur pour moi, ce sont les mystères d'Anna…

Il allait poursuivre sa phrase mais Edmonde l'en empêcha manu militari.

— Qu'est-ce que c'est que cette salade encore ? De quoi parlez-vous mon vieux ?

— Je parle de ce que vous saviez et de ce que j'ignorais.

Edmonde avait cette fois détourné le regard dans sa direction et semblait inquiète.

— C'est-à-dire… De quoi parlez-vous exactement ?

— Du marathon par exemple.

— Je ne vois pas où est le secret là dedans. Anna a décidé de faire cette course quand elle a su qu'elle serait à New York pour son boulot à la période du marathon.

— Je suis heureux de l'apprendre !

Edmonde le dévisagea de la tête aux pieds, manifestement soufflée par cette annonce.

— Comment cela ? Vous voulez dire que vous ne saviez pas qu'Anna allait courir le marathon là-bas ?

— Vous avez tout compris. Je n'ai pas osé vous l'avouer hier, de peur de paraître ridicule.

— Ça alors ! Anna ne vous en avait jamais parlé, quelle drôle d'idée !

— En fait, j'ignorais tout, y compris qu'elle courait depuis plusieurs mois j'imagine.

— Ma fille me surprendra toujours !

— Maintenant Edmonde, j'aimerais comprendre pourquoi ces mystères. J'en ai vraiment besoin maintenant qu'Anna…

-… est morte. Putain quelle merde la vie parfois.

Alain fit une courte pause, le temps pour tous les deux de méditer cette phrase frappée de bon sens. Cette cruelle incertitude qui plane en permanence au dessus des humains. Jusqu'à l'issue finale et fatale qui arrive souvent quand on ne l'attend pas.

— Depuis combien de temps courait ma femme ?

— Oh je ne sais plus, c'est loin pour moi. J'ai des trous dans ma mémoire comme vous le savez. Sinon, je serai encore tranquillement chez moi dans mon appartement des Cinq Avenues. Quelle misère…

— Je sais Edmonde, vous devez composer avec vos absences et vos crises. Je ne vous demande pas une date exacte. C'est juste pour avoir une idée.

— Six mois… Oui, je dirai au moins six mois.

— Tant que ça !

Alain tomba de haut. Ces six mois le laissaient sans voix. Tout ce temps à courir et à trahir. Ne rien dire de son corps, de son souffle, de sa sueur. Six mois à taire une pratique pourtant non répréhensible. Manifestement source d'équilibre et de partage à en juger par ce qu'il avait pu en lire.

— Mais pourquoi ne m'a-t-elle rien dit ? Je ne comprends pas Edmonde.

— Pour être honnête avec vous mon vieux, je ne comprends rien non plus. Je ne m'étais jamais posée la question et bien sûr Anna ne m'a jamais rien dit à ce sujet. Sinon, je n'aurai pas trahi ma fille, vous vous en doutez.

— Oui, je m'en doute très bien mais cela ne m'aide pas beaucoup…

Alain sentit la vieille chouette lui échapper. Il devait faire vite pour lui soutirer quelques informations supplémentaires.

— Mais comment l'envie de courir lui est-elle venue ?

— Ça lui a pris sur un coup de tête, vous la connaissez, elle adorait découvrir de nouvelles choses en permanence. Curieuse et dévoreuse de la vie. Elle a toujours adoré le sport contrairement à… vous.

— Et j'assume, je vous rassure ! Mais Anna m'échappe totalement. On dirait qu'elle s'est plongée dans la course à pied sans réfléchir. Jusqu'à vouloir courir un marathon !

— Elle savait faire de bons choix, elle savait décider, elle savait s'entourer.

Alain sauta sur l'occasion.

— Vous croyez qu'elle suivait un programme ?

— Je ne crois pas, j'en suis sûre, elle m'en avait parlé. Trois à quatre entraînements par semaine. Elle n'avait qu'à suivre les indications de son coach !

— Son coach ? Vous voulez dire qu'elle ne courait pas seule ?

— Là, vous m'en demandez trop, Anna ne me racontait pas tout et je ne lui posais pas autant de questions que vous. Je sais juste qu'elle avait rencontré quelqu'un qui l'aidait et la conseillait. Elle parlait toujours de son coach et cela semblait l'amuser…

— Mais qui était-ce ? Elle ne vous a rien dit ?

— Ecoutez mon vieux, arrêtez de me torturer. Je suis fatiguée et je m'emmêle les pinceaux avec toutes vos interrogations. Vous croyez quoi, que c'était son amant ? Ne vous faites pas votre film ! Anna avait d'autres préoccupations vous savez !

Alain pensa tout de suite au témoignage de cette Française qui courait toujours accompagnée de son mari. Si seulement il avait été sportif, tous ces mystères n'auraient pas eu cours. Après tout, elle lui avait peut-être tout caché à cause de son incompétence, de sa bedaine et de son désintérêt pour l'effort.

Il regarda Edmonde qui avait perdu de sa prestance depuis le début de leur entrevue. Alain fut saisi par la honte : la vieille dame était malade, fatiguée et elle aussi meurtrie par cette putain de crise cardiaque.

— Je suis confus Edmonde. Excusez-moi avec toutes mes questions. Je vous embête et ce n'est vraiment pas le moment.

— Disons que nous ne nous posons pas les mêmes questions. Moi, c'est la crise cardiaque qui m'échappe. Encore une fois, Anna était en parfaite santé, elle ne s'était jamais plainte et s'entraînait comme il faut.

— Elle vous avait dit où elle s'entraînait, osa demander Alain.

— À Bouc Bel Air, pas très loin de votre maison. C'était pratique.

— Dans les collines, mais ça monte tout le temps !

— Non pas dans les collines. Elle allait dans un grand parc aménagé où l'on peut faire apparemment plein d'activités.

— Je ne vois pas où cela se trouve mais je vais chercher.

Alain imagina alors sa femme en sueur à deux pas de chez eux. La même scène se répétait trois à quatre fois par semaine et il n'en avait rien su. N'avait jamais rien suspecté. Comment s'organisait-elle avec son travail pour aller là-bas ? A quel moment : la matin, le midi, le soir ? Alors qu'elle partait souvent loin sur la route… Décidément, trop de choses clochaient. Alain ne pouvait s'en empêcher : il voulait savoir et comprendre.

Une infirmière entra à ce moment là dans la chambre. Alain ne l'avait jamais vue. Il faut dire qu'il ne venait pas suffisamment rendre visite à sa belle-mère pour bien connaître le personnel. Elle parut surprise par la présence d'Alain et le salua froidement.

— Tout va bien madame Caussion ? Vous avez de la visite, ajouta la soignante.

— C'est le mari de ma fille. Il est venu me soutirer des informations.

— J'allais partir, rassura Alain.

— Votre belle-mère est très fatiguée, lui glissa tout doucement l'infirmière. Elle a subi un choc dont on ne peut prévoir les conséquences…

— Je suis maintenant sa seule famille. Ne vous inquiétez pas, elle n'aura aucune visite à part la mienne, rétorqua Alain un peu sèchement.

— C'est ce que j'ai cru comprendre. Tout ira bien alors.

La jeune femme tourna les talons après avoir jeté un regard protecteur vers Edmonde.

La belle-mère et son gendre étaient de nouveau en tête à tête. Deux êtres blessés et malheureux. Sans doute pour des raisons différentes. Mais leur douleur, une fois n'était pas coutume, les réunissait. Alain s'approcha de la vieille dame et lui dit qu'il allait la laisser tranquille.

— C'est tout ce que vous vouliez savoir mon vieux ? lui balança Edmonde, un brin malicieuse.

Alain trouva la question étrange et lui demanda pourquoi.

— Comme ça, rétorqua sa belle-mère de plus en plus mysté-rieuse…

Décidément Alain avait du mal à supporter la vieille dame. La maladie d'Alzheimer ne venait rien arranger. Elle semblait récla-mer qu'il l'interroge à nouveau alors qu'elle s'en plaignait il y a quelques secondes.

Il ne demanda pas son reste, embrassa en silence Edmonde et prit congé. En quittant l'établissement, il était encore plus angoissé qu'à son arrivée.

Il avait repris la route sans aucune certitude et avec davantage de doutes. Ces doutes qui le paralysaient depuis la découverte de ce premier marathon fatal à sa femme. Certes sa belle-mère lui avait lâché quelques bribes d'information sur l'entraînement d'Anna à Bouc Bel Air et ce programme suivi depuis six mois... Mais il comprenait de moins en moins pourquoi sa femme s'était enfermée aussi longtemps dans de tels mensonges. Et de nouvelles interrogations s'ajoutaient : qui pouvait bien être ce coach apparemment si génial ? Courait-elle en sa compagnie comme cette autre coureuse française avec son mari ? Où pouvait bien se nicher ce parc aménagé de Bouc Bel Air dont Alain n'avait jamais entendu parler et qui servait de terrain de jeu à Anna ?

Même si ses demandes étaient légitimes, Alain s'en voulait d'avoir autant accaparé Edmonde. Cela ressemblait de plus en plus à l'interrogatoire d'un homme blessé. Mais il avait en face de lui une femme âgée dont la maladie gagnait chaque jour un peu plus de terrain. Et surtout un passif qui ne plaidait pas en sa faveur. Que cela lui plaise ou non, il était de toute façon trop tard pour refaire le film de sa relation distante avec sa belle-mère même si tous deux pleuraient Anna, plus que tout.

Alain réalisa qu'il n'avait toujours pas appelé sa propre mère comme le lui avait reproché à mots couverts Pierrot. Il n'en avait aucune envie mais décida de l'appeler de sa voiture. C'était le meilleur moyen de faire court !

Il tomba sur elle dès la première sonnerie comme si Solange était rivée à son téléphone dans l'attente de ce moment.

Les mots vinrent assez facilement et Alain lâcha quasiment toutes les informations dont il disposait. Sa mère accusa un peu le coup avant de sortir l'artillerie lourde contre cette belle-fille qu'elle n'avait jamais vraiment appréciée. Un peu comme lui avec Edmonde...

À partir de ce moment là, Alain se concentra sur la route, sinueuse par endroit, et n'entendit volontairement que des bribes de reproche. "Comment a-t-elle pu te cacher tout ça", "Quel manque de confiance", "Quand une femme commence à mentir à son propre mari…", "Quelle drôle d'idée de donner son corps à la science !" Lorsqu'Alain entra dans sa propriété, sa mère venait de sortir l'argument fatal.

— Mon pauvre fils, je suis là, tu le sais… Quoi qu'il arrive.

Drôle de formulation, pensa Alain. Que pouvait-il arriver de pire que ces dernières quarante-huit heures. Il la remercia en se disant qu'il n'était pas prêt de la rappeler. En cinq minutes, sa mère venait de se lâcher. Toutes les rancœurs accumulées depuis tant d'années s'étaient libérées. Sa mère accablait Anna de tous les maux. Comme si elle était la seule responsable des mauvaises relations qu'entretenait Alain avec ses parents. Ce raccourci de l'histoire dépitait le fils cadet. C'était tellement plus facile d'accuser celle qui n'était à leurs yeux qu'une pièce rapportée.

Un sentiment de dégoût envahit Alain. Autant son frère s'était montré jusque là à la hauteur, autant sa mère, une fois de plus, se trompait de cible. Elle n'avait jamais accepté qu'Alain lui échappe et ne voulait surtout pas analyser les raisons de cet éloignement.

Encore heureux que Bouc Bel Air soit si loin de Paris, souffla Alain en jetant un coup d'œil sur les pins parasols qui peuplaient les reliefs environnants. Un profond sentiment de solitude l'enserra. Sa propre mère, au lieu de l'aider et de respecter sa douleur, venait de sortir son couteau. Mais la plaie de son fils était béante. Comme deux jours plus tôt, Alain imagina d'abréger sa terrible souffrance. Il lui suffirait de fouiller dans le sac de médicaments qu'Anna trimbalait toujours avec elle lorsqu'elle partait en clientèle. Mais il pensa aussitôt au corps d'Anna qu'il voulait revoir une dernière fois et surtout à toutes ces questions qui appelaient des réponses. Sa survie en dépendait. Il regretta l'absence d'un ami fidèle qui aurait été tellement utile en ce moment. Comme Beatrix l'aurait été pour sa Dalida.

L'envie d'appeler au secours le rongeait de l'intérieur. Il faisait les quatre cents pas dans la vaste maison, histoire d'évacuer ce trop plein d'amertume. Alain envisagea de téléphoner à la collègue formatrice avec laquelle il s'entendait le mieux. Mais il était déjà trop tard. La journée de formation était achevée et il n'avait même pas son téléphone personnel. Une négligence de plus...

Il pénétra dans leur chambre à coucher qu'il avait quittée tout à l'heure pour aller tarabuster Edmonde avec le succès que l'on sait. À nouveau, il se polarisa sur la porte vitrée du placard d'Anna.

Mais cette fois il l'ouvrit sans réfléchir. Pressé d'en finir avec son malaise, prêt à en découdre, quelles que soient ses découvertes.

Il fut surpris de retrouver... l'odeur de sa femme. Son parfum était présent dans ces étagères si bien rangées qu'il découvrait pour la première fois. Il y avait un coin pour tout. Il commença par les petits tiroirs et tomba nez à nez avec les dessous affriolants dont Anna raffolait. Alain en profitait de moins en moins car elle était révolue cette époque bénie où ils faisaient l'amour sans préavis et s'arrachaient à la hâte de leur désir tous leurs vêtements, aspirés par le coït qui les attendait. Ces derniers temps, il la retrouvait le plus souvent endormie en pyjama dans leur lit lorsqu'il venait la rejoindre en fin de soirée. Il allait aussi regretter ces moments là qui font partie de la vie d'un couple, fut-il usé...

La penderie était également copieusement garnie : robes, jupes, chemisiers, vestes, tailleurs. Un festival de bon goût, des marques à n'en plus finir, les dernières tendances. En bas du placard, un coin était réservé aux chaussures (elle aimait les talons et avait une appétence pour le cuir de toutes les couleurs). Tout respirait Anna dans cet espace privé : organisée, méticuleuse, élégante et moderne. Alain n'eut pas le courage de déplier quoi que ce soit de peur de voir se présenter l'image de sa Dalida et son regard perçant qu'il aimait tant.

Oui, sa femme plaisait aux hommes. Oui, sa femme en jouait. Oui, il ne faisait plus assez attention à elle.

Il en était là de ses réflexions lorsqu'il fit coulisser une autre porte plus éloignée du lit, où il n'avait pas le souvenir de voir Anna fouiller. Et pour cause : nous entrions dans l'espace des sacs à main, sacs de voyage, sacs de rangement, sacs à tout faire. Manifestement cet endroit était moins souvent utilisé et les senteurs d'Anna ne taquinèrent pas cette fois les narines amoureuses d'Alain. Machinalement, il attrapa un sac en toile qui aurait été parfait pour faire du sport.

L'homme blessé poussa un "non" à la mesure de sa stupeur. Derrière l'objet qui avait attiré son attention, il découvrit tout un attirail inconnu. Collants en lycra, short, tee— shirts, sweats, coupe-vent, chaussettes... Contrairement à sa précédente réaction, il déplia tout, inspecta dans le détail cette panoplie complète de la coureuse de fond. À côté des vêtements, il y avait aussi des bonnets, gants, casquettes, lunettes de soleil. De quoi affronter les chaleurs estivales des terres de Bouc Bel Air mais aussi le froid sec de l'hiver et les coups de mistral qui souvent s'étalaient sur plusieurs jours.

Alain s'assit à nouveau sur le lit sur lequel il avait jeté toutes les tenues de marathonienne. Il découvrait un monde qu'il ignorait et surtout une facette d'Anna qu'elle avait voulu occulter. Six mois de silence et un second placard qui confirmait ce qu'il pressentait. Sa femme avait rangé ses affaires de sportive en cachette dans un endroit a priori dédié aux sacs à main. Comme si elle avait voulu s'assurer qu'elle ne courait aucun risque d'être démasquée. Bizarre et inquiétant. Tout ceci n'était pas anodin. Alain n'aimait vraiment pas la tournure prise par toutes ces révélations post-mortem. Il sortit de la chambre nuptiale sans même prendre la peine de ranger les vêtements de sport d'Anna.

Après un détour par le réfrigérateur de la cuisine, il alluma la télé, s'assit sur le canapé et ouvrit sa bière un peu trop rapidement. La capsule vola dans le salon et il dut boire tout de suite pour éviter que la mousse ne se répande sur le sol. Alain était en colère. Surtout contre lui-même qui n'avait rien vu, rien entendu, rien pressenti. Dans sa bulle...

Anna ne risquait pas grand-chose avec son homme des cavernes. Mais malgré tout, elle avait pris toutes ses précautions. Tous ces mystères avaient forcement un sens qu'il devait découvrir. Pour l'instant, il était largué. Les pièces du puzzle s'ajoutaient les unes aux autres sans aucune cohérence.

Alain finit sa bière aussi vite qu'il l'avait commencée et éteignit la télévision qui ne lui était d'aucun secours. Il médita sur l'enchaîne-ment des événements. Comment sa femme avait-elle pu préparer dans son dos son marathon en suivant un programme d'entraîne-ment apparemment rigoureux ? Ces footings dans ce parc mysté-rieux de Bouc Bel Air ne pouvaient se dérouler, ni le matin , ni le soir car il s'en serait forcément rendu compte. Restait donc le midi… Mais un truc clochait, se convainquit Alain. Anna était la plupart du temps en déplacement. Comment pouvait-elle faire pour courir plusieurs fois par semaine en plein déjeuner du côté de chez eux !

À moins que… Une lueur traversa l'esprit fatigué d'Alain. À moins qu'elle ne soit pas en déplacement et qu'elle ait le temps de s'organiser comme bon lui semble ! Il repensa alors à son échange ubuesque au téléphone avec la responsable d'Anna lorsqu'elle lui avait annoncé la terrible nouvelle. Cette femme plutôt discrète avait semblé abasourdi devant son ignorance. Alain se fit à nouveau le film de leur conversation. Madame Bruguière lui avait affirmé qu'Anna s'était très bien préparée. Elle en était certaine et avait ajouté au détour d'une phrase qu'elle "la voyait moins ces derniers temps"…

Sur le coup, Alain n'avait pas prêté attention à cette remarque, tétanisé qu'il était. Mais cette phrase prenait aujourd'hui une autre dimension. Pourquoi madame Bruguière voyait-elle moins Anna ? Qu'est-ce qui avait changé dans leur relation ? Pour quelles raisons ? Alain ne tenait plus en place, il avait quitté son canapé d'un seul coup, convaincu d'avoir déniché une faille à investiguer. Il regarda sa montre. Déjà 20 heures ! La journée avait filé à une vitesse folle. Il ne tergiversa pas deux secondes de plus et décrocha son téléphone.

Madame Bruguière répondit assez rapidement au grand soulagement d'Alain.

— Bonsoir, excusez-moi de vous déranger aussi tard, c'est monsieur Vitali.

— Ah bonjour monsieur Vitali… vous ne me dérangez pas. Que puis-je faire pour vous ?

— Le corps d'Anna est rapatrié demain matin. J'irai la récupérer avec mon frère.

— Oui, nous avons été prévenus également. Je ne vous ai pas téléphoné car je savais que vous seriez averti avant nous.

Une fois ces préliminaires passés, Alain décida de ne pas louvoyer.

— En fait, ce n'est pas l'objet de mon appel. Je repensais à l'instant à notre première conversation quand vous m'avez annoncé le décès d'Anna.

— Oui…

La responsable d'Anna sembla suspendue à la suite des événements, dans un mélange d'inquiétude et d'incompréhension.

— Je me souviens que vous avez insisté sur l'entraînement d'Anna. Comme quoi, elle était très bien préparée pour cette course.

— Monsieur Vitali, j'ai été très surprise avant-hier et je m'excuse sincèrement pour mes maladresses. Je pensais que vous saviez qu'Anna courait régulièrement.

— Non j'ignorais tout. Tout sur cette course, tout sur ces entraînements…

— Je suis désolée mais je n'en sais pas plus que ce que je vous ai dit. Anna s'entraînait apparemment sérieusement. Ses collègues américains m'ont confirmé qu'ils n'avaient rien remarqué d'anormal les jours précédant la course. Pour toute notre entreprise, c'est une terrible nouvelle. Votre femme était très connue et appréciée.

— Oui, comme toujours. Elle a laissé un bon souvenir partout où elle est passée. Mais je ne vous ai pas appelée pour larmoyer sur mon épouse, répliqua sèchement le jeune veuf...

— ...

— Qu'est-ce qui avait changé dans vos relations ? Vous m'avez avoué la voir moins depuis quelque temps ?

— C'était le choix d'Anna. Qu'elle avait d'ailleurs justifié par sa préparation au marathon. Pour être honnête avec vous, j'avais tenté de l'en dissuader. Sans succès.

— La dissuader de quoi ?

— Ben, de passer à mi-temps !

— Pourquoi à mi-temps ? Anna a toujours travaillé à fond sans compter ses heures !

— C'est exactement ce que je lui ai dit à l'époque. Mais elle n'a rien voulu entendre. Voilà pourquoi je peux vous affirmer qu'elle était surmotivée et parfaitement préparée pour son marathon...

— Je comprends mieux... Depuis combien de temps était-elle à mi-temps ?

— Déjà six mois. Le temps passe trop vite...

— Oui, le temps passe trop vite. Je vous remercie madame Bruguière.

Alain raccrocha. Décontenancé et perplexe. Son interlocutrice ne s'était pas rendue compte de ce qu'elle venait de lui révéler. Anna Vitali ne passait plus que la moitié de son temps à bosser. La partie visible de l'iceberg. Le reste n'était que mystère et trahison...

Episode 2

Nous y sommes ! Le départ tant attendu et redouté nous tend les bras. Dans moins d'une heure, je m'élancerai pour ce premier marathon. Avec mon sparring-partner de mari, nous venons de rejoindre notre sas de départ, le "vert" symbole d'espérance...

Pour en arriver là, il nous a fallu émerger du lit vers quatre heures du matin, histoire de bien réveiller notre corps fatigué à la seule idée de ce qui nous attend ! Mais les organisateurs, qui ont toujours le mot pour rire, nous avaient prévenus avec ce slogan : "la plupart des gens dorment tard le dimanche matin, vous n'êtes pas la plupart des gens..."

Première étape : le petit déjeuner où nous avons avalé une assiette de pâtes, passage obligé de tout marathonien même inexpérimenté. Les artistes ont ensuite préparé et enfilé leur costume de scène dans le silence de leur chambre. Inutile de préciser que la pose du dossard, de couleur verte comme le sas, a fait monter l'adrénaline d'un seul coup. L'histoire retiendra que j'ai couru sous le numéro 3347 et que j'ai dû indiquer au dos de ce sésame les coordonnées de deux personnes à prévenir en cas d'accident. On préfère ne pas y penser mais les organisateurs ne laissent rien au hasard et ils ont raison.

Après avoir lacé sur ma chaussure droite la puce électronique qui me suivra à la trace pendant toute la course, j'ai enfilé de vieux vêtements pour gérer l'attente.

Nous avons alors quitté notre hôtel de Manhattan pour rejoindre à pied la New York Public Library à l'angle de la septième avenue et de la quarante-deuxième rue. C'est d'ici que partent tous les cars qui transportent les coureurs jusqu'au départ à Staten Island de l'autre côté de la baie de New York. Que vous soyez Américain, Suisse ou Vietnamien, c'est un passage obligé ! La circulation est ainsi canalisée et aucun accompagnant ne peut se joindre à ces convois. Nous sommes stupéfaits par ces centaines de cars entassés les uns derrière les autres, qui démarrent dès qu'ils sont

pleins. En nous guidant, les bénévoles nous délivrent des "congra-
tulations" à tout-va ! Ma course a sans doute commencé à ce
moment précis. Ce jour de novembre où des dizaines de milliers
d'anonymes deviennent les héros d'une ville...

L'organisation est irréprochable. Après avoir roulé dans
Manhattan puis Brooklyn, nous avons ouvert grand nos yeux
endormis en traversant le célèbre Verrazano bridge, le plus long
pont suspendu du monde. Là où nous commencerons notre course
tout à l'heure.

Notre bus nous a lâchés à quelques centaines de mètres du départ
parmi la ruche des coureurs. Une foule cosmopolite et bigarrée à
l'image de la ville. L'endroit est tellement immense que le senti-
ment de cohue ne vous étreint pas. Bien sûr, il y a parfois la queue
pour se rendre aux toilettes fermées et pour accéder à la plus
grande "pissotière au monde". Les organisateurs annoncent la
couleur : 115 mètres de long pour vous messieurs !

Mais tout est parfaitement huilé et tout le monde patiente dans le
calme. Certains sont allôngés dans l'herbe, d'autres ont pris des
fauteuils pliants qu'ils abandonneront là. Pour ceux qui le souhai-
tent, il y a une scène où l'on peut assister au concert d'un groupe
local. Des lieux de prière sont aussi aménagés en fonction de votre
confession. Incroyable ! Les groupes se forment et se déforment
pour un tour du monde de la planète. On entend parler toutes les
langues, l'internationale de la course à pied est en marche.

Lorsqu'avec mon mari, nous décidons de regagner notre zone de
départ, la verte donc, une haie d'honneur formée par les bénévoles
nous accueille et nous acclame. J'ai des frissons de la tête aux
pieds. Cette entrée dans l'arène restera inoubliable quoi qu'il
arrive. Je commence à mieux comprendre pourquoi cette course
est une légende, pourquoi tu ne peux pas abandonner ici.

En cet instant précis, je ressens bien sûr de l'émotion mais surtout
une certaine fierté alors que nous n'avons pas encore fait nos
preuves. J'embrasse mon partenaire et avance vers la cohue du
départ main dans la main avec lui. Nous sommes deux privilégiés
parmi des milliers d'autres. Prêts à nous élancer...

Le troisième jour

Elle était là, allongée dans le caisson qui l'avait transportée de New York. En entrant dans cette pièce sans âme de l'aéroport de Marignane, Alain n'en menait pas large. Pierre l'attendait dehors avec la valise et le sac à main d'Anna. Ils avaient été accueillis dans le hall 1 par le service de la Faculté de médecine de Marseille chargé de récupérer les corps des défunts donnés à la science.

Alain vivait ses dernières minutes en tête-à-tête avec sa femme. Avant que sa Dalida ne joue les samaritaines pour les chirurgiens de demain. Un dernier geste chevaleresque pour celle qui aimait tant partager. Sa joie de vivre était communicative et avait tiré Alain vers le haut pendant toutes leurs années de vie commune.

Elle, la Marseillaise pur jus, fière de sa ville, même si son incivisme et sa saleté l'agaçaient au plus haut point. Lui, l'Aixois d'adoption, qui aimait le côté feutré et bourgeois de la cité de ses études, dont il était tombé sous le charme. Deux villes voisines, la préfecture et la sous-préfecture, éternelles rivales, proches et tellement distantes…

Cette image lui fit penser à leur couple. La vie commune n'avait pas empêché les mensonges. Cela faisait déjà trois jours qu'Anna s'était arrêtée d'un seul coup en plein effort. Si proche de réaliser son rêve de marathonienne. Si loin de son mari resté à six mille kilomètres, écarté de ce projet, comme un moins que rien.

En cet instant précis, Alain aurait dû pleurer à chaudes larmes devant le visage glacé de son épouse. Il n'avait pas dormi, trop angoissé à l'idée de ses retrouvailles mortelles. Et surtout trop accaparé par cette dernière découverte sur le boulot à mi-temps d'Anna. Ces six mois divisés en deux au plan professionnel durant lesquels elle avait continué à se comporter comme si rien n'avait changé. Inventé des déplacements qui ne devaient pas exister. Triché sur les dates, les horaires, les rendez-vous. Ces six mois où elle avait sciemment caché ses affaires de coureuse pour que son mari ne découvre la supercherie.

Alain aperçut une chaise placée juste à côté de la dépouille de sa femme. Il s'assit sans hésiter afin de pouvoir reposer son corps de survivant. Il regarda Anna, les yeux définitivement clos. Il aurait aimé affronter son regard perçant et l'écouter lui expliquer l'inexplicable. Pourquoi tous ces non-dits et ces mensonges ? Lui aurait-elle avoué à son retour avoir couru ce marathon ou aurait-elle continué de le tenir à l'écart ? Comment aurait-elle réagi une fois démasquée par son époux ?

Autant de questions qui resteraient sans réponse. Alain ressentit un mélange de colère rentrée et de douleur. Il se leva et caressa pour la dernière fois le visage de sa Dalida. La froideur de sa femme lui glaça le sang. La mort l'avait frappée au milieu d'une foule de convertis du macadam. Son cœur avait cessé de battre subitement. Apparemment sans aucun signal d'avertissement. Comme par effraction. Comme lui qui découvrait, contraint et forcé, les silences de celle qu'il aimait par-dessus tout.

Une fois de plus, les images d'Anna, vivante comme jamais, vinrent hanter la mémoire d'Alain. Elle aimait parler, jouer avec les mots, se faire confidente et se mettre en avant. Elle était de ses êtres qui attirent la lumière et entraînent les autres derrière elle. Son premier marathon avait eu raison de sa détermination. Un drôle de message envoyé à celle qui d'ordinaire réussissait tout ce qu'elle entreprenait.

Plus Alain la regardait et plus elle lui semblait différente. Les services funéraires américains ne l'avaient pas laissée dans sa tenue de coureuse. Elle portait une chasuble, prête à aider les étudiants en médecine de la cité phocéenne. Anna, d'ordinaire si classe, aurait détesté cet accoutrement tellement éloigné de ses tenues habituelles. Cette dernière vision était aux antipodes de celle qu'il avait aimé dès leur karaoké chanté en duo sur "Paroles, paroles". La mort dévaste tout sur son passage et ne laisse en vie que les souvenirs. Le regard d'Alain vagabonda du côté de la poitrine de sa femme dont la blouse médicale laissait entrevoir ses petits seins fermes. Ces seins qu'Alain aimait tant caresser, tout doucement sans faire de bruit…

Il revécut par bribes ces moments complices qu'elle appréciait comme lui, ces secondes de bonheur répétées à l'envi, ces extases partagées. Rien ni personne, pas même la faux, ne pourrait leur enlever ce qu'ils avaient vécu ensemble.

Dans ces phases de plénitude de leur couple, elle ne mentait pas, ne trichait pas et se donnait passionnément à l'image de sa vie. Sans fard ni retenue. Il allait devoir maintenant aller à la rencontre de la face cachée de son épouse. Comprendre ce qu'elle avait tramé dans son dos depuis au moins six mois. Alain pressentit que cette enquête risquait d'écorner le piédestal sur lequel il avait toujours placé sa Dalida. Mais ces secrets répétés avaient forcement une raison qu'il lui fallait découvrir. Anna était plutôt du genre à ne pas louvoyer et à jouer franc-jeu. Avait-elle été embarquée là-dedans à son corps défendant ? Était-ce une façon de protéger son mari ? Y avait-il d'autres découvertes à venir pour permettre au puzzle de s'assembler ?

Alain effleura le front de sa femme et l'embrassa sur les lèvres. Il décida de mettre ses dernières forces pour percer ce brouillard dans lequel il se débattait depuis trois jours. Il quitta la salle aimanté par cette promesse sans même se retourner une dernière fois.

Alain sortit de cette salle glauque de l'aéroport plus remonté qu'en y entrant quelques minutes plus tôt. Bien décidé à tout mettre en œuvre pour démêler le vrai du faux dans le scénario post-mortem que lui imposait sa femme. Il découvrit avec plaisir son frère, assis, en train de pianoter sur son smartphone. La valise et le sac à main d'Anna étaient toujours à ses pieds. Cette vision mit mal à l'aise Alain et il savait très bien pourquoi.

Les deux frères décidèrent d'aller boire un verre ensemble. Ils avaient tous les deux plein de choses à se raconter et s'assirent dans le grand bar, froid et moderne, qui jouxtait le hall des arrivées. Pierre dénotait un peu avec ses bagages féminins mais à dire vrai personne ne prêta attention à eux dans cette ambiance de va-et-vient permanent.

— Tu préfères que nous allions ailleurs ? s'enquit Pierre.

— Non, ne t'inquiète pas, le rassura Alain. Ici, il y a du passage et nous sommes deux anonymes au milieu de la foule des voyageurs.

Le serveur arriva immédiatement pour prendre leur commande. Pas question de chômer ici ! Ils prirent tous les deux un café allôngé.

— Excuse-moi de ne pas t'avoir accompagné. J'ai pensé que tu préférerais être seul, se justifia le frère aîné.

— Tu as eu raison Pierrot.

— Pour être honnête, je ne tenais pas à garder cette image d'Anna. Je préfère l'imaginer… avant.

— C'est ce que j'ai fait aussi, répondit, un brin énigmatique, Alain en songeant à ses pensées érotiques autour des seins de sa femme.

— Ça va…

— Oui, si l'on veut ! Ça va comme quelqu'un qui vient de revoir sa femme, morte dans sa boîte. Ça va comme quelqu'un qui n'a rien vu arriver. Ni la course, ni la crise cardiaque, ni l'entraînement… J'en passe et des meilleures !

— Tu as découvert autre chose, devina Pierre.

— Oui… à ma grande surprise.

— …

— Figure-toi qu'Anna était passée à mi-temps depuis six mois dans son job !

— Quoi, à mi-temps alors qu'elle était dingue de son taf !

— Eh oui, j'ai eu le même étonnement que toi.

-Mais comment l'as-tu appris ? demanda Pierre.

— J'ai rappelé sa responsable. À force de gamberger et de tout retourner dans tous les sens, je me suis souvenu qu'elle m'avait dit moins travailler avec Anna depuis quelque temps.

— On comprend pourquoi maintenant ! Mais qu'est-ce qui a bien pu la pousser à passer à mi-temps ?

— D'après la nana que j'ai eue au téléphone, Anna avait tout mis sur le compte de sa préparation au marathon. Pour s'investir à fond et être moins crevée j'imagine…

— Tu trouves que cette décision lui ressemble ?

— Écoute, je n'y comprends rien depuis le début ! Le pire, c'est surtout qu'elle ne m'en ait jamais parlé.

— Comme si elle avait voulu te le… cacher…

Alain coupa net son frère.

— C'est le terme, ne prends pas de pincettes. Elle m'a délibérément menti pendant six mois. J'ai découvert dans notre chambre ses fringues de joggeuse… Figure-toi qu'elles étaient planquées derrière un tas de sacs !

Le "garçon" arriva avec les deux cafés et sentit qu'il gênait.

— Mais pourquoi tous ces mystères ? Après tout, il n'y avait rien de grave dans tout ce que tu découvres aujourd'hui. Elle aurait très bien pu t'en parler librement.

— Elle aurait dû m'en parler, insista Alain, content de trouver du soutien auprès de son frère.

— C'est bizarre.

— Bizarre, bizarre, comme c'est bizarre, rétorqua Alain en imitant l'acteur Louis Jouvet.

Les deux frangins rirent aux éclats dans une complicité réconfortante. Pierre regarda son frère qu'il découvrait dans un registre comique plutôt inédit chez lui. Alain n'était pas mécontent de son petit effet.

— Le moins qu'on puisse dire, c'est que je suis largué, reconnut Alain. Dans cette sombre histoire, rien ne colle. Je me suis promis de me battre pour tenter de comprendre ce que ma femme n'a pas souhaité me dire, ajouta Alain, redevenu tout à coup très sérieux.

— C'est la meilleure attitude possible pour toi Frérot.

— De toute façon, je ne peux pas faire autrement. J'ai besoin de savoir.

— Je peux peut-être t'aider, compléta Pierre. Tu te souviens, je t'ai parlé d'une découverte sur Twitter…

— Ah oui, c'est vrai, j'avais complètement zappé. Alors ?

— Écoute, c'est compliqué et je me fais peut-être mon film. Regarde…

Alain sortit son téléphone et commença à pianoter frénétiquement sur l'écran de son portable high-tech.

— Voilà, j'ai cherché des infos sur des coureurs français qui avaient fait le marathon de New York.

— Mais comment peux-tu faire un truc pareil ?

— En fait, c'est très simple. Sur Twitter, on peut choisir de lancer des discussions avec des mots clés, précédés du hashtag. Cela permet aux internautes de repérer plus rapidement les tweets qui les intéressent.

— C'est vachement bien fait, remarqua, en bon novice, Alain.

— En tapant #Newyorkmarathon, j'ai découvert des centaines de tweets, tu t'en doutes. D'autant que le marathon vient d'avoir lieu et que tous les coureurs français rentrent chez eux…

— Les veinards, ironisa à nouveau Alain.

— À force de fouiller, je suis tombé sur un groupe de coureurs marseillais qui revenaient de Big Apple. Je pensais trouver quelque chose sur le décès d'Anna.

— Et alors ?

— Et alors, je n'ai rien trouvé…

— Putain con, rebondit Alain, à la façon du Marseillais qu'il n'était pas et ne serait jamais.

— Mais j'ai trouvé autre chose… En cherchant les jours précédant la course. C'est assez facile car les tweets sont toujours classés du plus récent au plus vieux. Il suffit de faire défiler ta liste de recherches. Regarde…

Pierre joignit le geste à la parole en réalisant une démonstration sous le regard étonné de son cadet.

— Je me suis abonné aux comptes des coureurs marseillais que j'ai dénichés. Après j'ai cherché dans leurs messages plus anciens si je trouvais un truc, sans trop y croire.

— Eh là, bingo, rigola Alain en haussant la voix.

— J'en sais rien mais j'ai trouvé un drôle de compte…

— C'est-à-dire…

— C'est le nom de cet abonné qui m'a interpellé...

— Accouche s'il te plaît ! Il s'appelle Anna Vitali, ton compte ?

— Non, il s'appelle "Paroles, paroles"...

— "Paroles, paroles", tu es sûr ? enchaîna au quart de tour Alain.

Et son frère lui montra le visuel de ce compte... une photo du Vieux-Port de Marseille.

— Bon tu sais, il y a sur Twitter des centaines de comptes qui ont comme photo de profil ce port. Mais des comptes qui s'appellent "Paroles, paroles", tu n'en as quasiment pas. J'ai trouvé des paroles de mamans, des paroles de sportifs, des paroles de Ch'ti...

— Mais cela n'a pas forcément quelque chose à voir avec la chanson ?

— C'est sûr mais du coup j'ai "suivi " ce compte comme l'on dit dans le jargon.

— En français, cela signifie ?

— Je me suis abonné, si tu préfères.

— C'est plus clair en effet. T'as encore trouvé un truc ?

— Ce compte parle de Marseille souvent mais aussi de médicaments et... du marathon de New York.

— C'est elle, c'est Anna, c'est sûr. Mais comment as-tu pu en douter ?

— Ce sont des sujets qui intéressent beaucoup de monde, tu sais...

— Oui mais ils n'appellent pas leur compte "Paroles, paroles". C'est un message qu'Anna a voulu m'envoyer. Je te rappelle que notre coup de foudre a démarré sur cette chanson. Depuis ce jour, j'ai toujours surnommé ma femme Dalida.

— Et tu t'appelles Alain comme... Alain Delon ! Je connais la ritournelle !

Alain se leva et serra fort son frère dans ses bras. Cette effusion soudaine perturba Pierre, pas tellement habitué à ce type de manifestation fraternelle. Son cadet regagna sa chaise, visiblement secoué par la révélation.

— Merci Pierrot, tu es génial. Un vrai détective.

— J'ai eu de la chance surtout. Tu n'as donc aucun doute ?

— Vu tout ce que tu me racontes, cela fait trop de coïncidences.

— Mais tu n'es pas surpris de retrouver ta femme sur Twitter ?

— Laisse-moi savourer la découverte. Anna a appelé son compte du nom de la chanson qui a scellé notre amour. C'est la première bonne nouvelle que j'entends depuis trois jours.

— J'ai aussi trouvé autre chose, tâtonna Pierre, conscient de marcher sur des œufs.

— Un homme, murmura Alain qui avait blêmi en quelques secondes.

— Non… une femme…

— C'est-à-dire…

— Je l'ai remarquée très vite car Anna échangeait de temps en temps avec elle.

— On la connaît ? questionna Alain en songeant fortement à Béatrix.

— Je ne crois pas…

— C'est quoi son petit nom sur Twitter, s'impatienta le frère cadet.

— La libertine !

— La libertine, répéta ahuri Alain. Tu en sais plus ?

— Oui car la libertine annonce la couleur dans sa présentation sur Twitter. Sage le jour et coquine la nuit.

— Mais comment Anna connaissait cette fille ?

— Twitter ne l'explique pas ! Je peux juste te dire que la libertine tweete surtout la nuit, qu'elle aime se dénuder, poste régulièrement des photos dans toutes les positions…

— Tu as son visage ?

— Bien sûr que non mon pauvre frère. C'est là tout le jeu. Cette libertine ne joue jamais à découvert. Elle ne montre que son corps… pas exceptionnel au demeurant !

— Montre son compte !

Alain entra dans l'univers de la libertine et resta de marbre. Il ne voyait vraiment pas l'intérêt de telles exhibitions. La libertine n'était en effet pas une bombe sexuelle même si ses dessous étaient des plus suggestifs. Il tomba sur un tweet du compte "Paroles, paroles" commentant une photo de la libertine. "J'aime ta perversité et ton double jeu chère libertine".

— Tu as vu ce message ? demanda-t-il à son aîné sur le ton de l'inquiétude.

— Oui, je ne voulais pas t'en parler, avoua Pierre.

— Tu crois qu'il y avait quelque chose entre Anna et cette nana ?

— Franchement, j'en sais rien. J'ai bien cherché et je n'ai rien trouvé qui permette de l'affirmer. Mais je ne peux pas tout voir…

— Comment cela ?

— Deux abonnés peuvent s'envoyer des messages privés qu'ils seront les seuls à lire.

— Il ne manquait plus que ça ! Un vrai club de rencontres si je comprends bien.

— Non, ne crois pas cela. Les gens ne vont pas sur Twitter pour faire des rencontres. Ce n'est pas Meetic !

— Excuse-moi Pierrot mais là franchement j'ai un gros doute…

— Écoute Frérot, je vais être franc avec toi. Il y a plein de nanas sur le réseau qui s'affichent "coquine", libertine", "libérée", "amatrice". C'est avant tout un jeu et Twitter met une distance entre les gens. Elles s'éclatent et ne prennent aucun risque.

— Tu as l'impression que cette libertine est hétéro ou lesbienne ?

— Là encore, difficile à dire…

— Mais Anna aimait les hommes, je ne vois pas quel intérêt elle pouvait avoir à suivre cette fille.

L'esprit d'Alain était reparti en boucle. Il avait beau prendre le problème dans tous les sens, les énigmes s'amoncelaient sur ses pas. Il repensa à leurs ébats. Anna aimait prendre son sexe dans sa bouche et le lécher délicatement. S'en éloigner puis revenir le butiner jusqu'à ce que son mari craque et jouisse dans sa bouche. Anna lui avait confié il y a bien longtemps qu'elle appréciait le goût de cette substance intime. Certes, leurs ébats s'étaient bien espacés ces derniers temps. Leur désir s'était étiolé. Cela signifiait-il qu'Anna avait rencontré quelqu'un d'autre ? Découvert d'autres plaisirs ? Avec cette libertine inconnue ? Alain avait du mal à y croire mais le doute était permis vu toutes les découvertes qu'il avait faites depuis trois jours.

— Et si Anna courait avec cette libertine ? interrogea Alain. Tu n'as pas trouvé de tweets où elles parlent de course à pied ?

— Non, je n'ai pas l'impression que la passion du marathon les réunissait. Franchement, cela ne me semble pas trop crédible.

— Tu as raison, je délire. Qu'est-ce que cette libertine irait foutre à s'entraîner pour le marathon de New York !

— Par contre, je t'ai imprimé plusieurs tweets émis du compte "Paroles, paroles" autour du marathon, quelques jours avant la course. C'est sûr que sa propriétaire avait prévu de partir pour New York…

Alain prit les pages remises par son frère sans même y jeter un coup d'œil. Apparemment sa femme trouvait donc de l'intérêt à ce réseau social. Elle, une femme de dialogue, de contact, charmeuse à souhait, aimait échanger des messages de 140 signes avec de parfaits inconnus. C'était à n'y rien comprendre.

— Je regarderai ces messages à tête reposée.

Pierre sentit que son cadet commençait à fatiguer.

— Je pense à un truc. Ce compte continue-t-il à envoyer des tweets ? questionna Alain.

—Justement non. Le dernier tweet a été rédigé la veille du marathon. C'est le dernier sur la liste que je viens de te donner…

La valise et le sac à main d'Anna trônaient à ses côtés sur le siège passager. Alain venait de quitter son frère. En s'asseyant dans sa voiture, il s'était senti tout simplement incapable de démarrer. Trop fatigué et totalement perdu. Qui était vraiment cette femme qu'il aimait à la folie ? Que se tramait-il dans cette double vie qu'il ignorait ? Comment occupait-elle ce mi-temps caché ?

Pour se remettre en ordre de marche, il ouvrit le magnifique sac en cuir rouge de son épouse. Le téléphone était en évidence, comme s'il avait beaucoup servi. Alain pianota sur les touches frénétiquement mais rien ne se produisit. Le mobile était éteint et Alain ignorait le code de sa femme. Ce nouveau pied-de-nez le mit hors de lui.

De rage, il jeta violemment le sac à l'arrière du véhicule. Ce putain de téléphone ne livrerait aucun des secrets de sa propriétaire ! Les seuls indices dont il disposait, concernaient la course à pied. Avant de remercier une nouvelle fois Pierre pour son soutien sans faille, il l'avait interrogé sur ce parc mystérieux de Bouc Bel Air où s'entraînait apparemment sa femme, selon Edmonde. Son aîné n'avait pas hésité une seconde. Il s'appelait le "village Oxylane" et était situé derrière un immense supermarché dédié au… sport. Le pire, c'est qu'Alain le visualisait très bien ! Il était passé devant des centaines de fois en bagnole sans y prêter la moindre attention. Selon Pierre, ce lieu fourmillait d'activités en tout genre : parcours d'aventure, escalade, golf, équitation, karting… Sans oublier la course à pied.

Edmonde n'avait pas fabulé ! Sur Twitter, l'inconnue du compte "Paroles, paroles" évoquait bien le parc Oxylane. Alain fouilla dans sa poche pour exhumer les feuilles de papier que lui avait filées Pierrot. Les tweets les plus anciens avaient deux mois. En balayant cette liste, Alain fut pris d'une nausée. La fameuse libertine, dénichée par Pierre, revenait régulièrement dans les courts messages envoyés ou reçus par sa femme. Les deux compères avaient envoyé à cette exhibitionniste un message pour entrer en contact. Mais Pierre était convaincu qu'elle ne répondrait pas…

Cette impasse agaçait au plus haut point Alain. Il aurait tellement aimé rencontrer cette libertine dont la complicité avec sa femme le gênait. Il préféra passer à autre chose de peur de craquer. La liste des tweets d'Anna comprenait sans surprise beaucoup de messages sur la course à pied. Elle évoquait ses entraînements, ses doutes, ses coups de fatigue mais aussi sa progression au fil des semaines. Plein d'autres coureurs se retrouvaient apparemment dans ce parc de Bouc Bel Air, notamment en vue de la préparation du marathon de New York. Il y a deux semaines, cette "parolière" qui ne pouvait être que son Anna, écrivait : "Je ne remercierai jamais assez mon coach pour ce marathon désormais si proche..."

Impossible de savoir via Twitter l'identité de ce sauveur ! Aucun message ne permettait d'affirmer avec certitude qu'il s'agissait d'un homme même si Alain penchait pour cette hypothèse. Y avait-il une chance de trouver cette personne à Bouc Bel Air ?

Alain devait tenter le coup. À défaut de mettre la main sur ce gourou, il espérait au moins trouver des athlètes qui avaient côtoyé Anna. Connaissant sa femme, il était convaincu que d'autres coureuses l'avaient remarquée. Elle n'était pas du genre à passer inaperçue contrairement à lui !

Il était temps de partir. Alain mit la clé dans le contact. Avant de démarrer, il lut le dernier tweet envoyé par sa Dalida quatre jours auparavant. Elle avait simplement écrit : "J— 1. I have a dream...".

Le lendemain, ce rêve allait virer au cauchemar. Un cauchemar dont Alain ne se remettrait jamais.

L'heure du déjeuner approchait quand Alain arriva au parc de Bouc Bel Air. Le parking était déjà copieusement garni. À croire que les salariés qui travaillaient dans le coin étaient déjà arrivés pour s'adonner à leur passion sportive entre midi et deux heures. Une telle pause ne lui viendrait jamais à l'idée, se félicita Alain !

Pour ce non sportif, cette fréquentation était une bonne nouvelle. Plus il y avait de coureurs et plus il avait de chances de rencontrer quelqu'un qui connaissait Anna. Il ouvrit à nouveau le sac à main, balancé par dépit quelques instants plus tôt, pour prendre le passeport de sa Dalida. En montrant la photo de sa femme, Alain augmenterait ses chances de réussite. Il préféra ne pas regarder cette image...

Alain entra dans le grand hall du village Oxylane motivé comme jamais. Pierre lui avait indiqué qu'il devait traverser cet espace pour accéder au parc. Les recommandations de son frère étaient bonnes. Deux minutes plus tard, notre homme arpentait déjà les allées arborées du parc. Des panneaux indiquaient les différentes activités proposées. Il remarqua tout de suite un pictogramme représentant un coureur. Un peu plus loin, un plan du site lui permit de visualiser le parcours dédié aux joggeurs, randonneurs et autres vététistes. Une boucle de 2,5 kilomètres sur laquelle son Anna avait transpiré pour se préparer au marathon de Big Apple.

Alain ne tergiversa pas plus longtemps et suivit ce parcours. Un sentiment bizarre l'étreignit. Il avait l'impression de retourner sur les traces de son épouse, là même où elle ne voulait pas le voir, là où elle courait en cachette… Mais il ne devait pas se laisser aller, convaincu qu'il abattait ici une carte décisive dans sa quête de la vérité.

Il marchait, un peu gauche, sur le parcours avec sa tenue de ville, observant le moindre fait et geste. Premier constat : beaucoup de coureurs étaient déjà à l'œuvre sur ce circuit. Certains trottinaient seuls avec pour unique compagnie leurs écouteurs sur chaque oreille, mêlant leur souffle et leur musique. D'autres étaient en groupe et discutaient à bâtons rompus, ignorant leur fatigue. Leur facilité déconcerta Alain pour qui tout effort physique s'apparentait forcément à un calvaire.

Notre amateur enquêteur observa également que les deux sexes semblaient représentés à peu près à parts égales. Dans l'ensemble, les femmes couraient entre elles, idem pour les hommes. Question sans doute de niveau, pensa Alain, qui n'y connaissait pas grand-chose.

Le soleil régnait en maître pour illuminer ce drôle de ballet. Au loin, Alain distingua la montagne Sainte-Victoire, majestueuse du haut de ses 1 000 mètres. Pas question pour lui de rêvasser. Il tenait dans sa main le passeport d'Anna, prêt à intervenir dès qu'une occasion d'entrer en contact se présenterait.

Alain aperçut au loin une femme qui se dirigeait vers lui. Elle semblait exténuée, transpirait à grosses gouttes. On aurait pu croire qu'elle marchait. Alain profita de cette faiblesse pour l'interpeller. Elle eut d'abord un mouvement de recul, étonnée sans doute de voir un "civil" sur le parcours. Pour une fois, Alain sut trouver les mots en lui expliquant le motif de sa recherche. La sportive s'arrêta sans trop de difficultés avant de repartir aussi sec. Elle n'avait jamais vu Anna ici et lui conseilla de se diriger vers les vestiaires des athlètes.

Alain continua sa route et croisa un couple de… cavaliers. L'endroit était vraiment multisports ! Il distingua sur sa gauche des terrains de foot, de basket, de hand et de pétanque, désertés à ce moment de la journée. Et si Anna ne venait jamais ici sur ce créneau horaire ? Vu qu'elle était à mi-temps depuis six mois, elle avait tout loisir de s'entraîner à n'importe quel autre moment. Dans son dos.

Alain rebroussa chemin vers ces vestiaires où il serait sans doute plus facile de discuter avec des adeptes des foulées répétitives. En contrebas du parcours, des tables de pique-nique étaient "squat-tées" par un groupe de coureurs qui étiraient leurs muscles. Alain s'arrêta pour les observer, prit son courage à deux mains pour les approcher. Aucun n'avait fait le marathon de New York et aucun ne connaissait Anna. Leurs visages s'éclairèrent à la vue de la photo de sa femme même s'ils tentèrent de n'en rien montrer par respect pour le néo-veuf.

Alain les remercia sans s'attarder, bien décidé à poursuivre ces "interrogatoires" du côté des vestiaires. Il dut marcher dix bonnes minutes avant d'y parvenir. Trois coureuses s'apprêtaient à commencer leur séance. Alain se surprit à les interpeller sans détour.

— Excusez-moi mesdames !

Pour ne pas les faire attendre, il pressa le pas à la limite du footing ! Elles avaient bien entendu parler d'une coureuse française décédée mais ignorait qu'il s'agissait d'une fille de la région.

— En plus, elle s'entraînait ici. Quelle horreur ! commenta l'une d'elles.

Les trois copines devaient avoir à peu près l'âge d'Anna. Leurs tenues, plutôt élégantes, se voyaient de loin avec des couleurs vives. Elles auraient pu partager leur passion de l'athlétisme avec Anna. Mais aucune des trois comparses ne la connaissaient. Alain commença sérieusement à douter de sa mission commando.

— Vous devriez interroger Robert, lui conseilla la plus jolie des coureuses. Ici, il connaît tout le monde. On l'appelle entre nous le "retraité fou".

— Et je peux le trouver où ? enchaîna Alain.

— Ce n'est pas compliqué, il court ici tout le temps, matin, midi ou soir selon son humeur. Il a déjà fait des courses dans le monde entier et terminé New York plusieurs fois. Quand il vient le midi, je crois qu'il arrive vers 13 heures.

— Comment vais-je le reconnaître ? questionna Alain, tout à coup moins abattu.

— Vous ne pouvez pas le rater : il est grand et sec avec de beaux cheveux blancs coupés très courts. Il a le teint hâlé des intoxiqués du macadam !

— Merci beaucoup, vous êtes vraiment cools, conclut le mari blessé, plus affable qu'à l'accoutumée.

Les trois femmes lui souhaitèrent bon courage avant de partir pour leur boucle de 2,5 kilomètres, manifestement ravies d'avoir pu l'aider. Il était 12h45. Alain commença à faire le guet. À la recherche de ce Robert, mémoire des lieux, et l'espéra-t-il mémoire de sa Dalida…

Les minutes qui suivirent s'égrenèrent à la vitesse de l'escargot. Alain voyait défiler des tas de sportifs, plus ou moins affûtés, petits ou grands, jeunes et moins jeunes. Les vestiaires se vidaient puis se remplissaient dans un flot continu. Difficile face à une telle affluence de se souvenir d'une personne en particulier. Fut-elle belle et élancée comme Anna ! Le fameux Robert se faisait désirer.

Mais il avait peut-être tout simplement décidé de venir courir plus tard aujourd'hui.

Alain faisait le pied de grue depuis plus d'une demi-heure sans la moindre trace de son "indic".

— Je reviendrai ce soir ou demain, décida-t-il, lassé d'attendre, sans doute pour rien.

Il regagna la sortie, défait par ce nouvel épisode qui n'avait rien apporté de plus. À part des corps se trémousser, Alain n'avait rien vu, ni entendu de probant. Son regard croisa celui d'un homme assez âgé aux yeux bleus perçants. Plutôt élégant, le port altier. Il l'avait déjà dépassé quand Alain se retourna dans sa direction. L'inconnu était très grand et surtout affichait une magnifique chevelure blanche. Malgré son âge, il avait la classe. C'était Robert à n'en pas douter !

Alain le prit en chasse sans la moindre hésitation.

— Monsieur, je suis désolé de vous importuner. Vous vous appelez Robert ?

— Quelle question ! Oui, j'ai gagné quoi ?

Il avait l'accent d'ici, celui qui fait sourire au nord de la Loire, celui qui participe de la culture provençale.

— Rien malheureusement, rétorqua Alain, trop content d'avoir mis la main sur la mémoire des lieux. J'imagine que vous allez courir…

— Je vois que vous êtes bien informé. On se connaît ?

— Non, pas du tout mais tout à l'heure, un groupe de coureuses m'a conseillé de vous voir. J'allais partir quand je me suis trouvé nez à nez avec vous…

— C'est pas très clair votre galéjade. Pourquoi vouliez-vous me voir ?

— C'est très compliqué et surtout très triste…

— Écoutez monsieur, vous m'avez l'air plutôt sympathique mais un peu paumé, lui asséna Robert. Si vous pouviez m'expliquer en quoi je peux vous être utile…

— Je ne vais pas vous embêter plus longtemps. Connaissez-vous cette femme ?

Alain lui tendit le passeport d'Anna sans lâcher le précieux sésame.

— Bien sûr que je la connais. Elle court très souvent ici. Mais vous êtes flic ou quoi ?

— Non, je suis son mari !

Robert parut décontenancé par la réponse mais tenta de ne pas se faire embobiner par cet hurluberlu qui le tarabustait.

— Très bien. Vous êtes un homme heureux alors, car elle est très jolie et, si je peux me permettre, sans doute un peu plus jeune que vous !

— Dix ans tout ronds, nous avons dix ans d'écart.

Alain ne parvint pas à se contenir et se mit soudainement à sangloter. Il parlait d'elle au présent comme si elle était toujours vivante à ses côtés. Il prit sur lui en voyant la mine déconfite de son interlocuteur. Robert avait de quoi être circonspect.

— Excusez-moi, je suis ridicule et surtout obscur. Si je suis ici, c'est parce que ma femme est morte en plein marathon de New York.

— Comment ?

— Oui, la Française qui est décédée d'une crise cardiaque pendant la course, c'est bien ma femme, Anna. Vous la connaissiez donc ?

— Oui, oui. Votre nouvelle m'assomme. Quand j'ai entendu à la radio cette information, je n'ai pas pensé une seule seconde à votre femme…

— Je vous rassure, vous n'êtes pas seul dans ce cas…

Les deux hommes s'observaient et Robert accusait manifestement le coup. Il proposa à Alain d'aller prendre un café pour discuter.

— J'ai les jambes coupées, avoua le retraité fou. Votre femme était vraiment sympa et avenante. Apparemment en pleine possession de ses moyens. Une crise cardiaque, c'est incroyable !

— Tous ses proches ont été surpris. Anna était en parfaite santé. Rien ne pouvait laisser présager ce drame. J'imagine que vous la voyiez régulièrement, interrogea Alain.

— Écoutez, c'est simple. Je cours ici tous les jours depuis des années. À force, j'ai rencontré pas mal de monde. Le milieu de la course à pied est un milieu ouvert où les gens se parlent assez facilement.

— Anna devait être ici comme un poisson dans l'eau. Elle a toujours adoré les paroles.

En prononçant ces mots, Alain ne put réprimer un léger rictus.

— Si je me souviens bien, on a discuté ensemble la première fois il y a au moins trois mois. Elle était déjà en pleine préparation de son marathon, se remémora Robert. Elle avait la candeur de ceux qui vont vivre cette course mythique pour la première fois.

— Avez-vous couru ensemble ?

— Non, cela ne s'est jamais produit. Mais on échangeait dès que l'occasion se présentait.

— Pourriez-vous me dire combien de fois par semaine elle s'entraînait ?

— Je ne la voyais pas à chaque fois, vous savez ! Vous n'en parliez jamais avec elle ? demanda Robert, intrigué.

— Non, pas vraiment. C'était son jardin secret et je le respectais, répondit, avec un brin de mauvaise foi, le mari blessé.

— Ah d'accord ! Je comprends mieux votre présence ici…

Robert marqua une pause, observa son interlocuteur et comprit qu'il devait peser ses mots.

— Pour répondre à votre question sur son entraînement, elle m'avait dit qu'elle suivait un programme de quatre séances par semaine.

— C'est la norme ?

— Pour courir un marathon dans de bonnes conditions, vous devez courir au minimum trois fois par semaine. Votre femme semblait ne rien laisser au hasard. Elle m'avait montré son plan d'entraînement. Il était bien dosé. Je m'y connais un peu en la matière car j'ai couru une trentaine de marathons dans ma vie, dont celui de New York cinq fois ! se vanta Robert, avec son accent méridional.

— Vous avait-elle dit comment elle s'était procurée ce plan d'entraînement ? poursuivit Alain.

— Elle évoquait toujours son "coach", les lèvres plissées, manifestement ravie de leur collaboration. Elle parlait comme une "pro", c'était drôle pour une novice. Je lui avais fait remarquer qu'elle paraissait très expérimentée. Ce qui l'avait fait rire aux éclats. Elle mettait en avant son entraîneur auquel elle accordait une grande confiance.

— C'était un homme bien sûr ?

— Je n'en sais rien. Je ne l'ai jamais vu. Votre femme n'a jamais évoqué ni un homme, ni une femme. C'était "son" coach. Apparemment ils échangeaient beaucoup ensemble sur chaque séance. Votre femme semblait friande d'informations et de soutien…

— Excusez cette question directe : Anna ne vous a jamais parlé d'une femme, qui se fait appeler la "libertine" ? osa Alain.

Robert dut se pincer pour ne pas se marrer. Qu'est-ce que cette libertine venait faire ici ? pensa-t-il dans sa barbe.

— Non, ça m'aurait frappé ! Vous pensez qu'il s'agissait d'une coureuse ?

— Une coureuse, une entraîneuse, une danseuse, je n'en sais fichtre rien. Cette gonzesse est un mystère à part entière. Je n'en avais jamais entendu parler avant le décès de ma femme...

Robert se retrouva tout à coup gêné par cette confidence de celui qui était encore un inconnu quelques minutes plus tôt. Les deux hommes burent leur café, chacun dans sa bulle. Le "retraité fou" sentait que son voisin était abattu comme tout mari le serait en pareilles circonstances. Plus étonnant : il semblait totalement paumé, comme si cette Anna était une intrigue pour lui. Le jardin secret débordait sans doute de la sphère sportive, supputa-t-il en imaginant à quoi pouvait ressembler cette libertine.
Alain rompit le silence.

— Connaissant Anna, je ne l'imagine pas courir seule. Avez-vous des souvenirs précis ? Pouvez-vous m'orienter vers d'autres coureurs ?
Robert fouilla quelques secondes dans sa mémoire des lieux et des dernières semaines écoulées pour bien soupeser sa réponse.
— Je suis désolé mais je ne la vois pas courir accompagnée. J'ai plutôt l'impression qu'elle préparait son affaire dans son coin. Elle n'avait besoin de personne apparemment.
-Si ce n'est de son coach !
— Oui, elle se calait sur sa séance du jour. Vous savez, c'est diffi-cile de suivre un programme identique entre deux athlètes. Il faut trouver quelqu'un qui prépare la même course que vous, au même moment, et du même niveau. Pas évident !
— Je n'y connais rien vous savez, avoua Alain. Je ne voyais pas les choses ainsi.
— Excusez-moi de vous dire cela : votre femme ne pouvait laisser aucun homme indifférent ! Mais je n'ai jamais eu le sentiment que quelqu'un la draguait. Elle discutait librement avec tout le monde, sans aucune gêne.
— Vous n'avez jamais rien remarqué d'anormal si je vous entends bien !
— Exactement. Je pense qu'elle venait ici pour s'entraîner et pour rien d'autre.
— Tant mieux ! rétorqua Alain.

— Croyez-moi, ici, tout le monde parle sport, entraînement, compétition, forme. On ne connaît pas les gens en dehors la plupart du temps.

— Excusez-moi d'insister : qu'est-ce qui vous avait frappé chez elle ?

— Votre femme m'avait surtout marqué par sa motivation pour ce marathon. Pour chaque participant, New York est un mythe. Mais pour elle, on aurait dit qu'il y avait quelque chose en plus…

— Que voulez-vous dire ? demanda Alain qui ne voyait pas bien ce que ces propos signifiaient.

— Je ne saurai pas l'expliquer. Elle semblait happée…

— Je vois, commenta perplexe Alain. Et sinon ?

— J'avais aussi remarqué sa progression au fil des semaines. Elle n'en revenait pas elle-même.

Alain s'agaçait et restait encore sur sa faim.

— Et à part cet envoûtement pour l'événement et ses performances, Anna vous parlait-elle de sa vie, de son travail par exemple ?

— Désolé mais je ne savais rien sur sa vie privée. Elle ne m'en parlait jamais. J'avais juste vu que votre femme portait une alliance, j'imaginais donc qu'elle était mariée…

— Et aujourd'hui son mari vient vous passer à tabac ! plaisanta Alain.

— Ne vous inquiétez pas, je ferais pareil à votre place. Et puis, sa crise cardiaque est tellement surprenante. Vous cherchez des éléments pour mieux comprendre ce qui s'est passé.

— Elle s'est arrêtée d'un seul coup et ne s'est jamais relevée…

— C'est affreux. Ça ne vous consolera pas mais je peux vous dire que cela arrive plus souvent qu'on ne croit. En particulier chez des coureurs chevronnés. Je n'ai jamais assisté à un malaise en direct mais j'en ai régulièrement entendu parler. Le cœur est une mécanique des plus sensibles.

— Elle est morte à seulement deux kilomètres de l'arrivée…

— C'est ce que je me suis dit quand j'ai appris ce décès à la radio. Elle était tellement proche de son but… En plein Central Park. Pourquoi son cœur a-t-il cédé à ce moment-là et pas après la ligne d'arrivée ? Le destin est cruel.

— La vie est cruelle, corrigea Alain.

Ses yeux à nouveau se mouillèrent. Il n'avait pas dit à Robert que sa femme lui avait en fait tout caché. Cela n'aurait rien changé...

Alain remercia son informateur du mieux qu'il put et s'excusa de lui avoir sauté dessus de la sorte. Il lui souhaita un bon entraînement et plein de bonnes choses pour ses courses à venir.

— En fait, la vie est cruelle parce qu'elle continue, affirma-t-il en guise d'au revoir. Comme une devise dans sa nouvelle existence de veuf.

Episode 3

Le départ est annoncé dans dix minutes. Mon cœur s'accélère, je me cramponne à mon mari, ma bouée de secours, ma boussole, mon confident, le compagnon de chacune de mes foulées. Au-dessus de nos têtes, cinq hélicoptères sillonnent le ciel. La course est retransmise en direct dans de nombreux pays, notamment le nôtre. Je pense à tous nos proches qui peut-être nous regardent même si, à ce moment précis, la France me semble lointaine.

Soudainement la masse indescriptible des participants commence à avancer. Personne ne voit encore la ligne de départ et pourtant nous marchons à grands pas dans un ballet de zigzag pour rejoindre le Verrazano Bridge, le pont de nos premières foulées dans quelques minutes.

Tout à coup, j'aperçois au loin la ligne de départ. Il est là, juste derrière la banderole, avec son immense tablier sur deux niveaux. Majestueux et impressionnant ! Dans quelques instants, l'image de ce pont fera le tour de la planète. Le ciel est bleu, la température est relativement fraîche. Toutes les conditions sont réunies pour que mon premier marathon se déroule sous les meilleurs auspices.

J'entends retentir les premières notes de l'hymne national américain chanté a capella par une diva à la voix puissante et grave. Mes voisins Ricains reprennent en chœur les paroles, la main droite sur le cœur. Pour porter notre émotion à son paroxysme, les organisateurs enchaînent avec la chanson "New York New York", immortalisée par Liza Minnelli dans le film éponyme. Je verse mes premières larmes au moment où un avion de l'US Air Force survole les quarante mille participants de ce "magic marathon".

Cette fois, c'est mon mari qui me prend la main, incapable de prononcer le moindre son. Un coup de canon nous libère de nos émotions en série. Des mois à attendre ce moment. Le début du rêve se réalise. Avec mon coach, nous franchissons la fameuse ligne de départ environ quatre minutes plus tard. Vu le monde qui nous devance, ce délai m'apparaît incroyablement court. Quelle efficacité de l'organisation !.

Je regarde partout pour ne pas manquer une miette de ce moment et ne vois que du bonheur. Déjà, nous commençons à grimper le plus long pont suspendu du monde. Trois kilomètres de longueur pour franchir l'Hudson River et rejoindre Brooklyn. Avec nos dossards verts, nous sommes sur la partie inférieure du Verrazano mais avons tout de même une vue imprenable sur la baie de New York. Les hélicoptères nous accompagnent toujours. Tout en bas, sur la rivière, ce sont les bateaux incendie qui nous saluent avec leurs sirènes et leurs jets d'eau de toutes les couleurs.

La fête est bel et bien lancée. Je suis comme galvanisée et ne prête pas attention à la route qui monte pourtant sérieusement. Mon mari m'invite à la prudence. L'état de la chaussée n'est pas remarquable, certains trous ont été bouchés à la va-vite. Il y a surtout un embouteillage de coureurs sur les six voies de circulation que compte le pont ! Nous devons veiller à ne pas nous laisser griser par l'événement. Règle d'or : ne pas partir trop vite. Tous les marathoniens vous expliqueront qu'il faut avant tout ménager sa monture dans ces premiers kilomètres, penser à son souffle, éviter les à-coups...

Je me retourne pour contempler mes partenaires de jeu. Et dire qu'il y a autant de coureurs au-dessus de nos têtes à l'étage supérieur ! Beaucoup s'arrêtent pour prendre une photo. Sur ma gauche, j'aperçois pour la première fois en contrebas la statue de la liberté. Nous franchissons le premier mile de notre course, soit mille six cent neuf mètres exactement, sans nous en être rendus compte. Mais il nous reste plus de quarante kilomètres à parcourir...

Pour oublier ce décompte cruel, je me dis que nous sommes tout de même au sommet du pont. J'ai lu qu'il s'agit aussi du point culminant de notre marathon. La vue sur la baie y est tout simplement grandiose. L'image du sud de l'île de Manhattan se profile, cette vue que tout le monde connaît sans même avoir jamais foulé le sol américain.

L'émotion me saisit. Le sentiment incongru d'être seule au monde au milieu de dizaines de milliers d'athlètes du monde entier. Oui, nous sommes tous des privilégiés ! Il est temps d'aborder la descente et de plonger sur Brooklyn, là où les premiers spectateurs vont nous ovationner. Les panneaux, réservés d'ordinaire aux automobilistes, me font sourire : "Vitesse limitée", "gardez vos distances", "Préparez-vous à vous arrêter". Quelle idée incongrue alors que nous courons en ce dimanche automnal le marathon le plus célèbre du monde. Comme des héros des temps modernes. Sans peur et sans reproche !

De retour du village Oxylane, Alain se décida à faire quelques courses en chemin dans le premier supermarché qu'il croisa sur sa route. Il erra dans les rayons en se concentrant sur des choses faciles à préparer : plats cuisinés, conserves, tarama, saumon fumé, fromages et sucreries. Sans oublier les boissons où il eut moins de difficultés à faire son choix bien que le rayon des vins, bières et spiritueux laissât à désirer.

Une fois sa voiture chargée, Alain regagna le village ancien de Bouc Bel Air par le chemin de la baume du loup. Il appréciait cette route étroite et raide, bordée d'oliviers où les virages succédaient aux virages. Anna s'était-elle essayée à la grimper pour préparer son Éverest new yorkais ? L'histoire ne le dirait jamais…

Il entra dans sa propriété, descendit de voiture, et se dirigea, la démarche lasse, vers son coffre. Pour la première fois depuis qu'il vivait ici, Alain sentit qu'il n'avait pas envie de rentrer chez lui. Dans cette maison trop grande pour lui, sans la compagnie de sa femme. Il attrapa dans son sac de courses de quoi grignoter et décida de faire un tour dans le cœur historique du village.

Il avait besoin de réfléchir sur tous les événements qui se bousculaient depuis la découverte du décès d'Anna. Sa femme était-elle déjà entre le mains des carabins de demain en ce début d'après midi ? Il n'avait posé aucune question à ce sujet lors de sa brève entrevue à l'aéroport de Marignane avec le personnel de la Faculté de médecine.

En quelques minutes, Alain se retrouva au pied du rocher qui dominait fièrement le vieux Bouc Bel Air. C'est sur cette paroi abrupte qu'avait été construit un château médiéval. Il abritait désormais des expositions et des concerts. Comme il aimait le faire avec Anna, Alain contourna le flanc du rocher par la traverse du château puis emprunta la rue Saint André, la rue du Barri et la rue de la Pie. Toutes ces ruelles typiques étaient bordées de maisons irrégulières qui, pour la plupart, avaient conservé une cloche sur leur façade ancienne.

Il se souvint de leur dernière balade ici même à la fin de l'été à la nuit tombante. Ils avaient marché dans le calme du village, éclairés par la lumière des candélabres, main dans la main comme toujours, économes de leurs paroles comme souvent. À cette époque, Anna était forcément investie à fond dans son projet de marathon. Elle arpentait déjà, quelques kilomètres plus bas, les allées boisées du parcours du village Oxylane. Mais de tout cela, elle ne dit mot à son mari, pas plus ce soir là, que les jours et semaines qui suivirent. La pilule était dure à avaler pour Alain qui continuait de déambuler dans les ruelles du village. Si la tentation de se laisser aller lui traversait régulièrement l'esprit, Alain voulait encore se battre malgré la douleur qu'il avait chevillée au cœur et au corps. Sa rencontre avec Robert n'avait pas été inutile car il avait glané quelques informations supplémentaires sur le programme drastique suivi par son épouse. Anna courait apparemment seule quatre fois par semaine… sous l'emprise de ce coach inconnu. Elle en parlait régulièrement à Robert pour se féliciter de ses progrès au fil des semaines. Elle lui avait aussi rendu hommage sur Twitter au travers de son compte "Paroles, paroles".

Quels que soient son identité, son sexe, et la nature de leur relation, ce personnage possédait sans doute la clé de l'énigme ou du moins une partie. Tout comme cette libertine qui se murait dans le silence depuis que Pierre lui avait adressé des tweets. Et s'il s'agissait d'une seule et même personne ? Même si son frère aîné n'y croyait pas du tout, Alain ne parvenait pas à exclure cette hypothèse.

Toutes ces incertitudes le maintenaient à flot. Dans le même temps, il n'oubliait pas combien la vie est cruelle pour ceux qui restent, comme il l'avait glissé, énigmatique, à Robert pour clore leur conversation. Après ces quelques minutes de méditation dans son village d'adoption, Alain regagna sa maison située légèrement en contrebas du centre historique. Il attrapa son sac de courses et rangea ses provisions sans attendre. La marche lui avait au moins atténué ce sentiment de malaise qui l'étreignait depuis son échange avec Robert.

Au lieu de s'ouvrir une bière, il prit un grand verre d'eau avant d'aller chercher son courrier dans la boîte aux lettres qui trônait sur le portail en fer forgé de leur bastide. Elle était bien plus remplie qu'à l'ordinaire, s'étonna Alain. Il réalisa alors qu'il avait complète-ment oublié de regarder ses missives depuis plusieurs jours. Rien d'étonnant vu tout ce qui lui était tombé dessus d'un seul coup d'un seul.

Il prit la pile et la feuilleta machinalement espérant y trouver un courrier d'Anna posté des États-Unis avant le drame. Au milieu des factures, de la publicité et des journaux gratuits, il tomba sur un courrier destiné à… sa femme. Cela lui fit tilt : un précédent courrier était déjà arrivé depuis le départ d'Anna. Il l'avait découvert un soir de déprime alors qu'il s'était assis dessus ! Cela lui était totalement sorti de la tête. Il courut jusqu'à son canapé du salon pour comparer les deux lettres. Son visage s'éclaira. Pas de doute : c'était la même écriture. Chaque enveloppe était barrée d'un "Personnel" bien mis en évidence. Alain retourna le second courrier et découvrit l'identité de son expéditeur : Roger Biver. Ce nom ne lui rappelait. Ce Roger Biver habitait dans le Var à Saint Cyr sur Mer. À moins d'une heure de route d'ici, estima Alain. Pourquoi écrivait-il deux fois de suite à Anna à quelques jours d'intervalle ? Y avait-il urgence ? Pourquoi mettait-il cette fois son nom et son adresse alors qu'il les avait occultés la première fois ? Qu'est-ce que ces lettres avaient de tellement personnel ? Et dans ce cas, pourquoi les lui adresser ici au vu et au su de son mari ?

Alain sentit l'agacement monter mais se rassura aussitôt. Un amant n'écrit jamais chez sa maîtresse deux fois de suite en déclarant son identité ! Ce bon sens n'aidait en rien pour trouver qui était ce Roger Biver, mais pour le moment, il suffisait à calmer le courroux d'Alain.

Il fit les cent pas dans le salon en essayant de mettre de l'ordre dans son esprit encombré par toutes ces découvertes. Il passa dans la cuisine et ouvrit machinalement la porte de son frigo, enfin garni. Cette fois, il prit la première bière qui lui vint sous la main et repensa au visage glacé d'Anna au petit matin dans une salle glauque de l'aéroport de Marignane.

Il but quelques gorgées à la va-vite sans réussir à se débarrasser de ce Roger Biver. Était-il sur Twitter ? Avait-il communiqué avec sa femme sur ce réseau ? Il devrait demander à Pierrot de vérifier. Sans savoir pourquoi, il vit l'image de son frère l'attendant à la sortie de Marignane avec la valise et le sac à main d'Anna. Il les avait oubliés dans sa voiture, polarisé qu'il était par ses courses.

Alain alla chercher ces bagages et fut à nouveau frappé par la lourdeur de la valise de sa femme. Il la posa sur la table de la salle à manger et l'ouvrit aussitôt. Sans la moindre hésitation.

Il prit les vêtements de ville, un à un, en les approchant de son visage. Comme lorsqu'il avait fouillé dans le placard de leur chambre, Alain fut saisi par les effluves d'Anna. Elles lui rappelaient son amour immodéré pour sa femme. Le poids de la valise n'avait rien d'étonnant vu l'impressionnante garde-robe emmenée aux États-Unis par Anna. De quoi tenir sans souci pendant un mois alors que son voyage était prévu pour une semaine. Il compta pas moins de sept paires de chaussures. À croire qu'elle avait prévu d'en changer tous les jours ! Cette démesure ne le surprit pas. Elle ressemblait tellement à son Anna, soucieuse de son image. Elle devait vouloir en imposer sur la "French touch" à ses collègues américains. En continuant son inventaire, Alain tomba sur une robe longue, en drapé noir, signée Christian Dior. Elle l'avait achetée deux années auparavant pour le mariage collet monté d'un médecin avec lequel elle travaillait régulièrement. Il revit défiler les images de cette soirée guindée dans un château luxueux du Luberon. Un véritable supplice pour l'homme des cavernes qui n'était vraiment pas dans son élément en pareilles circonstances. Alain avait passé son temps à contempler son épouse, d'une aisance incroyable dans cet univers friqué. Il n'avait pas été capable de lui dire combien elle était belle dans sa robe Dior. Une fois de plus, les mots intimes n'étaient pas sortis de sa bouche...

Mais ce n'était pas ce qui le chagrinait à ce moment précis. Pourquoi diable Anna avait-elle emmené cette robe pour un séjour professionnel et sportif ? Quel événement pouvait-il motiver le port d'une telle tenue ? Encore une bizarrerie, se dit-il.

Les tenues de marathonienne étaient en revanche réduites à leur plus simple expression. À la réflexion, Alain n'y vit rien de surprenant puisque sa femme n'avait pas dû prévoir de véritablement s'entraîner avant le marathon. Restait l'énigme de cette robe de soirée. Anna avait-elle fixé là-bas un rendez-vous galant ? Était-ce un événement qui concernait son travail ? Après tout, l'industrie pharmaceutique avait de l'argent à balancer par les fenêtres !

Alain sentit un frisson le parcourir devant ces incertitudes qui ne trouveraient peut-être jamais de réponses. Il prit le sac à main de son épouse et découvrit en l'ouvrant, une fois encore, son téléphone portable. Si seulement il avait pu l'allumer et le consulter ! Il fouilla sans vergogne sans savoir ce qu'il cherchait. Au fond du sac, sa main tomba sur une petite enveloppe. Il l'extirpa du fric frac du sac d'Anna et blêmit aussi sec. De son écriture soignée, Anna avait simplement écrit "Alain" sur ce courrier. Il n'était pas cacheté.

Les jambes d'Alain flageolèrent. En serrant l'enveloppe contre lui, il rejoignit son incontournable canapé en cuir du salon. Il allait enfin savoir…

Les doigts d'Alain tremblaient en ouvrant l'enveloppe. Il sortit le courrier qui se résumait à une seule feuille de papier. Alain reconnut tout de suite ce texte dactylographié, ces paroles qu'il connaissait par cœur. La chanson commençait ainsi : "C'est étrange, je n'sais pas ce qui m'arrive ce soir. Je te regarde comme pour la première fois". Ces mots qu'Alain Delon disait à Dalida, ces mots qu'elle refusait, bien décidée à ne pas craquer pour ce séducteur, ces mots qui avaient tissé l'histoire d'Anna et de son mari…

Après avoir appelé son compte Twitter "Paroles, paroles", Anna envoyait à nouveau un message à son époux. Mais cette fois, le courrier lui était clairement destiné. Il parcourut le texte de la chanson qu'Anna avait certainement tapé sur son ordinateur et trouva l'indice qui manquait. Sa femme avait simplement surligné au feutre jaune ces deux phrases prononcées par Alain Delon avec une sincérité touchante : "Comme j'aimerais que tu me comprennes", "Que tu m'écoutes au moins une fois".

Alain ne put retenir ses larmes devant cet appel. Il était trop tard maintenant pour rattraper le temps perdu et courir vers sa femme. Sa femme que la vie lui avait volée. Il ne parvenait pas à accepter cette effraction. Alain tourna la feuille pour lire tant bien que mal ces paroles qu'il n'avait jamais trouvées aussi tristes. Son cœur fit un bond lorsqu'il découvrit l'écriture manuscrite d'Anna… juste à la fin de la chanson.

Voilà ce que lui disait sa femme.

Alain,

Me voici enfin à New York. Parmi toutes les destinations où j'ai posé mon sac, ce dernier voyage ne ressemble à aucun autre. Je l'ai muri et préparé depuis des mois. Car ma présence ici pour mon travail n'a été qu'un prétexte pour masquer l'essentiel. Je veux maintenant te dire que je suis d'abord et avant tout à New York pour réaliser un double rêve : courir mon premier marathon dans le marathon le plus célèbre au monde. Pourquoi ai-je attendu tout ce temps pour te l'avouer, es-tu en train de gamberger en me lisant ?

Parce que comme Dalida et Alain Delon, nous n'arrivons plus à nous comprendre. Je comptais sur toi pour sentir que je m'échappais. J'attends toujours... Il me faut maintenant t'expliquer pourquoi ce marathon représente bien plus qu'un défi sportif et humain, pourquoi je me suis enfermée dans une stratégie du silence, pourquoi cette course doit libérer des choses en moi...

Ce cri du cœur s'arrêtait là. En confidence inachevée. Alain se frotta les yeux. L'émotion et la nervosité étaient à leur paroxysme. Il retourna le courrier dans tous les sens mais il ne rêvait pas. Les mots intimes d'Anna s'interrompaient d'un seul coup d'un seul. Elle n'avait pas voulu ou pas pu en dire plus. Peut-être avait-elle prévu d'achever cette confession après la course ? Alain relut ces quelques lignes écrites sans détour par une femme meurtrie qui attendait de son marathon une libération. Que voulait-elle révéler à l'homme qui n'avait su ni la comprendre ni l'écouter ? Ce nouveau coup de poignard ouvrait une saillie béante dans la plaie d'Alain. Il courut vers leur chambre et poussa un cri de détresse. Personne ne l'entendit. Comme un pied de nez, il se retrouva au milieu des affaires de course à pied d'Anna. Celles qu'il avait découvertes dans son placard, celles qu'elle avait cachées, celles qu'il avait jetées de rage sur leur lit. Alain ne s'était jamais senti aussi seul de sa vie.

Anna,

Je suis au fond du trou. Il ne me reste plus que ces lignes pour te parler, comme si tu étais encore là...

Après ton départ pour New York, j'ai attendu en vain un signe de ta part. Je n'ai récolté que ton indifférence...

Lorsque j'ai enfin eu de tes nouvelles, c'était ta responsable. Pour m'annoncer que tu étais morte...

Depuis cet instant, je vais de découvertes en découvertes sur la femme que j'aime par-dessus tout. Je commence à réaliser à quel point tu avais une vie parallèle à la nôtre. Une vie dont tu m'avais délibérément écarté avec des personnages qui s'imposent à moi comme cet entraîneur que tu vénérais ou cette libertine que tu suivais à la trace sur Twitter...

Je me perds et je nous perds dans ces mystères dont tu es la seule à détenir la clé. Pour m'aider peut-être, tu avais décidé de m'écrire. En t'appuyant sur la chanson de Dalida, grâce à laquelle nous nous sommes charmés, tu faisais un petit pas vers moi. Mais comme tu t'en doutes, j'ai pris tes paroles en pleine face car elles me renvoient à mes propres failles...

Comment ai-je pu à ce point être aveugle ? Ne pas voir que ma femme m'échappait. Oui, tu as mille fois raison : je n'ai pas su te comprendre et t'écouter. Pire, je t'ai laissée bâtir autre chose, autre chose qui m'échappe et me fait souffrir depuis que je te cours derrière. Ce marathon comptait beaucoup pour toi pour des raisons que tu t'apprêtais à me révéler. Que voulais-tu me dire ? M'aimais-tu encore malgré mes faiblesses ? La réponse à ces deux questions me terrorise mais je ne peux plus reculer et me voiler la face comme je l'ai toujours fait par le passé...

Même si tes paroles me font souffrir, j'ai à nouveau ce sentiment confus de faire partie de ta vie. En cet instant, je pense à cet enfant de toi que j'ai voulu, contrairement à toi. Là encore, j'aurais dû me mettre en avant et te convaincre de changer d'avis. Je sais que ce fruit de notre amour aurait tout sublimé dans notre vie. Au lieu de cela, notre histoire a vivoté de silences en non-dits pour laisser place aux mensonges. En n'affrontant pas cette situation, j'ai laissé s'introduire le ver dans le fruit et je le paie comptant aujourd'hui...

Ton courrier sonnait comme une dernière alarme et me glace le sang a posteriori. Tu n'as jamais pu le finir. Peut-être était-ce trop douloureux ? Ou tout simplement la mort t'en a empêchée. Mais quoi qu'il en soit, sache, même s'il est trop tard aujourd'hui, que j'aurais pu tout entendre car je tiens à toi plus que tout au monde...

Au travers de cette correspondance post-mortem, je te fais donc une promesse. Celle de tout mettre en œuvre pour percer ce dernier mystère. Sans doute le plus important de tous puisqu'il nous concernait directement. Il en va de ma survie car je ne pourrai pas vivre longtemps avec cette culpabilité lancinante...

Des paroles, toujours des paroles, encore des paroles… Si seulement Alain avait su s'appliquer à lui-même cette devise, tout aurait peut-être été différent avec Anna. Il venait de lui écrire à nouveau. Et même si sa femme ne le lirait jamais, ces mots le soulagèrent un peu. La confession de sa Dalida, écrite sans doute de New York, laissait place à toutes les supputations sur ce que devait lui annoncer son épouse. Elle confirmait sans ambiguïtés que leur couple s'était éloigné. Si Anna manifestement en souffrait, Alain était resté comme toujours dans sa bulle. À se reposer sur des lauriers qu'il croyait indestructibles.

Alain ne supportait pas un tel gâchis dont il endossait une grande part de responsabilité. Anna lui disait dans sa missive attendre un signe qui n'était jamais venu. Elle était morte avec cette image d'un mari négligent qui ne la satisfaisait plus. Avait-elle rencontré quelqu'un ? Cela expliquait-il la présence d'une robe Dior dans sa valise ?

Il n'y avait plus une minute à perdre, se dit Alain. Il devait mettre en œuvre ses talents d'enquêteur pour tout savoir, pour connaître la fin du courrier inachevé et respecter la promesse qu'il venait de coucher par écrit. Dans cette sombre histoire, le marathon était le théâtre essentiel, révélait Anna. Cet événement représentait bien plus qu'un "défi sportif et humain", écrivait-elle. De tels propos ramenaient encore et toujours Alain vers cet entraîneur inconnu. Mais comment retrouver ce personnage clé ?

Alain arpenta le vaste salon de sa maison dans tous les sens comme une âme en peine. Agacé car il séchait et ne voyait pas comment mettre la main sur ce coach. La libertine pouvait-elle l'aider ? Encore aurait-il fallu qu'elle se manifestât via Twitter. Il vérifia son portable. Pierrot lui avait promis qu'il l'appellerait en cas de réponse de la sulfureuse anonyme. Il n'avait aucun appel en absence ni aucun message. Alain patinait et déprimait.

Sur la table de la salle à manger, les affaires d'Anna n'avaient pas bougé. Alain aperçut cette robe Dior découverte dans la valise. Il préféra l'oublier et attrapa l'élégant sac en cuir rouge dans lequel il avait découvert tout à l'heure la si cruelle enveloppe. Enfermé dans une impasse, il sentit ses nerfs à vif et fouilla sans vergogne à l'intérieur du sac à main. Une fois encore, le téléphone portable d'Anna vint le narguer. Il regarda longuement ce petit objet qu'Anna utilisait beaucoup plus que lui. Pour son travail, pour voir ses amies, pour prendre des nouvelles d'Edmonde et pour… tout ce qu'il ignorait. Ce mobile pouvait contenir des informations cachées, des contacts ou des messages inconnus. Alain l'alluma et fut surpris de découvrir pendant quelques secondes un feu d'artifice en guise de bienvenue. Une fenêtre s'ouvrit pour lui demander de renseigner le code Pin…

Sans réfléchir, Alain tapa "marathon" et fit chou blanc. L'idée était bonne mais il avait une chance sur mille de tomber juste. Il essaya "Anna" et se fit à nouveau rejeter. L'écran indiquait qu'il ne lui restait plus qu'un seul essai. Alain eut envie de balancer dans la pièce ce putain de téléphone.

Pour se calmer, il préféra s'asseoir sur le canapé du salon. Là où il aimait se retrouver avec Anna. Elle prenait souvent un bouquin quand il regardait la télé. Il n'avait pas le souvenir de la voir pianoter sur son téléphone. Elle devait prendre ses précautions pour ne pas éveiller ses soupçons…

Il n'avait plus rien à perdre avec ce mobile et tant pis s'il le bloquait. Et si… Son cœur s'accéléra, il tapa à toute vitesse "paroles" sur les touches du smartphone. Bingo ! L'écran d'accueil s'afficha, Alain n'en croyait pas ses yeux. Il avait réussi sur un coup de dés. Une fois encore, leur chanson fétiche venait à son secours. Anna ne lui en parlait plus jamais mais elle n'avait rien oublié. Comme si cette rencontre autour d'un karaoké improbable restait l'événement le plus important de sa vie. Malgré leur éloignement des derniers temps, Anna n'avait rien enlevé. Ni l'intitulé de son compte Twitter, ni son mot de passe sur son portable. Elle y tenait comme le témoignage d'une histoire plus forte que tout. Alain parvint à esquisser un sourire. Il se faisait sans doute son film et exprimait d'abord et avant tout son ressenti. Si seulement Anna avait pu penser comme lui…

Le fond d'écran du téléphone était magnifique. Une photo de Marseille. La mer et ses couleurs émeraude prise de la corniche Kennedy. Alain reconnut l'endroit. Le virage juste après l'anse de la fausse monnaie. La route surplombait la Méditerranée d'une dizaine de mètres. Anna adorait cette vue et avait certainement pris cette photo elle-même. En souvenir de Marseille, sa ville de naissance, qu'elle n'avait jamais oubliée même s'ils avaient posé leurs valises, par commodité, du côté de Bouc Bel Air.

Alain découvrit qu'Anna avait un message. Malgré l'angoisse qui l'assaillait, il ne pouvait plus reculer. Il quitta le canapé et marcha dans le salon. Allait-il entendre la voix du coach ou de la libertine ? Il composa fébrilement le "888", prêt à en découdre. Quel qu'en soit le prix.

Une nouvelle surprise l'attendait. Une certaine Maria de l'association SOS Femmes avait cherché à joindre Anna la veille. Elle prenait d'abord des nouvelles de son marathon en espérant qu'elle n'ait pas trop souffert puis enchaînait sur le motif premier de son appel. "Je voudrais fixer avec toi la date de notre prochain groupe de parole. Rappelle-moi vite."

Alain écouta, abasourdi, une deuxième fois le message pour s'assurer qu'il n'avait rien négligé d'important. Il n'avait jamais entendu parler de cette association. Quel était son champ d'activité ? En quoi Anna était-elle concernée ? Que faisait sa femme dans un tel groupe de parole ? Une nouvelle piste s'ouvrait encore plus surprenante que celle du marathon. Alain avait beau chercher dans sa mémoire, il ne trouvait aucun indice qui lui aurait permis de comprendre. Anna n'avait rien d'une militante de la cause féminine et son mari ne l'avait jamais harcelée ! La Maria en question semblait bien connaître son épouse et ce rendez-vous pour un groupe de parole ne devait pas être le premier du genre. Elle n'avait d'ailleurs laissé aucun numéro de téléphone, preuve qu'Anna était familière de ce type d'échanges.

Retrouver cette association ne devrait pas être trop difficile, songea Alain. Il aurait pu consulter Internet mais préféra une autre solution. Il fila récupérer dans un placard de l'entrée l'annuaire des pages jaunes qui répertoriait tous les professionnels du département des Bouches-du-Rhône. Il chercha dans l'index le mot-clé "association". Elles étaient classées par rubrique : associations culturelles, associations de défense de l'environnement, associations sportives... Il tomba sur une rubrique qui semblait faire l'affaire : "les associations humanitaires, d'entraide, sociales". L'index renvoyait à la page 96. Alain feuilleta à toute vitesse son annuaire. Les associations étaient ensuite classées par ville.

Dans son message, Maria n'avait laissé aucune indication sur son adresse. Alain pensa spontanément à Marseille. Il balaya rapide-

ment la liste et tomba sur l'information qu'il cherchait nerveusement. Un bref encart était consacré à SOS Femmes. En quelques
mots, tout était dit : "violences conjugales, accueil, écoute, accompagnement". L'association s'occupait donc a priori spécifiquement
des femmes battues... Alain était avare de mots et de gestes
tendres mais aussi incapable de la moindre brutalité. Même s'il
savait grâce aux médias que les violences conjugales représentaient
un véritable fléau, il ne comprit vraiment pas le rapport avec sa
Dalida.

L'association avait ses locaux dans le 6ème arrondissement de
Marseille, avenue du Prado. Alain regarda sa montre : il était déjà
16 heures ! Depuis son réveil ce matin pour se rendre à Marignane,
il n'avait pas vu passer le temps. Après avoir farfouillé du côté du
parcours sportif de Bouc Bel Air, il allait devoir rendre visite sans
tarder à SOS Femmes. Y avait-il un lien caché entre les deux lieux ?
Un rapport entre le sport et la violence ? Il le saurait rapidement.
Alain nota le téléphone de l'association au cas où, prit son manteau,
ses clés de voiture et claqua la porte sans la fermer à clé. Pas une
seconde à perdre, pensa Alain. Plus l'énigme s'épaississait, plus il
se surprenait.

L'association SOS Femmes se trouvait à deux pas de la place Castellane en plein cœur de Marseille. Cette place très fréquentée abritait l'une des plus célèbres fontaines de la ville. Après s'être garé dans une rue voisine, Alain leva la tête pour regarder la statue qui surplombait la fontaine d'une dizaine de mètres. Il se souvint d'une balade faite ici il y a plusieurs années avec Anna. Sa femme lui avait expliqué fièrement que cette statue symbolisait Marseille, sa ville, qu'elle aimait par-dessus tout. Elle devait apprécier revenir ici pour participer sans doute à ces groupes de parole évoqués au téléphone par Maria…

Quelques minutes après, Alain était déjà arrivé dans les locaux de l'association, situé dans un immeuble cossu de l'avenue du Prado. Un écriteau vint lui rappeler l'objet premier de SOS Femmes : les violences conjugales. Il sonna intrigué en se demandant ce qu'il allait bien pouvoir encore découvrir sur son épouse.

Une femme d'un certain âge vint lui ouvrir, manifestement surprise de voir débarquer ici un homme.

— Monsieur, que puis-je faire pour vous ? l'interrogea-t-elle d'emblée.

— Bonjour madame, je viens vous voir suite à un message laissé pour ma femme Anna Vitali sur son téléphone.

— Ah oui bien sûr. C'est moi qui l'ai appelée.

— Vous êtes donc Maria…

— Oui, tout à fait, enchantée. Excusez-moi pour mon accueil un peu froid mais nous sommes toujours sur nos gardes lorsqu'un homme vient nous rendre visite.

Maria tendit la main à Alain, curieuse d'en savoir plus, et le fit entrer dans les locaux. Ils se faisaient face dans le long couloir qui desservait plusieurs pièces.

— Je suis désolé d'être venu ici sans prévenir mais votre message m'a surpris. J'ai préféré me déplacer pour en savoir plus…

— Je ne comprends pas, Anna a-t-elle un problème ?

— Oui, son marathon s'est très mal terminé, répondit maladroitement Alain.

— Mince, elle était tellement motivée. Ce n'est pas trop grave au moins j'espère, s'inquiéta Maria.

— Si... Elle est morte d'une crise cardiaque en pleine course... Je suis désolé de vous l'annoncer aussi brutalement.

Alain posa sa main sur l'épaule de Maria pour accompagner la nouvelle. Son interlocutrice était blême et sans voix.

— Vous devriez vous asseoir, ajouta Alain avec empathie.

— Je ne m'attendais pas du tout à cette…

— À cette nouvelle, la coupa Alain. Apparemment, personne ne s'y attendait.

— Venez…

Maria se dirigea vers son bureau, s'assit et proposa à Alain d'en faire de même. Elle était visiblement secouée. Alain lui raconta rapidement la façon dont l'accident s'était produit puis le rapatriement dans la matinée et la remise du corps à la Fac de médecine. C'était beaucoup d'un seul coup pour cette personne, se dit Alain mais il n'en avait que faire. Il n'était pas venu ici pour larmoyer sur le décès de son épouse…

— J'ai découvert tout à l'heure votre message sur le mobile d'Anna. Je voulais en savoir plus…

— C'est-à-dire ?

— Je ne savais pas du tout que ma femme "travaillait" pour SOS Femmes.

— Ah d'accord, répondit quelque peu surprise et gênée Maria. Votre femme parlait très peu de sa vie privée... Elle venait ici pour aider les femmes en difficulté. Je suis l'une des responsables de l'association.

— Excusez-moi d'être brutal. Mais je ne comprends pas ce qu'Anna venait faire ici ? Je ne vois pas en quoi les violences conjugales la concernaient ?

— Elle s'investissait beaucoup ici. On s'était habitué à sa présence et à son soutien sans faille. Elle était notamment très active dans les groupes de parole que nous organisons régulièrement.

— D'où votre message mais cela ne répond pas à mon incompréhension ! rétorqua Alain en haussant le ton.

— Votre femme était bénévole chez nous et non pas victime. Il ne faut pas tout mélanger.

— Écoutez-moi bien, je ne mélange pas tout. En plus de dix années de vie commune, je n'ai jamais tabassé ma femme ni proféré la moindre menace contre elle. Je suis bien placé pour savoir qu'elle n'était pas victime de violences conjugales ! Mais que foutait-elle ici en tant que bénévole ?

— Cela ne sert à rien de vous énerver, répondit le plus calmement possible Maria, bien décidée à ne pas faire monter la mayonnaise. Si vous me posez cette question, c'est que votre femme ne vous a rien dit…

— Tout juste. J'ai découvert qu'elle venait ici en écoutant votre message il y a une heure.

— Je comprends votre désarroi et partage votre peine, croyez-le bien. Depuis son arrivée ici, Anna était appréciée de tous. Elle avait tissé des liens avec les permanents de SOS Femmes, avec des bénévoles et même avec certaines victimes.

— Depuis combien de temps venait-elle ici ?

Maria réfléchit un instant comme si elle hésitait.

— Je dirai un an mais j'ai l'impression qu'elle a toujours été là…

— Elle s'impliquait donc beaucoup ?

— Oui énormément surtout depuis quelques mois.

Alain en devina tout de suite la raison.

— Son passage à mi-temps dans son boulot a dû en effet favoriser les choses…

Maria acquiesça tout de suite, sans doute rassurée de voir que son mari était au courant.

— Elle était toujours demandeuse pour nous aider. Récemment elle nous avait par exemple orienté vers des médecins avec lesquels elle travaillait. Elle les avait sensibilisés au problème de la violence conjugale, toujours sous-estimé dans notre société…

— J'imagine qu'elle n'était pas seule dans ce cas ?

— Vous avez raison. Les femmes qui nous accompagnent consacrent beaucoup de temps pour notre association.

Alain l'interrompit.

— Parce qu'elles sont concernées d'une façon ou d'une autre, et trouvent logique de militer pour défendre la cause des femmes battues.

— Oui…

— Vous devez avoir beaucoup d'anciennes victimes parmi ces bénévoles ?

— Oui…

Maria sentit la suite arriver.

— Mais je vous répète Anna n'était pas dans ce cas !

— Monsieur Vitali, vous avez encore une fois raison. On vient rarement chez nous par hasard.

— C'est bien pourquoi j'aimerais connaître la raison de la présence de ma femme, insista à nouveau Alain.

— Oui, elle avait ses raisons, souffla tout doucement Maria.

— Mais bon Dieu, vous ne pourriez pas m'aider un peu ! se cabra Alain. Avant sa mort, ma femme m'a écrit pour me reprocher mon manque d'attention. Maintenant qu'elle n'est plus là, je cherche seulement à découvrir pourquoi elle ne m'avait rien dit… Aidez-moi s'il vous plaît.

Alain avait prononcé cette dernière phrase en fixant longuement Maria, de plus en plus mal à l'aise.

— Si je vous répondais, je trahirais notre éthique et notre charte. Nous devons la confidentialité à toutes les femmes qui nous consultent mais aussi à toutes celles qui nous aident. Anna avait fait le choix de ne pas vous associer à cette partie de sa vie. Pour quelles raisons ? Je n'en ai pas la moindre idée, vous pouvez me croire sur parole !

— Mais Anna est morte bordel ! À l'heure où nous nous parlons, elle est peut-être allôngée sur un billard et disséquée par des étudiants. Vos principes n'ont plus aucun sens, s'emporta à nouveau Alain.

— Je partage votre souffrance mais je ne peux pas vous en dire plus, répéta Maria. Désolée…

— Est-ce que vous pourriez pour une fois être sensible à la souffrance d'un homme qui a appris la mort de sa femme il y a trois jours ? Je ne savais même pas qu'elle faisait le marathon de New York, contrairement à vous !

— Monsieur Vitali, je suis désolée pour vous encore une fois. Votre vie privée doit rester privée, tout comme celle de votre femme. Elle avait choisi le silence sur ses activités à SOS Femmes. C'est son droit le plus strict et je me dois de le respecter même après sa mort.

Alain comprit qu'il ne pourrait rien tirer de cette vieille bique arc-boutée sur ses principes. Il eut une envie irrépressible de l'envoyer chier pour se défouler mais réalisa qu'elle pouvait encore lui être utile.

— D'accord madame Maria ! Message reçu cinq sur cinq, reprit-il. Pourriez-vous m'orienter au moins vers d'autres personnes qui connaissaient très bien Anna ? Vous me disiez qu'elle était très appréciée ici…

La responsable eut de la compassion pour ce mari blessé. Elle savait très bien pourquoi Anna militait ici puisqu'elle lui avait dit dès leur première rencontre. Comme la plupart des femmes qui rejoignent l'association. À dire vrai, elle ne comprenait pas très bien pourquoi ce mystère. Mais elle n'avait pas à juger…

— Toute l'équipe de SOS Femmes sera choquée en apprenant la mort d'Anna. Une mort si brutale. Elle avait des problèmes cardiaques à votre connaissance ? interrogea Maria.

— Non aucun. C'est ce qui rend son décès encore plus atroce.

Maria était blindée face à la souffrance d'autrui. C'était malheureusement son quotidien. Mais après l'annonce brutale du décès d'Anna, elle se sentit déstabilisée par son échange avec ce veuf désemparé. Elle pensa à Muriel qui était devenue au fil du temps une véritable amie d'Anna. Aussi incroyable que cela puisse paraître…

— Je pense à une personne dont votre femme était très proche. Elle s'appelle Muriel…

— Merci à vous. Je peux l'appeler de votre part ?

Maria réfléchit quelques secondes et songea à la réaction de Muriel. Elle allait être dévastée par la nouvelle de la mort d'Anna.

— J'aimerais lui en parler avant. C'est préférable ainsi, temporisa Maria. Laissez moi vos coordonnées. Muriel vous rappellera sûrement, ne vous inquiétez pas.

Elle lui avait dit cela pour le soulager mais avec Muriel elle n'était sûre de rien…

— Je vous remercie. Je compte sur vous pour convaincre cette Muriel de m'appeler. Dites-lui qu'elle peut me joindre vingt-quatre heures sur vingt-quatre et sept jours sur sept…

— Ce sera fait. Anna va beaucoup nous manquer, vous savez.

— Pas autant qu'à moi, répondit froidement Alain en se levant.

Maria lui proféra les condoléances d'usage et le raccompagna sur le palier. Elle lui remit au passage une plaquette d'information sur l'association…

— Même si vous n'avez pas la tête à ça, lisez ce document, conseilla Maria à Alain. Vous comprendrez mieux pourquoi nous sommes débordées tous les jours. Heureusement qu'il existe des bénévoles comme Anna…

Alain lui tendit la main et tourna les talons aussi sec.

Episode 4

Nous venons déjà de quitter l'imposant Verrazano Bridge. À ma grande surprise, la masse indescriptible des participants se scinde en trois parties dès la sortie du pont. Les organisateurs sont incroyables : selon la couleur de notre dossard, nous sommes orientés sur trois parcours différents afin d'éviter un encombrement. Nous nous retrouvons tous quelques centaines de mètres plus tard, comme par magie sur la quatrième avenue. C'est notre première longue ligne droite. Elle va nous accompagner pendant plus de sept kilomètres !

Nous découvrons avec joie les premiers spectateurs qui nous accueillent avec leur pancarte " Welcome in Brooklyn". Combien sont-ils ? Des centaines, des milliers, des dizaines de milliers... Nous ne sommes pas encouragés mais acclamés. Certains supporters hurlent littéralement sur notre passage. Je regarde mon mari, ahurie devant une telle ferveur populaire.

La quatrième avenue est très large et nous occupons sans souci les six voies de circulation. Je remarque de chaque côté de cette artère les immeubles de quelques étages, en briques rouges, avec les escaliers de secours métalliques à l'extérieur. J'ai l'impression d'être dans un film policier aux images tellement familières.

Tous les habitants sont à leur fenêtre, ils applaudissent à tout rompre lorsque nous passons en bas de chez eux. Certains ont préféré s'agglutiner sur les trottoirs. Ils parlent, ils crient, ils chantent. Car la musique est omniprésente. À côté des orchestres officiels, plein de New Yorkais nous donnent leur tempo. Les musiciens ont sorti leurs instruments, les autres ont installé leurs sonos avec des enceintes qui "crachent" les décibels sans relâche.

Nous passons à côté d'une église. Je réalise qu'une messe s'y déroule lorsque j'entends la voix du prêtre qui déclame son prêche, micros ouverts vers les marathoniens ! La fête ne fait que commencer. Tous les gamins nous tendent leurs mains pour qu'on les tape sur notre passage. Avec mon mari, nous arborons fièrement un maillot Bleu marine siglé "France", comme la plupart des compatriotes qui nous accompagnent. J'entends des "Allez la France", des "Formidable" qui fusent de partout. Notre bonheur est indescriptible.

Mon époux coach fait des sauts de cabri tous les cinq mètres pour susciter l'ovation de la foule. L'euphorie nous gagne et je tente, avec le sourire, de freiner ses ardeurs masculines. La course ne fait que commencer. Pour mon premier marathon, j'ai peur de laisser des plumes dans cette débauche d'énergie. Il me fait un clin d'œil et me rassure en une phrase : "Cela sera ainsi jusqu'à la fin de la course. Tu vas t'habituer", me glisse-t-il, perfide. C'est son second marathon ici. Il sait de quoi il parle. J'oublie presque que je suis en train de courir...

Je me retrouve pendant quelques mètres aux côtés d'un coureur croate. Nous échangeons nos premières impressions en anglais ! Pas le temps de s'appesantir : cent mètres devant nous, une chorale de gospel emballe le public et les coureurs. Certains s'arrêtent pour danser quelques pas. Je n'en crois pas mes yeux et ne sais plus où donner de la tête tant les images se bousculent les unes derrière les autres.

J'ai même failli manquer le premier ravitaillement. J'attrape une bouteille d'eau et vois sur le côté une gamine qui me propose une banane avec un mouchoir en papier. Quelle délicate attention ! Je l'embrasse et lui crie "Merci". Elle rit tout ce qu'elle sait.

Les spectateurs ne viennent pas les mains vides. Nous avons le choix entre des fruits, du sucre et même des bonbons. La quatrième avenue est longue mais les kilomètres défilent vite. Nous arrivons déjà à un carrefour où la horde des athlètes doit bifurquer sur la droite. La police a été obligée de déployer ses fameuses bandes jaunes en plastique " Do not cross" pour canaliser la foule des spectateurs.

Je réalise que mon kangourou préféré n'est plus à mes côtés. Il est en fait juste devant moi et continue inlassablement de faire le fou avec le public. Je ne l'ai jamais vu dans un tel état ! Ces quelques secondes d'inattention me servent de leçon. Je manque de me cogner contre la pancarte portée fièrement par une vieille dame habillée chaudement dans son élégante tenue du dimanche. Elle s'excuse, toute confuse, et je l'applaudis pour la remercier. Sur son écriteau, elle a écrit au feutre noir en grosses lettres capitales : "Go for it ! Good luck. You are a winner". Je repars, gonflée à bloc, dans la peau d'une gagnante...

En sortant de son entretien impromptu avec la responsable de SOS Femmes, Alain était des plus songeurs. Il se dirigea vers le premier bar qu'il trouva sur la place Castellane. Le soleil était encore chaud malgré l'automne. Il s'assit en terrasse et commanda un whisky sec. Histoire de subir un électrochoc après ses dernières découvertes.

Sa femme militait donc sans retenue dans cette association de défense des victimes de violences conjugales. Pourquoi ? Il n'avait pas réussi à l'apprendre malgré tous ses efforts. Cette Maria n'avait rien cédé ou presque. Tout juste avait-elle reconnu qu'Anna avait clairement exprimé les raisons de sa présence lors de son premier rendez-vous ici. Que diable pouvait-il se cacher derrière cet engagement ? Son passage à mi-temps n'avait-il pas été davantage motivé par son activisme à SOS Femmes ? Et dire qu'Anna était souvent à Marseille, là où Alain travaillait en tant que formateur...

Il était totalement perdu et arrivait de moins en moins à suivre sa femme dans ce drôle de jeu de pistes. Il contempla la statue qui dominait fièrement la fontaine de la place. Comme toujours, le trafic automobile était dense mais Alain n'y prêta pas attention, absorbé par ses noires pensées. Il se reprocha de ne pas avoir vécu avec Anna dans le tumulte de la cité phocéenne qu'elle aimait tant. Elle qui avait vécu avec Edmonde du côté des Cinq Avenues de l'autre côté du centre ville. Elle avait été sous le charme de leur vaste et calme maison de Bouc Bel Air en la visitant, se souvint pourtant Alain. Mais ils n'étaient que deux. Tout aurait été tellement différent s'ils avaient eu un voire plusieurs enfants...

Alain aurait dû lui proposer de déménager sur Marseille dès lors que la famille ne s'agrandissait pas, regretta-t-il. Au lieu de cela, le mari autiste était resté inerte comme d'habitude. Son whisky avalé quasiment d'une traite, Alain ressentit des brûlures d'estomac. Mais il en commanda tout de suite un autre, espérant que sa tête tourne.

Officiellement, Bouc Bel Air était pratique pour les déplacements professionnels d'Anna. À proximité de l'aéroport de Marignane et de la gare TGV d'Aix en Provence. Sans les bouchons de Marseille ! Sauf qu'Anna était passée à mi-temps et venait réguliè-rement ici à

Marseille pour des motifs toujours obscurs ! s'agaça Alain. Que d'occasions manquées, songea-t-il. Le veuf ne digérait toujours pas de s'être fait berner par sa femme et pire, de n'avoir rien vu ni entendu.

À quelques mètres de là, son regard fut attiré par la scène qui se déroulait à une table voisine. C'était un couple assez jeune, la trentaine, estima Alain. La fille était plutôt jolie, rousse aux cheveux courts, avec plein de tâches de rousseur. Le mec, plus quelconque, buvait ses paroles. Car la nana ne cessait de parler avec un débit impressionnant. Alain était malheureusement trop loin pour entendre ce qu'elle lui assénait comme discours. Mais c'est surtout l'attitude de l'homme qui lui fit écho. Il était statique, peu expressif et acquiesçait régulièrement aux propos de sa douce. Sans prononcer le moindre mot. Alain se vit dans le miroir. Pendant des années, Anna avait guidé le couple, rythmé les conversations et composé avec la discrétion de son époux. Au fil du temps cet effacement lui avait certainement pesé même si elle ne s'en était jamais plainte ouvertement. Sauf pour le charrier sur son attitude d'homme des cavernes, se remémora Alain.

Il pensa aussi qu'avec les années, sa femme était devenue moins volubile en sa présence. Elle s'était "échappée", petit à petit, comme elle l'écrivait dans sa lettre inachevée.

Et son mari négligent l'avait laissée faire, battit sa coulpe Alain. Anna avait notamment trouvé de quoi s'occuper chez SOS Femmes sans lui en parler une seule fois. Même pas une allusion ou alors il n'y avait pas prêté attention. Il but une nouvelle gorgée de scotch, attendant une légèreté qui ne vint pas. Alain sortit de son manteau la plaquette que lui avait fourguée cette Maria quelques minutes plus tôt.

Sa lecture le figea d'effroi. En France, une femme sur dix était victime de violences conjugales. Pire encore, tous les deux jours et demi, une femme mourait sous les coups de son conjoint... Ces statistiques effarèrent Alain qui, à l'image de ses compatriotes, réalisa combien il sous-estimait ces tragédies. L'association appelait à "ne plus supporter l'insupportable" et en profitait pour tordre le cou à toutes les idées reçues que véhiculait notre société pour se voiler la face : "elle le provoque", "c'est de sa faute, elle ne sait pas y faire", "c'est peut-être un mari violent mais c'est un bon père", "C'est leur vie privée, cela ne nous regarde pas".

Tous ces témoignages étaient consternants. Alain perçut un peu mieux pourquoi des femmes décidaient de militer dans des associations, afin qu'un tel fléau régresse. Dans la plaquette, il était aussi question des groupes de parole qui offraient aux victimes un échange collectif. "L'animation de ces groupes est du ressort de spécialistes", était-il écrit. Sa Dalida était donc devenue une "spécialiste" de ces questions, constata Alain perplexe.

La même question revenait sans cesse : comment s'était-elle retrouvée ici et surtout pour quels motifs ? Alain avait enfin l'impression de toucher du doigt un nœud crucial dans sa quête de la vérité. Mais il n'avait plus qu'une cartouche dans sa poche pour sortir du brouillard dans lequel il se dépêtrait malgré lui : Muriel. Ce contact qu'avait daigné lui lâcher la responsable de SOS Femmes. Était-ce une salariée, une bénévole, voire une victime ? À dire vrai, il n'en savait rien. Il lui restait à espérer que cette femme, apparemment très proche d'Anna, prenne contact avec lui. Et si possible, rapidement !

L'idée de prendre un troisième verre lui traversa l'esprit mais Alain réalisa qu'il devait reprendre le volant. Il sortit de sa poche son téléphone portable que lui avait offert il y a quelque temps Anna. Aucun message ! Ni de Muriel, ni de son frère, ni de personne. Lui qui d'ordinaire vivait les événements de la vie avec fatalisme et résignation, n'acceptait pas ce surplace.

Il prit à nouveau le téléphone de sa femme qu'il avait emmené avec lui en se rendant sur Marseille. On ne sait jamais : quelqu'un pourrait encore appeler, se convainquit-il. Quelqu'un qui ne saurait pas qu'Anna était morte : Muriel, la libertine, le coach… Tout était envisageable mais pour l'heure, le mobile de son épouse restait muet comme… le sien. Alain commença à farfouiller dans le menu après avoir renseigné le sésame "Paroles", non sans un flash back toujours agréable. Une pièce à conviction peut toujours parler, se persuada notre enquêteur.

Logiquement, il commença par examiner minutieusement le réper-toire et vérifia par la même occasion que sa Dalida était une femme sociable. La liste de ses contacts était impressionnante avec un savant mélange entre les relations professionnelles et personnelles. Il fit défiler cette longue succession de noms et rien ne l'interpella si ce n'est une confirmation. Alain ne reverrait pas la plupart de ces contacts.

Il eut ensuite l'idée de chercher dans les appels reçus. Un peu comme Columbo, la technologie et lui ne faisaient pas bon ménage. Au bout de cinq minutes qui lui parurent une éternité, il finit enfin par mettre la main sur ce qu'il cherchait. Les derniers coups de fil étaient antérieurs au départ d'Anna pour New York. Logique, considéra Alain. L'entourage de sa femme savait pertinemment qu'elle s'était envolée, à sa grande joie, pour les États-Unis. La plupart de ses amis devaient aussi être au courant pour le marathon…

En observant attentivement tous ces appels reçus, Alain remarqua un nombre important de numéros secrets. S'agissait-il de publicité comme cela arrivait souvent ou de contacts professionnels non répertoriés par Anna ? Y avait-il derrière ces coups de fil "inconnus" un mystérieux interlocuteur ? Alain regarda les heures d'appel et releva l'absence de constante. Ces messages intervenaient à n'importe quelle heure de la journée. Jamais le soir ou la nuit. Mais cela n'avait rien d'étonnant en soi !

La liste des appels émis ne fut guère plus instructive. Anna appelait souvent sa mère, au moins une fois par jour. Alain repensa à sa dernière entrevue avec Edmonde qui ne s'était pas très bien passée. C'était hier et cela lui semblait une éternité. La pauvre vieille l'avait agressé à plusieurs reprises mais elle était malade et surtout la mort de sa fille l'avait dévastée.

Dans sa recherche, Alain vit aussi revenir à plusieurs reprises Béatrix. Tant en appels émis que reçus. Les deux copines étaient très proches et se donnaient régulièrement de leurs nouvelles. Il en avait toujours été ainsi et Alain ne s'y intéressait pas. C'était leur cuisine ! Le fait d'en être écarté l'avait toujours arrangé. Mais la donne était radicalement différente aujourd'hui…

Leur seul échange post-mortem avait été glacial lorsqu'Alain avait pris la peine de la prévenir du décès d'Anna. Là encore, le choc de l'annonce avait vraisemblablement envenimé l'échange téléphonique. Mais Alain n'avait pas supporté que Béatrix refuse de l'aider. Il se remémora la phrase de trop, celle qui avait fait déborder le vase. Béatrix lui avait balancé tout à trac : "Je ne vois pas pourquoi je te dirai ce que ta femme ne t'a jamais dit".

Mais depuis ce combat à fleurets non mouchetés, Alain avait avancé et découvert de nouveaux éléments à charge sur les cachotteries de sa femme. Il pourrait tester ces indices auprès de Béatrix qui en savait certainement bien plus que lui. Certes, il s'était promis de ne plus jamais avoir affaire à elle mais avait-il le choix ? Il mit son orgueil au panier et décida d'appeler Béatrix pour lui proposer une rencontre au sommet. Il utilisa le mobile d'Anna... afin d'augmenter ses chances de réussite. Ce machiavélisme l'étonna mais pour une fois il ne tergiversa pas une seconde.

Béatrix répondit dès la seconde sonnerie. La voix d'abord chevrotante changea de registre lorsqu'elle comprit le mauvais tour joué par Alain. Mais ce dernier sut trouver les mots pour la calmer et la convaincre. Elle accepta de prendre un verre "en mémoire d'Anna et pour rien d'autre". "Ne t'inquiète pas, c'est réciproque", lui asséna en retour Alain. Le décor était planté. Ils se donnèrent rendez-vous une demi-heure plus tard dans une grande brasserie du 1er arrondissement marseillais, choisie par Béatrix.

Alain nota l'adresse dans un coin de la plaquette de SOS Femmes. Il était content de son coup et eut le sentiment d'avoir réussi à faire plier l'indomptable meilleure amie. Ce n'était qu'un début, se promit-il. Il quitta la place Castellane le pas décidé pour rejoindre sa voiture.

La circulation était mauvaise et Alain se perdit en chemin. Il arriva tout de même à l'heure au rendez-vous fixé par Béatrix. La maligne avait choisi un lieu connoté, du côté de l'église des Réformés, tout en haut de la célèbre Canebière, réalisa tout de suite Alain. Pas très loin des Cinq Avenues où Anna avait passé toute sa jeunesse, là surtout où les deux amies s'étaient rencontrées lorsqu'elles étaient encore étudiantes… Bien avant qu'Alain ne fasse la connaissance de sa future femme.

Il chercha du regard Béatrix dans la grande brasserie copieusement remplie. C'était déjà l'heure de l'apéro ! Alain avait pris de l'avance avec ses deux whiskys enfilés quelques instants plus tôt. Il entendit son prénom et aperçut tout au fond de la salle la meilleure amie d'Anna.

Il l'observa rapidement en se disant qu'il la connaissait finalement très mal. Elle avait gardé sur elle son manteau noir comme si l'on était en plein hiver. À chaque fois qu'il l'avait croisée à Bouc Bel Air, Alain s'était fait la même remarque : cette fille était triste, portait des vêtements sombres et semblait vouloir disparaître dès lors que l'on portait le regard sur elle. Il avait tenté d'échanger ses impressions avec sa femme au début de leur relation mais s'était heurté à un mur. "Béatrix ne se laisse pas approcher facilement mais elle n'est pas aussi timide qu'elle en a l'air", lui répétait souvent Anna. " Elle n'est pas timide uniquement avec son appareil photo", rétorquait Alain. Car Béatrix était photographe professionnelle depuis des années. Elle shootait la Provence sous toutes ses coutures, en particulier Marseille. Les deux amies partageaient le même enthousiasme pour leur ville…

L'ambiance battait son plein dans le café et les conversations se mélangeaient les unes aux autres. Alain rejoignit Béatrix, tendu et nerveux. Cette fois, elle le fixa d'entrée de jeu, comme par défi. Ils s'embrassèrent du bout des lèvres. Ce rencart n'avait vraiment rien de naturel. Ils auraient dû se réconforter mais n'en firent rien.

— J'ai commandé une Badoit en t'attendant. Tu veux quelque chose ? attaqua Béatrix.

— J'ai cru que j'allais être en retard. C'est toujours le bordel à Marseille, lui répondit Alain.

— C'est ce qui fait le charme de la ville ! Mais toi, tu préfères la très policée Aix en Provence. Alors évidemment…

Les retrouvailles commençaient mal. Béatrix avait laissé sa phrase en suspens mais Alain décoda immédiatement ses nombreux sous-entendus.

— Je vais boire un whisky, enchaîna-t-il. Un whisky sec s'il te plaît. C'était déjà son troisième alors que la soirée commençait à peine. Mais Alain n'en avait rien à cirer. Il remarqua la mine renfrognée de Béatrix et fut frappé par les poches que la photographe avait sous les yeux. On aurait pu croire qu'elle n'avait pas dormi depuis 48 heures !

— Tu as voulu me voir, je suis là, reprit bille en tête Béatrix. Comme je te l'ai dit au téléphone, je suis venue uniquement en mémoire d'Anna. Je t'écoute…

— Merci pour elle, glissa perfide Alain. Je sais combien vous étiez proches toutes les deux…

— Tu ne peux pas imaginer à quel point ! le coupa Béatrix. Ses yeux étaient embués. Cette image mit Alain mal à l'aise. C'était la première fois qu'il la voyait dans un tel état. Il était plutôt habitué à sa froideur et à sa discrétion.

— C'est la meilleure amie de ma femme que j'ai justement voulue voir ce soir. Celle qui sans doute la connaissait le mieux. Anna est morte depuis trois jours et je vais de surprise en surprise, avoua Alain tout en guettant la réaction de la photographe.

— Tu m'en vois… surprise !

— Je te saurai gré de m'éviter tes sarcasmes, s'emporta Alain. J'ai besoin de savoir…

— Mais que veux-tu savoir ? C'est trop tard. Tu aurais dû te réveiller avant.

Béatrix avait prononcé ces mots sans aucune compassion pour le veuf qui lui faisait face et Alain encaissa tel un boxeur qui reste droit sur ses jambes.

— Anna avait commencé à m'écrire un texte quand elle était à New York. Elle ne l'a jamais terminé…

— Je n'étais pas au courant.

— Tu es sûre ?

— Certaine. Qu'est-ce qu'elle te disait ? demanda, tout à coup curieuse Béatrix.

— Qu'elle m'échappait et que je ne me rendais compte de rien...
Béatrix ne put réprimer un sourire de satisfaction.

— Comme quoi, les grands esprits se rencontrent...

— Elle voulait me parler de ce que représentait le marathon pour elle, de ce qu'elle ne m'avait jamais dit...

— Je comprends ta frustration ! Vous étiez vraiment un drôle de couple... C'est ce que je disais tout le temps à Anna.

— Et alors ! répondit fermement Alain. Notre couple marchait très bien, mieux que tu ne l'imagines.

— Je n'imagine rien. Anna m'a souvent parlé de vous...

— Justement... As-tu une idée de ce qu'elle voulait m'écrire ou me dire à son retour de New York ? Je ne tiens plus en place depuis que j'ai découvert sa lettre...

— Écoute Alain, je ne vais pas tourner autour du pot avec toi. Bien sûr qu'Anna en avait marre de toi. Mais autant être claire : je ne serai pas celle qui va tout te raconter par le menu. J'étais la meilleure amie d'Anna. Ce que nous nous disions toutes les deux ne regarde que nous.

— D'accord Béatrix, je ne vais pas non plus louvoyer pour une fois. Que cela te plaise ou non, j'ai besoin de toi. Tu ne peux pas te cacher derrière ton objectif et me servir l'argument de la fidélité à ton amie. Je suis prêt à tout entendre sauf le silence !

— Je ne peux rien faire pour toi, je te le répète...

— Le non-dit me ronge et me culpabilise. Anna était prête à me révéler quelque chose. Lis si tu ne me crois pas !
Alain lui tendit le mot d'Anna avec les paroles de leur chanson et le récit manuscrit qui suivait. Béatrix le parcourut rapidement et ne manifesta pas la moindre émotion.

— Alors qu'est-ce que cela t'inspire ?

— Je reconnais les paroles de la chanson sur laquelle vous vous êtes plus. Elle m'en parlait souvent, tu sais, lui révéla Béatrix sur le ton de la confidence.

— Tu as de la chance ! Nous, on en parlait plus jamais...

— C'est peut-être cela le problème...

— Merci de ton aide !

— Elle parle aussi du marathon...

— Qu'est-ce que cette course devait "libérer" en elle ? questionna Alain.

Béatrix resta silencieuse quelques secondes. Elle semblait chercher ses mots. Alain espéra enfin la réponse qu'il attendait depuis la découverte du mot d'Anna.

— Comment te dire ? C'est un peu comme une photo, commença Béatrix. Il y a ce que l'on voit dans une image, mais aussi ce qui se cache…derrière. Chaque cliché déclenche un imaginaire...

— Où veux-tu en venir exactement ?

— Demande-toi pourquoi elle ne t'a jamais parlé de son marathon.

— Ni de son entraînement à Bouc Bel Air, ni de son coach, ni de son passage à mi-temps ! s'énerva Alain.

— Je vois que tu as fait du chemin depuis trois jours, se moqua Béatrix.

— C'est le moins que l'on puisse dire. Anna ne m'a laissé aucun répit depuis l'annonce de sa crise cardiaque. J'imagine que contrairement à moi, tu étais au courant de ces secrets, demanda Alain avec une once d'animosité.

— Oui, bien sûr. Anna me confiait beaucoup de choses, comme tu t'en doutes. Elle m'accordait une confiance illimitée et réciproquement. J'ai perdu plus qu'une amie. Je me sens très seule, confia Béatrix avec des sanglots dans la voix.

— Nous voilà enfin un point commun, lui asséna Alain, pas mécontent de la voir craquer à son tour. On pourrait peut-être s'aider, tu ne crois pas ?

— Je ne vois vraiment pas comment ! Tu es sérieux là, répliqua plus glaçante que jamais Béatrix.

— Essayons au moins de partager ensemble la mémoire d'Anna. Cela nous ferait du bien à tous les deux…

— Arrête tes conneries, Alain. Tu me prends pour une idiote ou quoi ! Tout ce qui t'intéresse, c'est que je te raconte ce que tu ignores !

— Oui bien sûr. Tu ferais pareil à ma place, ne fais pas ton ingénue.

— Pour être franche, je suis bien contente de ne pas être à ta place. Il aurait mieux valu, encore une fois, que tu sortes de ta tanière avant.

— Tu m'emmerdes avec ma tanière. Anna me traitait d'homme des cavernes mais elle n'a pas su non plus m'en faire sortir. Elle a préféré me mentir ou me cacher ses activités. J'en ai ras-le-bol de tous ces subterfuges !

— Laisse tomber Alain. Cela ne la fera pas revenir…

— Là tu ne penses pas à moi ! Tu crois que je peux rester les bras ballants en attendant que ça passe ? Tu rêves !

— Fais comme tu l'entends mon vieux. Après tout, c'est ton problème mais ne compte pas sur moi pour t'aider. Anna avait apparemment prévu de te parler mais moi pas du tout !

Béatrix s'était levée pour couper court à la conversation. Elle semblait excédée et émue.

— Assieds toi s'il te plaît, l'implora Alain. Jai compris ton message mais j'ai encore deux choses à te demander.

— Oui…

— Anna était très active sur Twitter. Son compte s'appelait "Paroles, paroles". Je te l'apprends ?

— Non, je le savais.

— J'ai été très surpris de voir ma femme s'investir dans ce truc où tout se fait à distance.

— …

— Pas toi ?

— Anna était fantasque et moderne. C'est tout ?

— Tu as entendu parler d'une nana qui s'affiche "libertine" dans son pseudo sur Twitter ?

— Non, cela ne me dit rien.

— Apparemment Anna communiquait beaucoup avec elle sur le réseau social.

— Je n'en sais rien, je ne suis pas sur Twitter.

— Ok, je n'insiste pas. Tu n'es pas non plus une femme battue ?

— Quoi ? Comment… Qu'est-ce que tu veux dire ?

— Anna militait dans une association, SOS Femmes. Cet après midi, j'ai rencontré sa responsable…

— C'est bon Alain, ne te fatigue pas. J'ai compris.

— Qu'est-ce que tu as compris ?

— Que tu étais indécrottable. Si tu as envie de retourner la merde, vas-y mais ne compte pas sur moi pour t'aider !

Béatrix se redressa et déguerpit sans même saluer Alain. Manifestement furieuse. Alain ne bougea pas le moindre petit doigt. Fermez le ban !

La nuit avait envahi les collines de Bouc Bel Air depuis longtemps lorsqu'Alain rentra chez lui. La grande horloge de la cuisine affichait 21 heures 40. Alain entendit distinctement le tic tac des aiguilles. Le silence régnait en maître dans le village. Comme d'habitude. Sauf qu'Alain était seul. Sans son Anna. Et cela changeait tout. Il avait beaucoup bu de whisky ces dernières heures mais sa tête ne tournait pas. Il voyait clair dans sa noirceur. Plus il avançait sur les traces de sa femme et plus il stagnait. Il décida de se faire réchauffer une conserve de raviolis qu'il agrémenta de crème fraîche et de fromage râpé. Il avait fait les courses et devait en profiter !

Malgré la fatigue, il s'ouvrit une bouteille de vin rouge, un Côte de Blaye, mis en bouteille quelques années plus tôt. Lorsque sa femme et lui étaient ensemble, lorsque tout allait encore bien. Lorsque sa belle-mère vivait encore à Marseille, en bonne santé. Avant qu'Alzheimer ne vienne la toucher comme tant d'autres.

Après avoir quitté Béatrix avec le succès que l'on sait, il avait d'abord téléphoné de sa voiture à son frère pour le tenir au courant de ses dernières découvertes et rencontres. Pierre avait été un peu abasourdi mais avait réussi à remonter le moral de son cadet en lui racontant les dernières péripéties politico-médiatiques dont la cité phocéenne avait le secret. Il l'avait aussi réconforté en lui apportant son soutien à propos de l'engueulade qu'il avait eu la veille au téléphone avec leur mère. Pour une fois, le fils préféré prenait fait et cause pour son frère, estimant que Solange avait dépassé les bornes en s'en prenant ainsi à sa belle-fille.

Plutôt que de rentrer directement chez lui, Alain avait ensuite décidé de faire un détour par la maison de convalescence où séjournait Edmonde. Il n'avait pu la voir que quelques minutes car la vieille dame n'était pas bien du tout depuis le début de la journée. Elle ne l'avait pas reconnu et lui avait semblé totalement apathique. Comme cela lui arrivait de plus en plus souvent, cette crise s'était traduite par des difficultés d'élocution et des troubles du comportement. Elle avait pris à plusieurs reprises des nouvelles de sa fille en lui demandant s'il la connaissait. Alain avait préféré ne pas s'attarder de peur de craquer. Edmonde ne l'avait pas salué. Sa présence était passée totalement inaperçue. Avant de quitter la chambre, Alain avait jeté un regard attristé vers sa belle-mère. Elle avait répété à trois reprises : "Anna n'était pas prête, Anna n'était pas prête, Anna n'était pas prête"…

Ce flash back dévasta un peu plus Alain. Il avait réussi malgré tout à manger ses raviolis. Sa bouteille de Bordeaux était déjà à moitié vide. Comme son enquête, pensa-t-il. Il aurait aimé interroger sa belle-mère sur cette association de défense des victimes de violences conjugales. Était-elle au courant ? Alain ne se risqua pas au jeu des pronostics car Anna avait l'art de le surprendre.

Il s'enfila un nouveau verre de rouge et songea à celle qui savait tout et se terrait dans le silence. Beatrix l'avait une fois encore excédé. Il n'avait même pas eu le temps de lui parler de Muriel, ni du coach. Mais cela n'aurait rien changé… tant elle était obtuse.

En y repensant, la virulence de sa réaction lorsqu'elle avait compris qu'Alain savait pour SOS Femmes lui parut excessive. Elle avait eu des mots très durs, comme quoi il retournait la merde ! Alain voulait seulement percer les abcès quoi qu'il lui en coûte. Pourquoi Béatrix s'était-elle cabrée aussi vite ? Anna avait-elle été victime de violences avant de rencontrer son futur mari ? En fouillant dans ses souvenirs, Alain se rappela que son épouse avait évoqué deux relations antérieures à leur coup de foudre, dont une un peu plus sérieuse que l'autre. Anna avait failli vivre avec cet amoureux de l'époque mais cela ne s'était finalement pas fait. Elle n'avait pas épilogué là-dessus avec Alain et il n'avait pas cherché à en savoir plus. Son engagement dans l'association restait un mystère épais. Alain n'avait plus qu'à espérer que Muriel l'appelle ou qu'Edmonde sache quelque chose…

Il rangea son repas dans le lave-vaisselle puis ferma sa bouteille de pinard. Il avait trop bu comme d'habitude. Encore un défaut qui devait agacer son Anna. Et dire qu'il avait prévu de mettre la pédale douce sur l'alcool à son retour de New York… Alain regagna le salon pour se vautrer sur son canapé. Les deux enveloppes postées du Var à l'intention de sa femme n'avaient pas bougé depuis ce matin. Il les avait oubliées. Le deuxième courrier découvert le matin même dans sa boîte aux lettres avait été expédié deux jours plus tôt de Saint Cyr sur Mer par ce dénommé Roger Biver. Cela confirmait au moins une chose : ce type ignorait qu'Anna était morte sur un trottoir de Big Apple. Qui était-il et que voulait-il à sa femme ? Une seule personne pouvait répondre à cette question : Béatrix ! Alain sortit son téléphone de sa poche et composa fébrilement le numéro de la meilleure amie d'Anna avant de s'interrompre. C'était peine perdue, se convainquit-il. Elle allait encore l'envoyer valdinguer et lui dire d'aller se faire voir avec sa casquette de détective transi !

Il était tard et Alain sentit ses forces l'abandonner. Il en avait marre de toutes ces voies sans issue et préféra aller se coucher. Demain serait un autre jour. Il irait d'abord voir Edmonde en espérant qu'elle aille mieux. Qui sait, la vieille dame pourrait peut-être l'aider…

Episode 5

Nous venons déjà de quitter l'immense quatrième avenue des images plein la tête. Tout à coup notre interminable peloton se densifie et nous sommes freinés dans notre élan. Je comprends tout de suite pourquoi. Changement complet de décor : nous empruntons maintenant une rue étroite bordée de jolies maisons. Un panneau m'indique que nous venons d'entrer sur Lafayette Avenue. Cette voie résidentielle monte continûment mais cette bosse n'a aucune importance vu l'hystérie qui règne parmi le public. Nos supporters s'entassent de part et d'autre de la rue et hurlent au passage de leur héros du jour : un membre de leur famille, un ami, un collègue... Je ne connais personne parmi ces spectateurs mais ils m'encouragent comme si nous étions de vieilles connaissances. Ils sont incroyables et leur enthousiasme me porte littéralement. L'étroitesse de Lafayette Avenue renforce ce sentiment de communion incomparable. Certains nous touchent l'épaule, d'autres tapent dans nos mains. C'est la montée de l'Alpe d'Huez dans le Tour de France !

Je m'arrête quelques secondes sur le côté pour admirer la scène et éviter de tomber. Mon mari fait de même et nous échangeons un regard complice tout en applaudissant le public. À peine repartis, les vivats repartent de plus belle. Certains marathoniens longent les barrières au plus près pour claquer toutes les mains qui se tendent à leur passage. Les visages défilent à toute allure devant mes yeux ébahis. Le spectacle tient toutes ses promesses. Je lève les bras pour leur dire au revoir...

Nous quittons cette avenue et poursuivons notre périple au travers de Brooklyn. Nous nous retrouvons quelques minutes plus tard dans Williamsburg, le quartier des juifs hassidiques. Les hommes sont tous habillés en costume noir et chemise blanche. Coiffés de chapeaux hauts de forme, ils nous encouragent avec une certaine retenue. Je remarque leurs longues barbes noires. Ce moment de calme me fait du bien.

Mon sparring-partner retrouve également ses esprits. Il a dû laisser trop d'énergie précédemment à sauter comme un cabri tous les vingt mètres ! Mais je sais qu'il peut se le permettre car il a de la marge en m'accompagnant tout au long de cette épreuve. Il sait surtout ce qui l'attend... contrairement à moi. Je regarde pour la première fois mon chrono et découvre avec stupeur que nous avons pris le départ depuis deux heures.

Au loin, j'aperçois le Pulaski Bridge, le deuxième pont de notre course. Je n'en crois pas mes yeux. Nous allôns arriver à la mi-course. Plus on avance et plus on entend les sifflets émis par les puces électroniques de nos chaussures au passage du semi-marathon. Nous avons dix minutes d'avance sur notre horaire prévisionnel ! Mon mari me dit de ne pas m'inquiéter. Ici, tout le monde part toujours trop vite en raison de l'euphorie suscitée par la foule. Il me demande comment je me sens. Je lui réponds "Super bien !" dans un fou rire.

Je pense à toutes ces heures passées à s'entraîner depuis plusieurs mois. Par tous les temps. Je pense à ces réveils matinaux le week-end pour les sorties longues. Jusqu'à 2h30 trois semaines plus tôt. Le jeu en valait bien la chandelle car ma facilité à la mi-course m'étonne. En plus, j'ai la chance d'être conseillée par mon mari. Ce qui n'est pas réservé à tout le monde !

Nous sommes déjà engagés sur le pont. Pour la première fois, nous découvrons sur notre gauche les gratte-ciel de Manhattan. D'autres émotions nous attendent. Je passe sur le tapis rouge du vingt-et-unième kilomètre et crois entendre distinctement mon bip parmi tous ceux de mes acolytes de course.

Alain ne trouva pas le sommeil malgré l'extrême fatigue physique et morale qui l'habitait. C'était plus fort que lui : il ressassait tous les obstacles qui s'amoncelaient entre lui et sa femme. Dès l'annonce du décès lors de cette course masquée, il avait douté d'elle. Il était passé depuis par tous les stades : l'incompréhension, l'interrogation, la peur, la culpabilité et la déception. Il ne parvenait pas à accepter l'inacceptable : avoir été berné à ce point. Anna l'avait délibérément écarté de tout ce qui comptait pour elle : le sport, le travail, le bénévolat, l'amitié et sans doute une relation extraconjugale. Car Alain, fataliste par nature, était de plus en plus convaincu qu'un homme se cachait derrière tous ces mystères…

Était-ce la révélation que sa femme avait prévu de mettre au jour ? Elle n'était plus en mesure de le faire mais Alain se promit de continuer ses recherches jusqu'à ce qu'il trouve. Ne tenant plus en place dans leur grand lit nuptial, où tant de belles choses s'étaient nouées, Alain alluma la lumière et vit sa mine patibulaire dans la glace de leur placard commun. Il se redressa pour chercher dans sa sacoche de travail les pages qu'il avait imprimées sur le marathon de New York. Alain s'allôngea à nouveau dans son lit après avoir calé deux gros oreillers contre le mur. Il reprit le fil de sa lecture des épisodes de cette coureuse française qui racontait son premier marathon au cœur de la grande pomme. Notre non sportif ne mit que quelques secondes pour se passionner du parcours de cette novice, accompagnée de son mari plus chevronné qu'elle. La future marathonienne en prenait plein les yeux à tous les carrefours et savait faire partager ses émotions de l'intérieur. Anna avait certainement ressenti un peu les mêmes choses même si chaque course devait être différente, jugea Alain en non spécialiste de la question. Cette course avait représenté pour sa femme bien plus qu'un défi sportif et humain, écrivait-elle dans le seul témoignage dont il disposait. Alain se souvint également des mots de Robert rencontré au village Oxylane. Le retraité fou avait trouvé sa femme happée par l'événement. Que pouvait-il donc y avoir de mystique derrière ce marathon ? Il trouverait la réponse.

Alain se leva d'un bond et regagna d'un pas rapide le canapé du salon. Il attrapa la première enveloppe postée du Var lorsqu'Anna était déjà aux États-Unis. À chaque fois, le "PERSONNEL" apposé en lettres capitales à côté de leur adresse, lui sautait aux yeux. Une barrière venait de tomber, décida Alain en décachetant l'enveloppe. Puisque sa femme avait manifestement tant de secrets pour son époux, il n'avait plus aucune raison de respecter ses espaces de confidentialité… Il commença la lecture, dans un mélange d'impatience et de curiosité.

Anna,
Ton courrier est arrivé à un moment où je ne l'attendais plus. Quarante années après…Quarante années passées à espérer te rencontrer… Quarante années pour t'expliquer l'inexplicable… Quarante années de silence et de souffrance…
Je m'étais habitué à vivre séparé de toi… et te voici qui surgit dans la dernière partie de ma vie. Comme un cadeau inespéré. Tu veux savoir et comprendre ce qui s'est passé. Je suis prêt à te donner ma version sans ne rien te cacher. Celle d'un homme qui a tout perdu le jour où tu es née. Jusqu'à aujourd'hui, promesse d'un nouveau départ. J'attends cette rencontre plus que tout même si nous ne pourrons remonter le temps. Je te laisse choisir le moment et le lieu qui te conviennent. Appelle-moi vite.
Roger

Ce n'était pas une lettre d'amour mais cela y ressemblait, constata, ému, Alain. Il crut comprendre le sens de ces quelques lignes embrasées et ouvrit tout de suite le second courrier pour en avoir le cœur net.

Ma fille,
Je pleure de t'écrire ces deux mots : ma…fille. Ces deux mots qu'il fallait taire. Comme si tu n'avais jamais existé. Je me suis longtemps battu contre l'intransigeance de ta mère mais en vain. Depuis ton courrier, tu as fait naître un nouvel espoir en moi. Ma première réponse est restée lettre morte et je tremble à l'idée que tu renonces finalement à faire un pas vers moi. Sache que je ne pourrai supporter de te voir t'échapper une seconde fois…
Même si tu as accompli ta vie d'enfant puis d'adulte sans moi, même si ton "père" t'aime comme un père, tu as le droit de me

rencontrer pour entendre mon témoignage. Je te dirai la folie de notre coup de foudre avec ta mère. Je te dirai la folie de ta naissance neuf mois plus tard. Je te dirai que j'ai tout fait pour assumer mon rôle. Je te dirai pourquoi j'ai abandonné. Je te dirai ma vie sans toi.

Tu pourras ensuite décider de ne plus jamais me revoir et je respecterai ta décision. Quoi que j'endure ensuite. Tu peux compter sur ma parole. Celle d'un père à sa fille. Ne tarde plus et ne laisse pas passer cette seconde chance qui s'offre à nous deux. Je t'aime ma fille et t'espère plus que tout.

Roger

Alain n'en crut pas ses yeux. Il relut ces deux courriers avec de plus en plus de gravité et comprit entre les lignes l'essentiel. André, le père d'Anna, mort d'une crise cardiaque quand la gamine avait cinq ans, n'était pas son vrai père. Edmonde avait dû vivre une aventure parallèle avec ce Roger Biver. La petite était née et André l'avait reconnue. Comme si de rien n'était. Était-il au courant de cette mystification ? L'histoire ne le disait pas. Roger de son côté n'avait jamais vu sa fille et ne savait même pas qu'André était décédé il y a bien longtemps. Apparemment Anna avait finalement découvert la supercherie avant de partir pour New York. Comment l'avait-elle sue ? L'histoire ne le disait pas non plus. Elle avait écrit à son père biologique pour le rencontrer. En vain. Une fois encore. Car elle était morte au quarantième kilomètre de son marathon. L'histoire le disait mais Roger l'ignorait. D'où ses deux courriers "personnels" arrivés à Bouc Bel Air.

Alain étendit son corps fatigué sur le canapé pour retrouver ses esprits. Quelle révélation ! Il imagina l'étendue du trouble qu'avait dû ressentir Anna en apprenant cette nouvelle. Quarante années à vivre sans connaître son vrai père. Puis cet inconnu ressurgit un beau matin… bien vivant, quasi voisin et vibrant d'amour pour sa fille comme au premier jour...

Il pensa aussi à Edmonde qui avait vécu et élevé sa fille avec ce secret enfoui si lourd à porter. S'il avait pu la voir tout de suite, il l'aurait fait. Mais c'était impossible. Alain se remémora cette phrase répétée trois fois par sa belle-mère quelques heures plus tôt : "Anna n'était pas prête". Difficile de dire si cette sentence avait un lien avec le secret de famille, tant Edmonde semblait absente à ce moment là.

La nuit battait déjà son plein du côté de Bouc Bel Air. À sa grande surprise, Alain sentit tous ses sens en éveil. La nouvelle avait provoqué un électrochoc inattendu. Il quitta son canapé d'un bond pour se rendre aux toilettes. Alain prit deux somnifères dans l'armoire à pharmacie et les avala en même temps dans un grand verre d'eau. Il craignait vraiment de ne plus fermer l'œil de la nuit et appréhendait l'état dans lequel il émergerait le lendemain.

Il rejoignit le bureau dans lequel Anna travaillait régulièrement entre deux déplacements. Il caressa les accoudoirs de son fauteuil, avec une tendresse qu'il avait oubliée depuis quelques jours. Le vrai père de sa Dalida avait noté scrupuleusement son téléphone dans les deux courriers. Cela ne l'amusait pas mais Alain savait qu'il ne pourrait se défiler, même si sa femme l'avait tenu à l'écart. Par respect pour cet homme brisé. En attendant, il décida d'écrire à Anna. Histoire d'évacuer le trop plein d'émotion et d'amertume qu'il avait accumulées ces dernières heures…

Anna,

Il est très tard et je suis assis devant ton bureau. Le calme écrase notre maison mais mon corps bouillonne et souffre. Je viens de prendre deux somnifères pour espérer dormir un peu. En attendant que le sommeil daigne m'emmener quelques heures avec lui, je prends ta place pour t'écrire.

Cette journée a commencé par ton "retour" morbide en France et s'est achevée par "l'arrivée" inattendue de ton vrai père sur la scène de mes investigations. Inutile de te dire que cette découverte m'a décontenancé. Je ne l'aurais sans doute jamais su si je n'avais décidé d'ouvrir les deux lettres personnelles que Roger t'a écrites depuis ton départ pour New York. Tu avais semble-t-il décidé de faire la connaissance de cet inconnu. Ce père qui t'avait tant manqué en tant que petite fille, adolescente puis adulte. Ce père que tu pensais mort depuis tes cinq ans alors qu'il vivait et mourait d'envie de s'occuper de toi...

La vie est cruelle. Tu ne liras jamais ses deux lettres magnifiques où l'émotion et la souffrance se livrent une bataille sans merci. Vous ne vous verrez jamais et vous ne pourrez briser ce gâchis qui a couru pendant quarante ans.

J'imagine ce que cette nouvelle a dû chambouler en toi et ignore si tu as pu en parler avec ta mère à la santé de plus en plus fragile. Ce terrible secret de famille ouvre plus d'interrogations qu'il n'apporte de réponse. Edmonde sait que tu es morte mais que sait-elle de cette main tendue vers ton père ? Roger ignore ton décès et espère plus que tout te serrer dans ses bras après une si longue attente. Sans même savoir que tu as été élevée sans ton père adoptif et que ta mère est devenue dépendante...

Il ne me reste plus qu'à continuer mon sale boulot en informant ces deux amants que ta naissance a séparés pour toujours. Et même si de tels aveux risquent de les anéantir, sache que je ne reculerai pour rien au monde. Je ne me suis pas défilé non plus cet après midi pour annoncer ta crise cardiaque à la responsable de SOS

142

Femmes. Maria était fort peinée et j'étais surpris de te voir défendre cette cause avec tant de dévouement.

Tu voles au secours des femmes battues, tu cours dans mon dos, tu rêves du marathon de New York, tu travailles deux fois moins, tu retrouves ton vrai père, et tu oublies ton mari. À chaque fois que je débusque une nouvelle face cachée de ta vie, je te découvre telle que je t'ignorais, telle que tu m'échappais, sans y comprendre grand-chose. La donne aurait-elle changé si j'avais été davantage à ton écoute ? Permets-moi d'en douter !

Tu ajoutes de la douleur à la douleur mais j'avance sur tes traces sans perdre la moindre seconde. Dans ce corps-à-corps post-mortem que tu m'imposes, j'ai décidé que tous les moyens seraient bons. J'ai donc fouillé ton placard, ta valise, ton sac à main, tes courriers et ton passé. Je n'en tire aucune fierté mais tu ne me laisses pas le choix.

J'oubliais dans cette drôle de liste ton téléphone que j'ai réussi à faire parler grâce à Dalida. Une fois encore, notre chanson est venue à mon secours. Pour combien de temps encore ? Car plus mon enquête progresse et plus je te trouve insaisissable. Je croyais naïvement compter pour toi mais tu m'écartais de tout. Comme un pestiféré en qui tu n'avais plus confiance. Ton amie de toujours, Béatrix, n'a pas daigné m'aider. Elle m'accuse de tous les maux et te blanchit pour l'éternité. Si seulement elle pouvait avoir raison...

Ces impasses ne m'expliquent pas pourquoi tu t'étais "enfermée dans une stratégie du silence". Ce sont tes propres mots que je reprends ici sans avoir le moindre début d'explication. Les indices s'accumulent et je ne parviens pas à les relier entre eux.

Y a-t-il un rapport entre le marathon, SOS Femmes et ton passé ? Ton père a-t-il ressurgi pour te protéger ? Quels autres mystères me réserves-tu ? Je l'ignore mais comme je te l'ai promis, je chercherai des réponses à ces questions jusqu'à mon dernier souffle. Je ne renoncerai jamais sauf si mes forces m'abandonnent. Tu es prévenue. Tiens-toi prête.

Episode 6

Le semi-marathon est bel et bien derrière nous et nous entrons dans le Queens pour une traversée de quelques kilomètres. Je me ravitaille régulièrement et commence à être davantage à l'écoute de mon corps. Notre moyenne de la première moitié de course m'inquiète tout de même malgré les mots apaisants de mon mari. Ne vais-je pas le payer tout à l'heure du côté de Central Park ? Nous verrons bien.

Je n'ai pas trop le temps de gamberger car déjà se profile au loin "le géant de New York", le Queensboro Bridge. En enjambant l'East River, ce pont métallique va nous permettre de rejoindre Manhattan et de nous rapprocher — un peu — de notre rêve. Pour la première fois depuis notre départ, la fatigue se fait sentir d'autant qu'il n'y a plus aucun spectateur. La route monte sérieusement pendant plus d'un kilomètre et nous avons dépassé les vingt-cinq kilomètres de course. Mon mari me connaît sur le bout des doigts et m'asperge légèrement avec une bouteille d'eau. Je ralentis au maximum la longueur de ma foulée comme il me l'a enseigné lors de nos entraînements en côte.

Certains craquent déjà et se mettent à marcher. À un moment, le pont se transforme en tunnel et les lumières ne fonctionnent plus. Nous nous retrouvons pendant une cinquantaine de mètres dans le noir intégral. On n'entend plus que le souffle des coureurs. Sensation bizarre et angoissante…

Nous sortons de cette curieuse parenthèse et retrouvons la lumière. La vue sur Manhattan me sort de ma torpeur. Entre les énormes piliers d'acier du pont, j'aperçois au bord de la rivière le siège de l'ONU, puis plus loin l'Empire State Building, que nous avons visité avant-hier avec mon coach ! Le Chrysler Building me saute également aux yeux avec ses formes acérées. Un coureur américain me confie qu'il s'agit du gratte-ciel préféré des New Yorkais. Sans doute en raison de sa flèche pointée vers le ciel…

Heureusement que je parviens à penser à autre chose car le Queensboro n'en finit pas, façon de nous dire que Manhattan se mérite. Nous amorçons enfin la descente et entendons un grondement monter. Pas de doute : nous n'allons pas longtemps rester entre coureurs. La descente est raide et je ressens mes premières douleurs aux cuisses. J'essaie de me décontracter au maximum et me vide les poumons à plusieurs reprises.

La clameur ne cesse de s'amplifier et nous quittons enfin ce satané pont par un virage à gauche à 180°. Je n'ose imaginer ce qui nous attend.

La foule hurle à mon passage. Comme si j'étais seule au monde, comme si j'étais en tête de la course, comme si j'étais une championne. Je m'arrête presque pour savourer cet instant magique et inoubliable. Ma gorge se serre. Ils sont des milliers amassés derrière des barrières sur une cinquantaine de mètres. Ceux qui sont au fond ne doivent même pas apercevoir les coureurs mais ils nous acclament comme les autres.

Après un nouveau virage, nous entrons dans la première avenue. The big one ! Six voies de circulation rien que pour nous et encore une fois des rangées et des rangées de supporters. La musique est partout et galvanise la foule. Le ciel est inondé de ballôns de toutes les couleurs. Je me mets tout de suite sur le côté gauche et claque les mains qui se tendent sur mon passage. Mon maillot "France" déchaîne toujours la passion. J'entends fuser des "Allez la France" de toutes parts et finis par me sentir "formidable" à force de l'entendre.

Le spectacle continue à mesure que j'avance sur cette voie royale pour tous les marathoniens. Je regarde au loin et ne vois pas le bout de la majestueuse et rectiligne première avenue. C'est souvent ici que la course se décante pour les meilleurs, m'explique mon mari. Un juge de paix en quelque sorte. Je quitte mon côté gauche, applaudis à nouveau ce public extraordinaire et viens me placer au milieu de la chaussée. J'ai besoin de me remettre de mes émotions et de me ressourcer dans le ventre mou du peloton. Je cours maintenant depuis deux heures et quarante-cinq minutes. La première femme a dû franchir la ligne d'arrivée depuis environ vingt minutes si mes calculs sont bons. J'en suis encore bien loin. Inconsciemment je sens qu'une autre course commence...

Le quatrième jour

Il n'avait vraiment pas besoin d'un tel choc. Alain se réveilla en sursaut dans son lit. Il était en nage, la gueule enfarinée. Cette image répétitive d'Anna battue à coups de ceinture par son père le hantait encore. Le regard complice d'Edmonde devant les cris de la gamine l'avait extirpé de ce cauchemar. Son réveil affichait huit heures et demi. Combien de temps avait-il dormi ? Trois, quatre heures au maximum… Après avoir écrit à Anna, Alain avait mis un temps fou à trouver le sommeil. À trois heures du matin, il relisait encore sa prose. Le veuf blessé n'avait pas évoqué dans son courrier ses doutes sur la présence d'un homme au cœur des mystères de sa femme. Il préférait continuer son enquête avant de s'emballer. Son côté cartésien l'emportait toujours…

Il se leva péniblement de son lit et se dirigea à petits pas vers la cuisine pour se préparer un grand café. Les mêmes images s'imposaient à lui. Anna, enfant, hurlait face à André, son père adoptif, qu'elle prenait encore pour son géniteur. Edmonde semblait approuver qu'il la frappe avec son large ceinturon en cuir noir. Elle était assise dans son fauteuil actuel de la maison de retraite ! Tout se télescopait : Anna toute petite (Alain l'avait trouvée tellement mignonne lorsqu'elle lui avait montré des photos de l'époque), André tel qu'il l'avait aperçu une fois dans un album, et Edmonde âgée, fatiguée et malade avec son visage d'aujourd'hui. Le pur cauchemar !

Manifestement ses dernières découvertes l'avaient bien secoué, se dit Alain en buvant son café. Il ouvrit ses volets en bois et aéra en grand le salon de la maison. Il jeta un regard vers le ciel. Un vrai ciel de Provence d'un bleu lumineux sans le moindre nuage. Cette beauté inégalable donna un peu d'énergie à Alain. Il fila prendre sa douche et traîna cinq bonnes minutes sous l'eau pour réveiller son corps transi. Il savait qu'une grande journée l'attendait encore. Les mystères d'Anna tombaient les uns derrière les autres mais Alain était maintenant convaincu de n'être pas encore parvenu au bout de ses surprises. Il ne supportait pas ce sentiment désagréable d'avoir été gommé par son épouse et devait comprendre pourquoi.

Pourquoi ne lui avait-elle jamais parlé de cette terrible découverte sur son père caché ? Comment avait-elle appris ce secret de famille et depuis combien de temps ? Quelle avait été sa réaction ? Seulement deux personnes pouvaient l'aider : Edmonde et Roger, les deux principaux protagonistes de ce tabou trop longtemps enfoui.

Avant d'aller voir sa belle-mère, Alain préféra téléphoner à la maison de retraite. Si la vieille dame était dans le même état que la veille, cela ne servait à rien de se déplacer. Bonne nouvelle : il parla à une infirmière qui le rassura. La crise était passée, Edmonde reconnaissait à nouveau son entourage et son discours était cohérent.

— Se souvenait-elle que sa fille était morte ? interrogea Alain.

— Oui, elle en a parlé. Mais je ne pense pas qu'elle se souvienne de votre dernière visite, temporisa son interlocutrice.

Cette professionnelle lui expliqua ensuite qu'un patient atteint de la maladie d'Alzheimer passait habituellement par différentes phases d'évolution de sa pathologie. Edmonde se situait entre le stade léger et le stade modéré. Cela risquait de se traduire par des troubles mnésiques et comportementaux de plus en plus importants. Même si les périodes de lucidité l'emportaient encore. Le décès de sa fille ne venait rien arranger. L'infirmière invita Alain à rendre visite à sa belle-mère et à la faire parler car le repli sur soi la guettait.

Alain n'en attendait pas tant et s'habilla à toute vitesse avant de filer en voiture dans la campagne aixoise. Il arriva un quart d'heure plus tard au chevet d'Edmonde. Un peu angoissé car Alain savait qu'il marchait sur des œufs… vu la bombe qu'il avait sorti de terre en lisant les deux courriers de Roger Biver. Edmonde était assise, apparemment très calme, habillée avec une jolie robe à fleurs. Alain reconnut son fauteuil et préféra oublier tout de suite cette image qui lui rappelait son cauchemar de la nuit…

— Bonjour Edmonde, c'est Alain. Comment vous sentez-vous ce matin ?

— Ça va, je vous rassure mon vieux ! Mais je suis fatiguée.

Alain fut tranquillisé d'entrée de jeu. Sa belle-mère l'avait cette fois bel et bien reconnu !

— Les infirmières m'ont dit que vous n'étiez pas très bien hier soir…

— C'est ce qu'elles m'ont dit mais je ne me souviens de rien.

— Ce n'est pas grave. L'essentiel, c'est que vous alliez mieux ce matin. Avec ce beau soleil !

— Je m'en fous pas mal du soleil, je sors de moins en moins, je n'en ai plus envie. De toute façon, on est paumé ici. Il n'y a rien à voir. À part des arbres.

— Vous avez raison Edmonde mais on s'occupe de tout pour vous. Vous n'avez plus à vous soucier de votre quotidien.

En son for intérieur, Alain pensa que la vieille dame en serait bien incapable mais garda ses réflexions pour lui.

— Je préférais vivre à Marseille, ma ville. Là où il se passe toujours quelque chose. Aux Cinq Avenues, cela bougeait tout le temps. Et puis quand j'avais besoin de calme, j'allais me promener dans le parc Longchamp. À moins de cinq minutes de chez moi.

Manifestement Edmonde avait retrouvé une partie de sa mémoire ce matin, se félicita Alain et elle était plutôt disposée à causer avec lui. Il tenta quelque chose.

— On allait souvent marcher avec Anna dans le parc Longchamp après avoir déjeuné chez vous le dimanche. Vous vous en souvenez ?

— Vaguement. Cela ne risque plus de nous arriver…

— Je sais, excusez-moi Edmonde.

— Pas besoin de vous excuser mon vieux. On est dans la même galère maintenant !

— Comme vous dites et quelle galère, répondit Alain avec plein de sous-entendus.

— Le plus dur, c'est pour vous mon vieux. Vous êtes encore jeune, ironisa Edmonde. Moi, je n'en ai plus pour très longtemps. Maintenant que ma fille n'est plus là. À quoi bon…

La phrase était restée en suspens et cette lucidité glaça le sang d'Alain. Il décida de passer à l'offensive.

— Edmonde, je peux vous demander quelque chose ?

— Oui, allez-y. Qu'est-ce qui vous arrive encore ?

— En fait, j'ai découvert deux courriers personnels adressés à Anna après son départ pour New York…

— Et alors, qu'est-ce que vous voulez que je fasse mon vieux ? Si vous voulez les ouvrir, c'est votre problème !

— Je les ai ouverts…

— Eh ben voilà, tout va bien alors !

Alain hésita car il craignait une réaction d'hostilité de sa belle-mère. Allait-elle supporter ce retour vers ses démons les plus profonds ?

— Les deux lettres ont été écrites par… Roger Biver…

Elle le coupa immédiatement en se redressant dans son fauteuil.

— Roger, Roger, vous êtes sûr ?

— Oui Edmonde. C'est bien lui…

La mère d'Anna marqua un temps d'arrêt. Comme si elle avait compris quelque chose. Elle n'était pas défigurée par l'annonce contrairement à ce qu'appréhendait Alain.

— Anna l'avait donc contacté… Elle l'avait contacté, répéta songeuse Edmonde.

— Oui, c'est ce que j'ai compris…

— C'est surtout ce que j'ai voulu, rétorqua la mère d'Anna.

Alain pensa comprendre mais voulut en avoir le cœur net. Il posa la question qui lui brûlait les lèvres.

— Vous voulez dire que c'est vous qui avez raconté à Anna l'existence de Roger...

— Elle a tellement souffert de l'absence d'un père. J'ai pensé qu'il était temps…

— Vous avez eu raison Edmonde même si Anna a dû prendre un coup…

— …sur la tête, le coupa la vieille dame, redevenue lucide. J'avais beau prendre le problème dans tous les sens, je n'avais plus le choix. J'étais la seule en mesure de briser ce secret. Roger n'a jamais connu sa fille…

En prononçant ces mots, Edmonde avala sa salive et respira profondément. Elle voulait continuer malgré la douleur qui couvait, pensa Alain. Il alla lui chercher un verre d'eau qu'elle but tout doucement, comme pour faire le tri dans ses pensées.

— J'ai vécu toute ma vie avec ce fardeau. Je ne voulais pas qu'il en soit de même pour ma fille…

Après un nouveau silence, Edmonde formula une requête à Alain.

— Pourriez-vous me montrer les courriers s'il vous plaît ? demanda-t-elle tout doucement.

Alain les avait emmenés au cas où. Heureusement ! Il lui donna les deux enveloppes tout en lui caressant affectueusement l'épaule. Edmonde parut décontenancée par ce geste. En quelques secondes, des larmes coulèrent sur chacune de ses joues ridées. Alain lui tendit un mouchoir avec toute la compassion dont il était capable. Edmonde dodelinait de la tête en relisant les deux mots enflammés de Roger à sa fille. Comme si elle approuvait. Un silence s'ensuivit et Alain prit soin de respecter ce moment de recueillement.

— C'est tout lui, je le retrouve inchangé quarante ans après, marmonna Edmonde.

— Je comprends votre émotion, sortit du bout des lèvres Alain qui voulait éviter tout dérapage.

— C'est un homme d'une grande humanité, rempli de bons sentiments, très tendre. Je préfère ne pas penser à ce que je lui ai fait endurer…

— Je vais vous laisser vous reposer, glissa Alain.

Il était conscient de ce qu'il infligeait à sa belle-mère même s'il mourait d'envie d'entendre ses explications.

— Restez là mon vieux, ordonna avec sa virulence habituelle la vieille dame. J'ai besoin de parler…

Elle avait arrêté de pleurer et cherchait par où commencer son récit.

— C'était il y a plus de quarante ans. Je m'en souviens comme si c'était hier. Nous nous sommes croisés lors d'une soirée organisée par des amis communs à Marseille vers La Joliette. Il m'a tout de suite tapé dans l'œil. Mais j'étais déjà en couple avec André. Est-ce que j'étais heureuse ? Oui, plus qu'avant en tout cas ! La trentaine passée, j'espérais enfin stabiliser ma vie sentimentale qui avait été un peu chaotique jusque là…

— Vous vous êtes parlés ce soir-là ?

— À peine, juste quelques mots. Mais il n'arrêtait pas de me regarder. J'avais peur qu'André se rende compte de quelque chose. D'autant que je le reluquais aussi. Surtout ses mains !

— Ah bon ?

— Oui, j'ai toujours adoré les mains et les siennes étaient superbes, bien dessinées, les doigts longs, des ongles impeccables, quelques poils symbole de virilité. Il avait surtout une aisance et une décontraction très agréables à observer. Ses mains donnaient confiance et accompagnaient ses gestes avec élégance. Il y avait quelque chose de raffiné en lui.

— Un vrai coup de foudre comme entre Anna et moi, réagit Alain en se voyant chanter aux côtés de sa Dalida.

— Oui, un vrai coup de foudre… du regard uniquement !

— Et ensuite ?

— Ensuite, j'ai quitté la soirée au bras d'André sans avoir adressé la parole ou presque à ce bel hidalgo. J'y ai pensé pendant quelques jours puis j'ai oublié, bien décidée à faire ma vie avec André. Quelques mois après, nous avons choisi de nous installer ensemble et voulu un enfant. Tout semblait se dérouler selon mes plans…

— Sauf que cela ne se passe jamais comme on l'imagine en amour !

— Un midi, je me promenais toute seule dans le vieux quartier du Panier au dessus du Vieux-Port. Et je suis tombée nez à nez avec l'homme aux mains de velours. Il m'a tout de suite abordée. Ni lui, ni moi n'avions oublié cette soirée quelques mois plus tôt…

— C'est très beau comme histoire. Continuez Edmonde.

— Après nous avons été emportés très vite, l'un et l'autre, l'un dans l'autre… Une passion comme on en connaît rarement dans une vie. J'aurais dû dire stop rapidement mais je n'y suis jamais arrivée. Nous faisions l'amour dès qu'une occasion se présentait… C'était inimaginable. Je n'avais jamais connu une telle extase auparavant.

Edmonde marqua une pause comme si elle se remémorait ces moments uniques.

— Ses mains de velours m'ont emmenée tout en haut du plaisir, là où l'on perd tout contrôle, là où l'on veut retourner aussi souvent que possible, confia-t-elle, sans la moindre gêne.

— Et André dans tout cela ? interrogea, de plus en plus curieux, Alain.

— Je voulais continuer à vivre avec lui car je l'aimais encore ou du moins je le croyais. En plus, je ne savais pas trop où j'allais avec Roger. C'était tout de suite trop haut et trop fort. J'avais peur de me planter comme par le passé.

— Il a donc fallu mentir, trahir, tricher…

— Forcément… Je retrouvais toujours Roger dans la journée car le soir c'était impossible. Nous avons éclusé tous les hôtels de la ville. Heureusement que mon amant avait les moyens…

— Excusez ma franchise Edmonde, mais vous cherchiez toujours à avoir un enfant avec André malgré tout ?

— Oui car j'en crevais d'envie. Et puis avec Roger, on faisait attention. Il se protégeait si vous voyez ce que je veux dire…

— Mais il savait que vous vouliez un enfant ?

— Au début je ne lui ai rien dit de peur qu'il me plaque. J'étais vraiment accro et je voulais jouer sur tous les tableaux. J'ai fait la connerie de ma vie à ce moment là.

— Et vous êtes tombée enceinte ?

— Plus vite que je ne l'imaginais. Notre relation avec Roger a alors pris du plomb dans l'aile. Il se sentait trahi. On se voyait moins, on ne faisait plus l'amour…

— Anna est née et…

— …et patatras. Quand j'ai vu ma fille sortir de moi, j'ai tout de suite compris ma douleur. Le portrait craché de… Roger. J'ai pris un coup sur la tête même si je l'avais bien cherché.

— Mais vous n'avez eu aucun doute ?

— Si bien sûr. Durant les premières heures après l'accouchement. Mais dès que la petite a été auscultée, lavée et habillée, les infirmières sont venues me l'emmener dans ma chambre. Son regard m'a fait tilt d'un seul coup d'un seul. C'était elle, c'était lui. La fille de son père illégitime…

— Mais tout à l'heure vous m'expliquiez que Roger se protégeait ? demanda tout de même Alain, toujours cartésien.

— Oui mais il y a eu une erreur à un moment donné. Quand et où ? On ne l'a jamais su mais de toute façon cela ne changeait rien.

— Vous ne parlez pas d'André. Il ne s'est douté de rien ?

— Les hommes sont aveugles, vous savez ! La ressemblance avec Roger ne l'a jamais dérangé puisqu'il ignorait tout. Il trouvait même qu'Anna me ressemblait…

— André n'a donc jamais rien su ?

— Tout à fait. C'était mieux ainsi puisque je ne voulais pas le trahir une seconde fois…

— Mais Roger ?

— J'ai préféré être honnête. Je l'ai appelé et je lui ai dit que la petite lui ressemblait comme deux gouttes d'eau. Il s'est mis à chialer, à me parler de sa fille, de notre amour, de vie commune. C'était un signe pour lui. Il était prêt à assumer. Je devais tout raconter à André et prendre mes cliques et mes claques. Comme si la vie était aussi simple !

La vieille dame s'arrêta à nouveau et but un grand verre d'eau. L'émotion était omniprésente dans la chambre. Alain ne dit rien, laissant à sa belle-mère le temps de retrouver ses esprits. À dire vrai, il en avait besoin aussi.

— Je n'ai jamais cédé, reprit Edmonde. Roger m'a suppliée pendant des semaines puis menacée de tout révéler à André. Il n'en a jamais rien fait. Je lui en suis encore reconnaissante aujourd'hui…

— Ces débuts ont dû être terribles ? osa Alain.

— J'ai vécu l'enfer et je suis convaincue qu'Anna a ressenti que quelque chose ne tournait pas rond. Le seul qui n'ait rien vu, c'est André, aveuglé qu'il était par son amour pour moi et pour sa fille…

— Vous n'avez plus eu de nouvelles de Roger ?

— Si bien sûr. Quand il a compris que nous ne vivrions pas ensemble, il a cherché à voir la petite seule. Plus elle grandissait plus elle lui ressemblait. Le même côté volubile, curieux de tout. Mais j'ai été inflexible car je savais que s'il la voyait une seule fois, il craquerait complètement. Je voulais protéger ma fille, éviter tout scandale, et ne pas atteindre André qui n'y était pour rien…

— Roger a finalement fini par céder devant votre intransigeance ?

— Oui au bout de deux ans… Ces deux années ont été horribles car j'avais peur. Je guettais le téléphone. Dans la rue, je voyais Roger débouler et tout balancer à André. En fait, je n'étais jamais tranquille. Avec le temps, Roger a heureusement lâché prise et je n'ai plus jamais eu de nouvelles…

— Quelle histoire, commenta Alain, et surtout quel secret ! Vous ne pouviez en parler à personne…

— Trois années plus tard, André est mort d'une crise cardiaque que rien ne laissait présager. J'ai pris encore un gros coup sur la tête. Je n'avais pas non plus prévu d'élever seule Anna…

Edmonde s'interrompit. Ce retour vers son passé était douloureux. Alain mit à profit les quelques secondes de silence pour assimiler tout ce qu'il venait d'entendre. Il pensa à Anna, à cette histoire improbable, à ce secret de famille…

— Vous pouvez vous arrêter là Edmonde, vous savez. C'est bien de parler mais jusqu'à un certain point. Votre récit est bouleversant pour moi mais encore plus pour vous, enchaîna Alain, soucieux pour la santé de sa belle-mère.

— J'ai presque terminé, ça va aller, le rassura sa belle-mère. André est donc mort et j'ai vécu ensuite avec le sentiment d'avoir été punie par je ne sais quelle justice céleste. C'est ridicule mais c'est bien ce que j'ai ressenti. Vous comprenez ce que je veux dire mon vieux ?

— Oui, très bien. Mais une question me brûle les lèvres, si vous le permettez…

— Allez-y mon vieux…

— Après ce décès, vous n'avez jamais recontacté Roger ? Après tout, vous auriez pu redémarrer votre histoire…

— Comme si de rien n'était ! C'était hors de question pour moi. J'avais failli une fois. Cela suffisait bien. J'ai élevé ma fille du mieux que j'ai pu. Sans Roger. Sans homme. J'avais donné en la matière…

— Je comprends mieux maintenant pourquoi la mort d'André était un sujet tabou tant chez vous que chez Anna. Vous n'en parliez jamais. Comme si vous aviez voulu l'effacer.

— J'ai porté cette histoire comme une croix. Seule avec ma fille. Sans pouvoir en parler à quiconque et surtout pas à elle.

— Et dire que je me suis posé la question devant vous d'un lien entre la crise cardiaque d'André et celle d'Anna !

— Oui, je m'en souviens et je vous ai envoyé balader. Avouez, mon vieux, qu'il s'agissait d'une fausse piste !

— Maintenant je comprends pourquoi…

Alain pensa tout de suite à un autre lien et posa directement la question à sa belle-mère.

— Excusez mon esprit d'escalier Edmonde… Est-ce qu'à votre connaissance Roger aurait eu des problèmes cardiaques qui pourraient expliquer ceux de sa fille ?

— Je n'en sais rien. Comme je vous l'ai dit, j'ai stoppé tout contact avec Roger deux ans après la naissance d'Anna. J'ai simplement veillé à ne pas le perdre de vue car je savais qu'un jour je devrais rompre mon silence. Pour ma fille unique qui a grandi avec en toile de fond ce décor pour le moins lourd à porter…

— Pourquoi maintenant ?

La veille dame ne répondit pas tout de suite à la question, absorbée qu'elle était par ses pensées sombres. Ses yeux étaient encore embués.

— Pourquoi maintenant ? Parce que je vieillis et que mon état de santé se dégrade, répondit-elle après quelques secondes. Regardez ce qui m'est arrivé hier si j'en crois ce que les infirmières m'ont raconté ce matin...

— Vous avez voulu vous libérer en quelque sorte ?

— La question de ma petite personne n'a plus tellement d'importance maintenant, rétorqua Edmonde. J'ai surtout voulu libérer ma fille…

— Comment a-t-elle réagi quand vous lui avez annoncé que son père n'était pas… mort ?

— C'était il y a deux mois environ je crois. Anna était venue ici après un entraînement pour son marathon. Elle était en pleine forme et très prolixe. J'en ai profité…

— J'imagine d'ici sa virulence et sa souffrance…

— Sur le coup pas vraiment. Comme vous, elle a surtout été abasourdie. J'ai essayé de lui expliquer ce qui s'était passé et de répondre à toutes ses interrogations. Déjà qu'elle est curieuse en temps normal, mais alors là…

— Elle vous en a voulu ?

— Bien sûr ! Elle a eu des mots très durs… Comment pourrait-il en être autrement ? Vous vous construisez tant bien que mal sur une histoire familiale et vous découvrez un beau jour que cette histoire était partielle, qu'il manquait l'essentiel, la clé pour comprendre…

— C'est ce que je cherche aussi depuis le décès d'Anna, ne put s'empêcher de dire Alain…

— Je lui ai dit qu'il était peut-être temps pour elle de rencontrer son père et je lui ai donné son adresse… Au cas où. C'était à elle de choisir…

— Et alors ?

— Nous en avons parlé à chacune de ses visites. Elle me pressait de questions et semblait fascinée par notre coup de foudre avec Roger. Elle m'a quasiment reproché de ne pas avoir quitté André pour lui ! Mais on ne refait jamais l'histoire…

— C'est peut-être aussi ce qu'elle pensait de son histoire avec son vrai père…

— Oui, je crois. Elle voulait du temps, elle qui d'habitude fonçait et n'hésitait pas à prendre une décision.

— Mais elle a fini tout de même par lui écrire…

— Je l'ignorais mon vieux. C'est vous qui me l'avez appris tout à l'heure ! Comme quoi…

— Comme quoi Anna est une vraie cachottière, répondit Alain en haussant la voix !

Il se ressaisit car il n'était pas question d'embêter Edmonde avec ses salades. Alain reprit la parole en cherchant à rassurer sa belle-mère.

— Anna a dû lui écrire peu de temps avant de partir pour New York puisque les deux lettres de Roger sont arrivées après son départ. Elle vous en aurait parlé de retour en France…

— J'imagine, j'imagine…

L'échange durait depuis une grosse demi-heure, réalisa Alain. La vieille dame semblait bien fatiguée. Il décida de prendre congé.

— Je ne vais pas vous embêter plus longtemps, Edmonde. Je vous remercie pour cet échange et votre franchise. Grâce à vous…

— Ne vous fatiguez pas avec vos sornettes, l'interrompit Edmonde. Vous n'en avez pas fini avec cette histoire. Vous avez pensé à

Roger ? Il attend une réponse de sa fille et ne sait même pas qu'elle est morte !

— J'ai prévu de le contacter si vous en êtes d'accord...

— Mais bien sûr mon vieux ! C'est à vous que revient maintenant cette tâche. Vous êtes son gendre en quelque sorte !

— Je ne voyais pas les choses sous cet angle pour être honnête avec vous Edmonde !

— Pauvre Roger. Il va s'effondrer, constata amèrement Edmonde. La vie ne l'aura pas épargné celui-là. Par ma faute, par ma faute...

Edmonde avait le regard fixe. Le fait de battre sa coulpe ne changeait rien à ses remords...

— Ménagez-le s'il vous plaît Alain. Je compte sur vous, il est très sensible vous savez...

— Vous pouvez me faire confiance. Je respecterai votre volonté ainsi que celle d'Anna qui avait fait la démarche de le rencontrer...

— Dites-lui la vérité telle que je vous l'ai racontée et surtout parlez-lui d'Anna, de votre histoire, de votre amour pour elle... Ça lui fera du bien. Je le connais comme si nous avions vécu ensemble durant des années, regretta Edmonde.

— Et s'il me pose des questions à votre sujet ?

— Soyez vague surtout, exigea la vieille dame ! Qu'il sache juste que je suis veuve depuis trente-cinq ans et que je n'ai jamais refait ma vie...

— D'accord Edmonde, je lui dirai.

— Ah j'oubliais. Une dernière chose : ne lui parlez surtout pas de ma santé et ne lui donnez mon adresse sous aucun prétexte. Vous m'entendez : sous aucun prétexte ! Cette histoire est derrière moi maintenant...

Dès qu'il sortit de la maison de retraite, Alain téléphona sans attendre à Roger. Ce "beau-père" dont il ignorait l'existence jusqu'à hier, ce "beau-père" dont Anna ne lui avait jamais parlé, ce "beau-père" dont les mains avaient fait fondre et souffrir Edmonde... Il commença par se présenter et demanda à le voir le plus tôt possible.

— Je suis désolé mais c'est vraiment urgent. Je ne peux pas vous en dire plus au téléphone, expliqua Alain sans plus de fioritures.

Évidemment Roger Biver fut quelque peu déstabilisé mais sentit au ton d'Alain que l'heure était grave. Il n'insista pas pour en savoir plus et accepta de le recevoir "tout de suite" chez lui si cela était possible !

Alain ne demanda pas son reste et accepta la proposition. Il préférait se débarrasser de cette tâche macabre : annoncer à un homme que sa fille qu'il espérait enfin voir après quarante interminables années d'attente était morte sur un trottoir de New York... On pouvait difficilement faire plus glauque mais Alain ne se déroberait pas comme il l'avait promis par écrit à sa femme et de vive voix quelques instants plus tôt à Edmonde.

Avant de se rendre à Saint Cyr sur Mer où habitait le père d'Anna, il fit un détour par chez lui. Il ne reverrait sans doute jamais Roger après ce premier contact et devait au moins lui montrer des traces de vie de sa fille, pensa-t-il. Il prit l'album d'enfance que son épouse aimait regarder de temps à autre. À coup sûr, Roger craquerait pour le joli minois de sa fille, surtout si elle lui ressemblait...

En fouillant dans les affaires d'Anna (il commençait à y prendre goût !), Alain dénicha aussi deux photos récentes de sa Dalida, dont une en maillot de bain au bord de leur piscine. À chaque fois, l'émotion revenait à la surface. Malgré tout le psychodrame et les intrigues qui accompagnaient la mort de sa femme, Alain l'aimait par-dessus tout. C'était plus fort que lui, plus fort que ses doutes et ses angoisses.

Il pensa une fois encore à "Paroles, paroles", à ce coup de foudre en chanson, et se dit qu'il devrait raconter ce moment unique à Roger. Ce moment où tout commence et s'emballe, ce moment où tout son être dérape et perd le contrôle, ce moment qu'avaient connu aussi Roger et Edmonde malgré les interdits, malgré le désir d'enfant avec André. Alain alluma l'ordinateur et rechercha sur Google les paroles de la chanson immortalisée par les deux Dalida : la star et sa star, toutes les deux mortes trop tôt…

Alain relut à nouveau ce texte en se focalisant sur les extraits que sa femme avait soulignés. Il avait beau chercher comme un fou, il n'avait pas encore compris ce que sa femme voulait lui dire. Il ne croyait pas trop que Roger allait l'aider mais sait-on jamais !

Au moment de partir, il eut une pensée émue pour Edmonde. Sa belle-mère faisait face avec dignité. Leur conversation avait été riche et pour une fois pas agressive. Alain réalisa qu'il avait oublié d'interroger sa belle-mère sur les activités cachées d'Anna à SOS Femmes ! Le mystère demeurait entier et Alain s'en voulut pour un tel oubli. En même temps, il ne pouvait trop exiger de la vieille dame. Il hésita sur la stratégie à adopter : retourner tout de suite voir Edmonde ou attendre. Aucune des deux options ne le satisfit. Un enquêteur ne pouvait se contenter de demi-mesures. Il décida d'appeler sur-le-champ Edmonde, convaincu qu'elle ne saurait pas grand-chose à ce sujet. Mais il en aurait au moins le cœur net.

Il ne fut pas déçu de son audace. La conversation ne dura que quelques minutes car Edmonde ne put réprimer son émotion. Tout comme lui, elle ignorait tout de SOS Femmes et de l'investissement d'Anna dans l'association. Mais elle comprit tout de suite pourquoi sa fille militait dans ce domaine. Edmonde fut très peu loquace car elle n'avait aucune envie d'en parler mais Alain comprit qu'elle avait été victime de violences conjugales avant de rencontrer André. Elle s'était souvent confiée à Anna à ce sujet pour la mettre en garde dès son adolescence. Alain tomba des nues. Il s'attendait à tout sauf à cette hypothèse ! Il se souvint alors du témoignage de sa belle-mère dans la matinée. Elle espérait avec André trouver une stabilité qui lui avait échappé jusqu'à lors. Il comprenait mieux pourquoi Edmonde avait évoqué un passé "chaotique"…

Contrairement à ses doutes, Anna n'avait certainement jamais été battue avant de le rencontrer, se rassura Alain. Ni enfant (comme dans son cauchemar), ni adulte. Mais elle avait été marquée par les blessures de sa mère. Une fois de plus, l'émotion d'Edmonde pouvait se comprendre. Car Anna ne lui avait rien raconté sur ces six mois passés du côté de Castellane, sur les groupes de parole auxquels elle participait activement.

— Je suis fière de ma fille. Elle ne pouvait me faire de plus beau cadeau posthume, glissa Edmonde pour clore la conversation avec Alain.

Elle pleurait toutes les larmes de son corps. Alain n'insista pas pour en savoir plus et lui annonça qu'il partait voir Roger...

Episode 7

*C'est une sensation sournoise. Au début, je n'y prête guère atten-
tion. Les foulées continuent de s'enchaîner telle une mécanique
parfaitement rôdée et huilée. Puis les premiers signes de fatigue
apparaissent et le rythme s'en ressent même s'il n'y a pas encore
péril en la demeure. La lassitude constitue le premier signal
d'alerte. Subrepticement les kilomètres défilent moins vite. Je
commence à regarder mon chronomètre. Petit à petit, les secondes
s'égrènent de plus en plus lentement. Jusqu'à la seconde alarme :
les douleurs musculaires. Le corps se contracte. Tout devient de
moins en moins fluide, de moins en moins évident. Je me rassure
en me disant que c'est un mauvais passage, que les trois heures de
course ont été dépassées. Et puis finalement, cette sensation, au
lieu de s'évaporer devient de plus en plus pesante. La foulée
rétrécit, le physique s'étiole, le souffle s'accélère...*

*Le verdict est inéluctable. Je ne peux plus me voiler la face. Il est
là, devant nous, cet obstacle redoutable, celui que tout le monde
imagine et craint, celui que tous les habitués détectent et repous-
sent autant qu'ils le peuvent... J'ai nommé : le mur ! L'ennemi de
tous les marathoniens du monde entier, des meilleurs comme des
novices, de New York à Paris, Tokyo, Sydney ou encore Nairobi.*

*J'en suis là de mes réflexions en remontant cette première avenue
qui n'en finit pas ! Nous franchissons le dix-neuvième mile, ce qui
signifie que nous avons dépassé le trentième kilomètre... Là où les
choses sérieuses commencent. Là où le fameux "mur" intervient. Je
pense à cette phrase souvent répétée par mon mari : "Le marathon,
c'est trente kilomètres de prologue et douze kilomètres d'épilogue.
Tu verras..."*

*De plus en plus de coureurs me dépassent, signe que je ralentis !
Je me retrouve aux côtés d'une coureuse française. Ses traits sont
fatigués mais elle me sourit. Nous engageons la conversation. "J'ai
un gros coup de mou", me confie-t-elle. Je lui réponds sur le ton de*

la rigolade : "Moi aussi ! C'est normal, c'est le mur qui com-mence !".

Mon mari me regarde et se marre. Heureusement qu'il est toujours là, fidèle parmi les fidèles. Malgré le doute qui monte, je tente de me raisonner. Puisque le prologue s'est déroulé au-delà de toutes mes espérances, il n'y a aucune raison qu'il n'en soit pas de même pour l'épilogue ! Cet happening où tout se joue, où le rêve devient réalité. J'y crois même si la peur grandit. J'y crois malgré les douleurs. Ce mur invisible me défie mais je suis décidée à lui faire face. Pas question de le contourner. Je me fais doubler par un coureur déguisé en ...rhinocéros ! On ne voit même pas son visage englouti sous son masque. Sa corne m'impressionne. Je me demande comment il fait pour courir avec un tel accoutrement... improbable en plein cœur de New York. Ce drôle d'animal m'adresse un salut amical. Cela va piquer mais je suis parée...

Il y avait une petite heure de route pour se rendre à Saint Cyr sur Mer. Alain connaissait un peu cette station balnéaire du Var pour s'y être promené avec Anna. Il se souvint même d'une baignade remontant à plusieurs années sur la plage des Lecques. Il avait râlé devant la foule des estivants et Anna lui avait répondu qu'il n'était pas seul au monde. Leurs foutus caractères ne s'assemblaient pas toujours bien mais Alain aimait se faire secouer par son épouse. Et maintenant qu'elle n'était plus là, il lui manquait tout : sa présence, sa classe et son franc-parler. Alain était vraiment démuni et ne survivait que grâce aux mystères de sa femme. Si elle avait pu le voir remplir la mission qui l'attendait, elle se serait sans doute moquée de lui... Mais Alain ne s'embarrassait plus de questions : il fonçait et ne se berçait pas d'illusions sur la réaction de l'homme qu'il allait visiter.

Sur la route, il décida sur un coup de tête de téléphoner à sa mère. Histoire de la mettre à niveau sur ses découvertes, en particulier ce secret de famille. Solange fut surprise et ne sut pas trop quoi dire. Manifestement elle voulait que cette conversation se passe mieux que la précédente lorsqu'elle avait vidé son sac contre cette belle-fille qu'elle n'avait jamais appréciée. Pierrot avait dû lui dire sa façon de penser, estima Alain, peu habitué à autant d'égards de sa matriarche. Du coup, il en rajouta sur le côté blessé de sa femme et vanta son engagement militant dans SOS Femmes. Il passa bien sûr sous silence ses échanges funestes avec Béatrix, le courrier inachevé de sa femme et ses doutes sur la présence d'une tierce personne dans leur couple…

Il laissa sa mère au moment où il arriva à Saint Cyr sur Mer. Le calme régnait dans la commune en cet automne radieux. Roger habitait dans les rues résidentielles juste derrière la mer. Alain repéra assez vite la superbe maison où sa macabre obligation l'attendait. Manifestement Roger ne devait pas connaître de difficultés financières à en juger par sa baraque qui s'étendait sur deux niveaux. Le jardin était superbement entretenu avec un magnifique palmier qui laissait filtrer les rayons du soleil à travers ses branches.

Alain sonna sans que personne ne vint lui ouvrir. Il s'inquiéta de peur que le père d'Anna ait changé d'avis au dernier moment. Au bout de quelques secondes, la porte s'ouvrit. Alain fit un pas de recul pour amortir le choc qu'il venait de prendre en pleine face. Il avait devant lui la version masculine de sa Dalida, en plus âgé. Edmonde n'avait pas fabulé à la naissance de la petite. La ressemblance entre le père et sa fille était sidérante. Les traits fins, la forme du visage, le menton carré et surtout le regard lumineux. Roger avait apposé sa signature filiale quarante années plus tôt…

Il invita Alain à s'asseoir dans le salon et lui proposa un thé. Notre veuf préférait le café mais accepta la proposition en songeant à Anna qui buvait quotidiennement un litre de la boisson favorite des Anglais. Encore un point commun, pensa dans sa barbe Alain.

Les deux hommes burent leur boisson chaude en s'observant du coin de l'œil. La gêne était palpable.

— Vous avez voulu me voir toutes affaires cessantes. C'est Anna qui vous envoie, j'imagine, entama Roger pour briser le silence.

— Non pas vraiment. C'est beaucoup plus compliqué que cela, répondit le visiteur.

La stupeur s'empara du visage de Roger et Alain crut voir son Anna quand elle était dans le même état.

— Je suis venu pour vous annoncer la pire des nouvelles…

— Anna ne veut finalement pas me voir et elle m'envoie son mari à sa place. Ne vous fatiguez pas, j'ai compris, réagit sous le coup de la colère Roger. Elle aurait pu au moins répondre à mes courriers. Cela vous aurait évité ce déplacement inutile.

L'atmosphère était de plus en plus pesante dans la pièce. Tel un fauve en cage, Roger était prêt à rugir.

— C'est beaucoup plus cruel, poursuivit Alain. C'est moi qui ait ouvert vos lettres et je m'en excuse. J'ai senti que quelque chose d'important s'y cachait…

— Je ne vous suis pas du tout. Pourquoi Anna ne les a pas ouvertes elle-même ? J'avais pris bien soin de mettre en avant le caractère extrêmement intime de ces lettres.

— J'ai d'ailleurs hésité, avoua Alain.

Il était temps de porter le coup fatal.

— Monsieur Biver, Anna n'a jamais vu vos lettres et elle ne pourra malheureusement jamais les lire…

— Comment ça ?

— Anna est morte il y a quatre jours à New York. Je suis venu pour vous l'annoncer...

Roger se leva et fit le tour de son salon. Il s'excusa et monta à l'étage pendant plusieurs minutes. Alain attendit et comprit que le père d'Anna voulait rester seul. Il le vit redescendre les yeux bouffis par la douleur. Son "gendre" lui expliqua alors dans le détail tout ce qui s'était passé à New York, l'échange qu'il avait eu avec Edmonde, la chape de plomb qui avait pesé sur son existence. Puis il enchaîna, suivant les recommandations d'Edmonde, sur sa rencontre avec Anna lors du fameux karaoké et tout l'amour qui en avait découlé...

En quelques secondes, Roger venait de vivre quarante années de la vie de sa fille en accéléré. Un film dont il était l'absent de marque. Le choc fut terrible tant pour lui que pour Alain. Ce dernier lui remit les paroles de leur chanson culte sans mentionner la dernière lettre de sa Dalida.

Comme si Roger lisait dans les pensées de son "gendre", il ne put cacher son étonnement devant les silences de sa fille.

— Anna ne vous a rien dit lorsqu'elle a découvert mon existence. C'est incroyable. Tous ces mystères. C'est le propre des cadavres dans le placard, vous me direz !

— C'est le cas de le dire, réagit, caustique, Alain dont la liberté de ton l'étonna.

Les deux hommes avaient deux points communs : ils avaient perdu l'être cher et avaient été mis à l'index. Du coup, leurs langues se délièrent. Roger raconta toutes ses années de souffrance débutées avec la naissance d'Anna. Il assuma à plusieurs reprises d'avoir voulu éviter un scandale pour défendre l'équilibre de sa fille. Bien sûr, il en aurait peut-être été autrement s'il avait su qu'Edmonde s'était retrouvée veuve aussi vite...

Mais de toute façon, il avait ensuite rencontré une autre femme. Roger avait deux enfants — deux garçons — et même depuis peu un petit-fils. Toute sa famille, dont les photos ornaient le salon, était au courant de son drame personnel. À commencer par sa femme visiblement très jolie.

— Je me suis toujours battu contre les tabous. Dans cette affaire, je n'ai rien à me reprocher. J'ai toujours assumé à mon corps défendant tout ce qui s'était passé. Heureusement pour moi, j'ai refait ma vie… Malgré la douleur de cet interdit qui a pesé sur ma fille.

— La donne a été beaucoup plus compliquée pour Anna. Imaginez qu'elle n'a découvert votre existence qu'il y a deux mois, fit observer Alain.

— C'est ce que j'ai compris en lisant son courrier…

Roger se leva, ouvrit un tiroir du buffet en chêne, et tendit à Alain cette missive.

Monsieur,
Ce courrier risque de vous surprendre et de vous perturber. Tant d'années après. Ma mère vient de m'annoncer l'impensable. Mon père, parti trop tôt, n'a jamais été mon père. Seulement un homme qui aimait ma mère et croyait être mon père. Je l'ai peu connu, en garde très peu de souvenirs et comprends mieux maintenant pourquoi son évocation restait timorée dans mon entourage. À quarante ans, vous entrez dans ma vie comme par effraction. À un moment charnière de mon existence. Excusez ma franchise mais pour l'instant vous restez un inconnu et je ne peux que vous appeler "Monsieur". J'ai longtemps hésité avant de vous écrire, me demandant si ce retour vers le passé n'allait pas me dévaster un peu plus. Ma mère m'a longuement expliqué ses tourments, le poids de sa culpabilité et comment votre histoire a pourri sa vie et indirectement la mienne…
Après mûre réflexion, j'ai finalement décidé de prendre contact avec vous. Pour entendre votre version des faits même si elle ne changera rien à ce que j'ai vécu. Si vous êtes d'accord avec ma démarche, écrivez-moi. Je ne vous promets rien mais attends votre réponse. Avec lucidité et amertume. Bien à vous.
Anna

À la lecture de cette lettre, Alain ressentit vivement la déchirure intérieure qui avait anéanti son épouse peu de temps avant son départ pour New York. Fidèle à sa ligne de conduite, elle jouait cartes sur table et ne promettait rien à ce père tombé du ciel. Roger reprit la lettre et la remit à sa place dans le buffet du salon.

— Je retrouve Anna telle que je l'ai toujours connue. Directe et tranchante, réagit Alain qui ne savait trop quoi dire.

— Je ne me suis pas formalisé car je suis pareil. Je n'aime pas louvoyer. Si j'ai quelque chose à dire, je le dis. Que cela plaise ou non, fanfaronna Roger.

— Un point commun sans doute…

— Sans doute, sans doute…, répéta Roger. Cette prise de contact d'Anna est glaciale mais comment pourrait-il en être autrement ? J'ai essayé de me mettre à sa place. Contrairement à moi, elle ignorait jusqu'à mon existence. Elle n'allait pas me sauter au cou tout de même !

— C'est sûr surtout la connaissant, tenta Alain, avec une pointe d'humour.

— Mais en lisant la lettre de ma fille, cette lettre que je n'attendais plus…, je me suis dit que l'on avait enfin une chance de se voir, de s'expliquer et de se comprendre, ajouta Roger la voix remplie d'émotion.

— Et pourquoi pas de s'aimer, renchérit Alain ?

— Honnêtement je me serais battu pour cela… Tout en ayant bien conscience que le dernier mot reviendrait à Anna. J'aurais respecté sa volonté comme je le lui ai écrit.

— Vos lettres m'ont ému, je tenais à vous le dire, se lâcha Alain.

Roger le remercia poliment. Il venait de vivre beaucoup de chocs en quelques minutes.

— Je vous les ai d'ailleurs ramenées, reprit Alain. Elles pourront rejoindre votre tiroir. J'ai pensé aussi que cet album pourrait vous intéresser...

Et Roger tourna les pages sans dire un mot. Son émotion était retenue mais de plus en plus palpable.

— Qu'elle était belle. Comme sa mère…

La voix du père banni se mit à dérailler. Il referma l'album et le rendit aussitôt à Alain.

— Avant de venir, j'ai trouvé également dans les affaires d'Anna ces deux photos récentes. Votre ressemblance est frappante…

Roger les regarda dans le détail et se mit à pleurer tout doucement. Cette fois, il resta bien assis, sans lâcher les deux images. Alain le vit caresser ce visage qu'il découvrait quarante années après, quarante années trop tard. Avec toute la tendresse dont un père pouvait être porteur…

— Je peux les garder s'il vous plaît, ânonna Roger ?

— Elles sont pour vous, le rassura Alain.

— Edmonde m'a toujours dit qu'Anna était mon portrait craché. Mais à ce point ! Mes deux fils ne me ressemblent pas autant…

— Ils sont très beaux aussi, tenta Alain devenu maître dans l'art de l'esquive. Il tourna le regard vers leurs portraits.

— Grâce à vous, je vais pouvoir ajouter les deux photos d'Anna, leur… demi-sœur. Qu'ils ne connaîtront jamais. Tout comme moi. Cette histoire aura été une tragédie du début à la fin.

— Je vais devoir vous laisser, se justifia maladroitement Alain. Je suis désolé que cela se termine ainsi pour vous…

— J'ai bien conscience que ce que vous endurez est mille fois pire…

— Dix mille fois pire, eut besoin de surenchérir Alain.

Il regretta ces mots juste après les avoir prononcés. Cela n'avait aucun sens, même s'il était la victime principale dans cette sombre affaire… Roger reprit la parole.

— La mort d'Anna en plein marathon rappelle la mort de Philippidès, ce soldat qui a couru plus de quarante kilomètres pour annoncer la victoire des Grecs sur les Perses. Avant de mourir... La légende du marathon vient de là…

— Qui sait, Anna voulait peut-être nous envoyer un message également…

Alain réalisa la portée de sa phrase dont le sens avait sans doute échappé à son "beau-père". Il en profita pour lui demander s'il avait des antécédents cardiaques.

— Pas le moins du monde, précisa sans ambiguïté Roger. Ce serait trop simple…

Alain prit congé après lui avoir serré chaleureusement la main, pas mécontent d'en avoir fini avec ce rendez-vous. Dans la rue, il repensa à Philippidès, convaincu que sa mission n'était pas terminée.

Anna,

Quelle matinée ! Après un cauchemar horrible qui m'a réveillé manu militari, je viens de voir ta mère et ton père. Comme je te l'avais promis.

Roger, l'homme "aux mains de velours", dixit ta mère, a compris en une fraction de seconde que votre histoire serait éternellement marquée du sceau de la tragédie. Il m'a montré ta lettre où je t'ai trouvée perturbée comme jamais, froide et piquante comme tu sais l'être. Je lui ai montré l'album de ton enfance pour qu'il mette un visage sur sa fille. En fouillant dans tes affaires, j'ai même eu la chance de dénicher deux photos récentes que je lui ai laissées. Tu imagines son émotion lorsqu'il a découvert à quel point vous vous ressembliez...

Comme moi, il n'a pas compris que tu m'aies caché cette paternité enfouie. À l'inverse, ton père, qui a eu la chance de refaire sa vie, n'a rien éludé de cette pathétique histoire à sa famille, notamment ses deux fils, tes... demi-frères. Roger vient d'ailleurs d'être grand-père. Il ne sera pas seul pour accepter ta mort et la voie sans issue dans laquelle elle plonge votre relation. En guise de témoignage, je lui ai imprimé et donné les paroles de notre chanson...

Avant de me rendre à Saint Cyr sur Mer, d'où je t'écris ce mot, j'ai vu longuement ta mère. Elle s'est confiée à son gendre comme jamais, heureuse de découvrir que tu avais finalement fait un petit pas vers ton père. En tordant le cou à ce secret de famille sur lequel s'est construit votre relation, ta mère espérait surtout te libérer et t'ouvrir de nouveaux horizons familiaux.

Grâce à ma belle-mère, j'ai enfin compris pourquoi tu militais à SOS Femmes. Même si Edmonde aurait aimé pouvoir en discuter avec toi, elle a reçu cette nouvelle comme un magnifique cadeau posthume, fière de sa fille comme elle ne l'avait peut-être jamais été...

Mes visites à tes parents ont marqué pour eux une étape décisive. J'aimerais pouvoir en dire autant... Après avoir déterré le secret de tes origines et la raison de ton engagement dans cette association, j'ai certes progressé dans mon enquête. Je te découvre bien plus complexe que je ne l'imaginais... Tu cloisonnais ta vie sans doute pour te protéger des blessures que tu as dû assumer.

J'aurais aimé pouvoir parler librement avec toi de ces révélations tellement lourdes à porter. N'est-ce pas le propre d'un mari d'être au premier rang pour aider sa femme à affronter les épreuves ? Tu ne l'as pas voulu. Et tu as préféré te tourner vers Béatrix et sans doute vers cette libertine trouvée sur Twitter. Il me reste aussi à percer le mystère de ton entraîneur que personne ou presque ne connaît. Était-il un confident extra sportif, voire plus ? Je n'en sais toujours rien mais vais tout mettre en œuvre pour le découvrir.

Y avait-il un autre homme tapi dans l'ombre ? Un homme pour lequel tu m'aurais écarté et trahi ? Plus j'y pense et plus je crains cette hypothèse. Car comment expliquer autrement que tu m'aies à ce point éjecté de ta vie ? Je n'ai pas d'autre choix que de continuer à fouiller pour trouver ce que tu avais commencé à m'écrire. Même si les portes se ferment, même si le doute sur ton amour est omniprésent, même si la fatigue gagne chaque jour un peu plus de terrain...

La clé de cette intrigue se situe certainement dans ce marathon dont tu rêvais. Ton père a fait un parallèle intelligent entre ta mort et celle de Philippidès. Voulais-tu m'envoyer un message que la mort t'a empêchée de me délivrer ? À moi de le débusquer. Seul comme toujours. Seul contre tes affronts...

Il était face à la mer. Après avoir quitté Roger, Alain avait rejoint la grande plage des Lecques. Il tenait encore à la main son stylo et la feuille de papier sur laquelle il venait d'écrire un nouveau mot à Anna. Sa femme continuait de le défier et de se jouer de lui. Alain relut ses derniers mots tout en jetant un regard triste vers la Méditerranée. Oui, il était plus que jamais "seul" face aux "affronts" de sa femme. Alain pensa encore à leur baignade ici-même quelques années plus tôt. En plein été sous une chaleur suffocante avec la foule des grands jours. Cette fois, seuls quelques piétons se promenaient le long du remblai qui longeait la plage sur plus d'un kilomètre…

"Parler" à Anna lui procurait une double sensation à la fois agréable et douloureuse. L'écriture est toujours libératrice et soulage son auteur de ses fardeaux. Mais Alain souffrait également de savoir que sa femme ne lui répondrait jamais. Plus les jours passaient et plus il lui en voulait. Non seulement il doutait d'elle mais il doutait surtout de leur histoire. Il ne s'en était pas caché dans cette dernière missive.

La sonnerie de son téléphone le sortit de sa mélancolie. Il décrocha et mit quelques secondes à comprendre que son interlocutrice n'était autre que Muriel, cette femme dont Anna était proche au sein de SOS Femmes ! La liaison téléphonique était mauvaise et surtout Muriel semblait totalement paniquée. Elle suffoquait et entama la conversation par des propos incohérents. Au son de sa voix, Alain estima qu'il avait à faire à une jeune femme. Il ne savait rien sur elle et sur son rôle au sein de l'association tant Maria avait été discrète la veille du côté de Castellane. Était-elle une bénévole, une salariée ou une victime ? Il la laissa s'exprimer, espérant en apprendre davantage. À sa grande surprise, elle ne lui parla pas du décès de son épouse. Alain comprit qu'il y avait urgence lorsqu'elle lui balança : "J'ai besoin de votre aide. Tout de suite !".

Alain essaya de la calmer sans succès. Il lui posa quelques questions et n'obtint aucune réponse. Au bout de quelques secondes, Muriel se mit à crier comme une possédée.

— J'ai fait une grosse connerie. Vous devez venir immédiatement !

— Comment ça ? Vous ne pourriez pas être plus claire, lui répondit Alain sur un ton faussement calme.

— Anna m'aurait tirée d'affaire. Comme toujours. C'est à vous de le faire maintenant. Je ne peux pas être plus claire.

— D'accord mais que se passe-t-il ?

— Mais putain, vous êtes bouché ou quoi, s'emporta Muriel. Venez me chercher et vous comprendrez !

Alain sentit l'angoisse l'envahir et un mauvais pressentiment parcourut tout son être. Inconsciemment, il avait quitté la mer et se dirigeait vers sa voiture.

— Mais vous êtes où exactement, demanda-t-il à la jeune femme ?

— À Marseille. Au Rond-Point du Prado, vous connaissez ?

— Oui, je connais. Mais je suis à Saint Cyr en ce moment. Donc très loin, tenta maladroitement Alain. Je peux peut-être vous aider par téléphone ?

— Arrêtez vos salades maintenant et magnez-vous le cul, l'agressa Muriel. C'est une question de vie ou de mort !

— D'accord, d'accord, la rassura Alain, qui commençait véritablement à paniquer devant cette nana incontrôlable.

— Très bien. Je vous attends devant l'entrée principale du parc Chanot, juste à la sortie du métro. C'est ok ?

— Oui, je vois bien mais je serai en voiture. Je pars tout de suite, s'exécuta Alain. — Grouillez-vous. Je vous rappelle s'il y a un problème.

— D'accord mais c'est toujours plein de monde à cet endroit. Comment va-t-on se reconnaître ? pensa à voix haute Alain, toujours cartésien.

— Pas de panique, Anna m'a souvent parlé de vous. Je vous reconnaîtrai tout de suite…

Muriel raccrocha sur cette dernière phrase. Alain n'aima pas la remarque mais n'épilogua pas sur le sujet. Il y avait urgence. Il regarda sa montre. Déjà treize heures !

Une question de vie ou de mort ! Alain était en route vers Marseille et cette Muriel à bout de nerfs. Il ressassait ces menaces proférées sans ambiguïté et n'y comprenait rien. Il craignait le pire vu qu'elle n'avait rien voulu lui dire. Fidèle à son pessimisme naturel, Alain imagina que cette fille venait de flinguer l'homme qui la persécutait… Elle s'était échappée et voulait s'enfuir grâce à son aide. Le scénario lui glaça le dos.

Une fois encore, Anna le plaçait au pied du mur. Muriel l'appelait au secours, lui l'homme veuf et blessé, parce que sa femme était morte. Il devait jouer les substituts en lieu et place de celle qui lui avait caché tellement de choses. À commencer par son amitié avec cette furie qui avouait avoir fait une grosse connerie.

Alain filait sur l'autoroute qui le ramenait vers Marseille et son rendez-vous improbable. Il dût freiner soudainement car il avait mal évalué la vitesse du camion qui le devançait. Il décida de ralentir car il se sentait de plus en plus fatigué et oppressé. L'enchaînement des événements commençait à avoir raison de sa résistance. Et Anna n'était plus là pour le motiver et le gonfler à bloc, se dit-il, rempli d'amertume.

Son enquête l'épuisait et lui faisait mal car il avait de plus en plus l'impression de courir derrière une inconnue : sa propre femme. Même s'il était souvent aux abonnés absents avec elle, il l'aimait à sa façon, sans effusion mais sans hésitation. Qu'en était-il pour Anna ? Manifestement leur relation ne lui convenait plus et elle cherchait d'autres expédients au travers de la course à pied, de SOS Femmes… Toujours dans son dos. Elle n'assumait pas mais avait prévu de sortir de l'ombre. Sans doute pour lui annoncer le pire…

Alain arrêta là ses réflexions car il approchait de la cité phocéenne. Il téléphona à Pierrot, son meilleur soutien dans l'épreuve qui l'accablait. Depuis qu'il lui avait parlé la veille, il avait découvert l'existence de Roger et le passé douloureux de sa belle-mère qui avait incité Anna à militer à SOS Femmes. Alain le mit surtout à niveau sur cet appel insensé de Muriel et lui fit part de ses inquiétudes. Pierre ne cacha pas son trouble et invita son frère cadet à la plus grande prudence. Il lui proposa même de le rejoindre au lieu du rendez-vous.

— Non, tu es adorable mais je dois régler ça tout seul comme un grand ! Même si j'ai peur, même si j'en ai ras le bol de toute cette histoire, affirma Alain sans détour.

— Mais tu ne connais pas cette Muriel et elle a l'air complètement barge, s'exclama Pierre. Fais gaffe Frérot !

— Elle était proche d'Anna et elle a besoin de moi. Je ne pense pas qu'elle va me zigouiller, ironisa Alain pour détendre l'atmosphère. Tu es la seule personne au courant de notre rendez-vous et je sais que je peux compter sur toi, quoi qu'il arrive.

— Appelle-moi surtout dès que tu en sais plus sur les intrigues de cette nana. Je ne suis pas tranquille…

— D'ac Pierrot. Si tu n'as aucune nouvelle de ma part dans quelques heures, téléphone-moi. On va s'en sortir !

— Et si tu ne réponds pas, s'inquiéta le frère aîné ?

— Si je ne décroche pas, préviens les flics, répliqua Alain !

Les deux frères se quittèrent sur ces mots. Alain s'était voulu rassurant mais il n'en menait pas large. Dans quelques minutes, il saurait ce que Muriel avait de terrible à lui annoncer…

Alain se gara n'importe comment, à cheval sur un trottoir. Il n'avait pas le temps de chercher une place. Il descendit de sa voiture pour rejoindre l'entrée du parc Chanot, là où se déroulait la plupart des salons et foires de la ville. Il repéra plusieurs affiches qui annonçaient les prochains événements. Son cœur battait plus vite que ses jambes. Plus il approchait des grilles du parc, plus il ralentissait. Alain distingua au loin plusieurs têtes tout en continuant d'avancer. Il ne connaissait évidemment pas Muriel, ce qui renforçait son trouble.

Il arriva au point de rendez-vous, regarda nerveusement sa montre puis dévisagea les gens qui entraient et sortaient du parc. À la recherche d'une fille qu'il n'avait jamais vue de sa vie ! Une fille paniquée et hors de contrôle ! Les passants le regardaient d'un air étrange. Sans doute sentaient-ils son angoisse…

En scrutant l'allée qui conduisait aux différents halls d'exposition du parc, Alain aperçut à une centaine de mètres une jeune femme habillée tout en noir, la jupe au ras des fesses et des collants résille en prime. Manifestement vulgaire ! Notre détective fut surtout attiré par ses bottes qui ne passaient pas inaperçues. On aurait dit des Rangers… Elle portait dans ses bras une couverture en boule, sans qu'Alain ne parvienne à distinguer si elle cachait quelque chose à l'intérieur.

Une chose était certaine : elle marchait dans sa direction. Plus la fille se rapprochait, plus elle le dévisageait. Elle avait de longs cheveux noirs tout lisses et était maquillée de façon excessive. Alain remarqua le piercing qu'elle portait sur un sourcil. Les deux inconnus continuaient de se fixer. Lorsqu'elle arriva à sa hauteur, il entendit comme des geignements étouffés. Il fixa la couverture de couleur rose et comprit tout de suite.

— Arrêtez de me mater comme ça, on va nous remarquer, lui reprocha-t-elle d'entrée de jeu.

— Vous êtes… Muriel, j'imagine, répondit bêtement Alain.

— Tout juste ! Comme vous pouvez le deviner, je ne suis pas venue seule…

— C'est votre bébé, questionna Alain sans attendre.

— Oui, bien sûr. À qui voulez-vous qu'il soit, affirma Muriel, avec un soupçon d'hésitation dans la voix.

— Faites attention à ne pas l'étouffer alors, lui balança sans fioriture Alain !

Il écarta la couverture pour apercevoir le bébé et découvrit avec stupeur combien il était petit. On aurait dit qu'il venait de naître… Muriel eut un mouvement de recul et cacha à nouveau le visage du nourrisson.

— Mais vous êtes complètement barge, s'énerva-t-elle ! Vous touchez pas à mon fils, c'est clair !

— Ah c'est un garçon ! Il est né quand ?

— J'en sais rien, avoua Muriel.

Alain la regarda stupéfait, espérant avoir mal compris.

— Comment ça, vous n'en savez rien ?

— Je vous ai prévenu au téléphone, j'ai fait une grosse connerie…

— C'est-à-dire ?

— Non, je déconne, mon bébé a quatre jours. Je viens de sortir de la maternité.

Alain poussa un ouf de soulagement même s'il trouva Muriel énigmatique. Il en profita pour la dévisager. Elle était très jeune, petite et boulotte. Il remarqua qu'elle portait autour du cou une grosse chaîne argentée et aux poignets des bracelets métalliques affreux. Son nez rectiligne accueillait un second piercing, tout aussi moche que celui du sourcil. Ce style gothique était vraiment aux antipodes de son Anna, songea-t-il. Comme quoi les contraires peuvent s'attirer… Alain lui trouva un drôle d'air. Elle se cramponnait à la couverture de son bébé comme si elle voulait le cacher, comme si elle avait peur qu'on lui prenne.

— Comment s'appelle ton garçon, questionna Alain en la tutoyant, histoire de détendre l'atmosphère ?

— Anna…

— Anna ?

— Oui Anna, comme mon amie.

— Tu veux dire Anna… ma femme ?

— Oui, c'est la même personne !

— Mais c'est un prénom féminin, s'agaça Alain en élevant la voix.

— Fermez votre gueule. Tout le monde nous reluque !

— Ok, pas de panique, la rassura Alain.

Il ne maîtrisait pas cette fille et ne voulait pas d'embrouille. Il reprit l'initiative avec l'envie d'en finir au plus vite avec elle.

— Tu m'as appelé au secours il y a une heure et j'ai accouru. Qu'est-ce que tu attends de moi au juste ?

— Je ne sais plus quoi faire…

— Cela a un rapport avec la mort d'Anna, tenta Alain sans savoir où il mettait les pieds.

— Oui et non…

Muriel avait les yeux exorbités, Alain attendit qu'elle soit plus explicite…

— Oui et non, répéta la jeune femme gothique. On parlait tout le temps de bébé avec votre femme…

— Ah bon ?

— C'était notre obsession à dire vrai…

— Tu me parles de qui là, s'énerva Alain ?

— Laissez tomber, vous ne comprenez rien, riposta, glaciale, Muriel.

— Écoute moi bien, je ne comprends rien à ton charabia en effet, s'emporta Alain. Ma patience a des limites. C'est quoi l'urgence ?

— C'est lui, glissa tout doucement Muriel en fixant son nourrisson.

— Il est malade, crut comprendre Alain…

— Non pas du tout, il est tout mignon et en pleine forme…

— C'est son père le problème alors ?

— Non pas du tout.

— …

— Le problème, c'est lui et moi. Nous deux, c'est interdit…

— …

— …

— Pourquoi c'est interdit, demanda Alain aussi calmement que possible même si tout bouillait en lui ?

— C'est interdit, interdit, interdit.

Cette fois Muriel ouvrit la couverture et serra très fort son fils au drôle de prénom contre sa poitrine. Elle caressa sa toute petite tête avec une tendresse émouvante.

— Ma connerie c'est lui. Je ne sais même pas comment il s'appelle mais je sais où je l'ai pris.

— Pris ?

En posant la question, Alain devina l'impensable. Il regarda le bébé, étonnamment calme et l'entoura de sa grande couverture. En tremblant, ses mains effleurèrent l'étiquette collée sur ce manteau de fortune : "Maternité Saint Joseph. Marseille." Cet hôpital réputé de la cité phocéenne était situé juste à côté du parc Chanot…

— Cela fait des années que je rêve d'avoir un gosse. Un gosse à moi. Un gosse pour toujours, commença Muriel en guise d'explication.

— Mais il est avec toi depuis quand ?

— Depuis ce matin. Il était six heures. Je suis entrée dans le service maternité de Saint-Joseph. Tout près d'ici. Il faisait nuit noire. Par chance, je n'ai croisé personne dans les couloirs. Ni infirmière, ni sage-femme, ni papa !

— Et puis, s'impatienta Alain ?

— Je suis entrée dans la première chambre que j'ai trouvée. Je n'avais jamais été aussi discrète de ma vie. J'ai d'abord regardé dans le grand lit et j'ai compris que la mère du bambin roupillait à poings fermés. Je me suis approchée du couffin, il dormait aussi. Je l'ai pris tout doucement contre moi. Il n'a pas bougé. Je l'ai entouré de sa grande couverture et je me suis tirée.

— Mais c'est pas possible Muriel. Tu te rends compte de ce que tu as fait !

— Franchement sur le coup non. J'ai surtout eu peur de tomber nez à nez avec quelqu'un. Comme une voleuse qui craint d'être gaulée ! J'ai juste aperçu un type au bout d'un couloir. J'ai essayé de ne pas paniquer et j'ai quitté l'hôpital par la porte d'entrée. Normalement…

— Normalement, mais t'es complètement dingue ma pauvre fille, cria Alain sous le coup de la panique.

— Au début, j'ai marché tranquillement dans la rue. J'avais réussi, j'avais enfin mon bébé, rien que pour moi.

— Mais c'est un enlèvement, putain Muriel ! T'as pensé aux parents du moufflet ? Dans quel état ils sont à l'heure qu'il est ?

— Au bout d'un moment, la ville s'est réveillée et le jour avec. J'ai commencé à réaliser ma connerie. Je suis retournée devant l'hôpital. Mais j'ai fait demi-tour. Je ne sais pas pourquoi…

Muriel se mit à chialer comme une madeleine. La pression retombait pour elle. Elle était au zénith pour Alain.

En quelques secondes, il réfléchit à la merde dans laquelle cette fille s'était mise et lui avec ! Tout alla très vite ensuite. Il n'y avait plus une minute à perdre, décida Alain. Il attrapa Muriel par le bras et lui ordonna de le suivre. Elle continuait de pleurer et n'arrivait plus à se contrôler. Alain lui demanda uniquement le chemin le plus rapide pour retourner à la maternité. Ce n'était pas une question de vie ou de mort mais une question de survie. Pour Alain complice malgré lui et surtout pour Muriel. Elle jouait son avenir sur ce coup !

Ils arrivèrent tous les trois à la maternité cinq minutes après. L'horloge électronique de l'entrée affichait 14 heures 15. Le bébé avait disparu depuis six heures du matin. Une grosse matinée pour le commun des mortels, une éternité pour les parents. Cette pensée paralysa complètement Alain. Il vit deux policiers en faction près du bureau d'accueil et se dirigea immédiatement vers eux.

— Messieurs, c'est le bébé qui a disparu depuis ce matin. Nous le ramenons à ses parents !

En prononçant cette phrase, Alain réalisa qu'il s'exprimait comme s'il était l'auteur de cette ignominie. Les deux flics le regardèrent surpris mais réagirent sur-le-champ. Une minute après, le garçon était emmené par deux infirmières. Muriel et Alain furent menottés sans vergogne, pour être interrogés immédiatement par la police. Anna était morte depuis quatre jours et le cauchemar continuait pour Alain.

À partir de ce moment là, Muriel et Alain furent séparés. Pour s'expliquer et tenter de justifier l'injustifiable. Alain était encadré par trois policiers. Comme un criminel dangereux. Il était abattu et terrorisé en arpentant un couloir du rez-de-chaussée de l'hôpital. Les gens le dévisagèrent surpris par cette scène, sans savoir ce qui se tramait ici. Le "convoi" entra dans une salle de réunion. Les gardiens de la paix fermèrent la porte.

— Assieds-toi là, balança l'un des policiers à son prévenu.

Le tutoiement mit tout de suite à l'aise Alain. Il était dans la peau du parfait salaud et allait vraiment devoir utiliser ses talents de formateur pour convaincre les flics qu'ils avaient en face d'eux une victime collatérale…

Combien de temps s'était-il écoulé ? Au moins deux heures, estima Alain. Sa descente aux enfers venait de prendre fin. Il quitta la maternité Saint Joseph en homme libre. Pour en arriver là, il avait dû se justifier auprès des enquêteurs — professionnels ceux-là ! — sur tous ses faits et gestes comme jamais cela ne lui était arrivé auparavant. Qui était-il ? Quand Muriel l'avait-il contacté ? Comment avait-il fait sa connaissance ? Que savait-il exactement sur elle ? Qu'est-ce qui prouvait qu'il n'était pas complice ?

Alain avait été obligé de tout reprendre depuis le début. De parler de la mort de sa femme. Des mystères qu'il découvrait les uns après les autres. De sa rencontre avec Maria chez SOS Femmes. Du coup de fil paniqué de Muriel à la mi-journée. De son voyage express de Saint Cyr sur Mer au parc Chanot. De sa rencontre avec Muriel, une première pour lui. De la discussion bizarre qu'ils avaient eue ensemble. Jusqu'à ce qu'il comprenne le drame dans lequel elle s'était fourrée.

Quatre policiers l'avaient interrogé à tour de rôle. Tout en continuant leur interrogatoire, ils avaient vérifié qu'Alain n'avait pas de casier judiciaire et que sa femme était bien morte d'une crise cardiaque pendant le marathon de New York. C'est une caméra de vidéosurveillance de la maternité qui avait définitivement innocenté Alain. Les images montraient clairement une jeune femme emmener, seule, dans une couverture un nourrisson au petit matin. Interrogée également par téléphone, Maria avait confirmé la teneur des propos d'Alain sur l'association, confirmé qu'elle avait donné son numéro de téléphone à Muriel avant de s'inquiéter sur ce qui se passait.

Les flics n'avaient rien répondu mais sans le savoir Maria avait tiré d'affaire le veuf meurtri qu'elle avait accueilli dans son bureau la veille. Avant de relâcher Alain, les policiers l'avaient gentiment invité à se reposer et à entamer un vrai travail de deuil après la mort de son épouse. Notre enquêteur amateur les avait remerciés et avait tenté de plaider la cause de Muriel, même s'il la connaissait à peine. Comme Anna l'aurait fait à sa place. Les flics avaient évoqué des troubles psychologiques sévères. Muriel avait été emmenée au commissariat de police où elle était toujours interrogée. Que risquait-elle ? Une mise en examen pour enlèvement et séquestration de mineur de moins de quinze ans, un crime puni de trente ans de réclusion criminelle... Le fait qu'elle ait ramené d'elle-même le bébé quelques heures après l'avoir enlevé plaiderait peut-être en sa faveur. Le petit garçon avait déjà retrouvé ses parents et heureusement il se portait à merveille.

En quittant la maternité, Alain ressentit un profond malaise. En pensant à cette Muriel totalement paumée dont l'histoire personnelle devait être pathétique à souhait. Il n'en avait pas parlé avec elle mais à coup sûr, elle était arrivée dans les locaux de SOS Femmes en tant que victime...

Et lui dans tout ça ? Certes il était libre, certes il avait fait son devoir de citoyen, mais il était bien seul. Il téléphona d'abord à son frère pour le rassurer. Alain préféra ne pas lui raconter le quart de ses péripéties car il était fourbu et voulait rentrer chez lui pour dormir et oublier. Même si l'on était en plein après midi !

Cet incident avait au moins provoqué une prise de conscience chez Alain. Il en avait assez de jouer les détectives. Les flics avaient certainement raison. Il devait arrêter là les frais. Au risque d'y perdre sa santé physique et mentale. Il en informa Pierrot au téléphone avant de raccrocher. Il retrouva sa voiture, toujours garée n'importe comment au Rond-Point du Prado. Une contravention l'attendait sur son pare-brise. Alain ne prit même pas la peine de l'enlever. Il démarra pour rejoindre sa maison de Bouc Bel Air. Au bout du rouleau...

Episode 8

Surtout ne pas regarder le bout de cette première avenue. Ne pas penser à son corps qui souffre. Se nourrir de l'ambiance folle de ce marathon. J'aperçois sur le côté un groupe d'Anglaises à l'arrêt qui se marrent. Le public les applaudit. Elles le méritent car elles ne sont pas toutes jeunes et surtout elles ont le culot de courir en soutien-gorge. Il faut oser et ce n'est pas la canicule à Big Apple !

"Go Katie, go", "Run Tracy, run", "Oh, you look good Marlene" : mon esprit fatigué entend ces encouragements auxquels aucune coureuse n'échappe. C'est la magie de cette course. Je regarde mon mari et sait que c'est à partir de maintenant qu'il va fallôir s'accrocher. Il m'indique que nous sommes entrés dans Harlem sans même que je ne m'en rende compte. Du coup, je lève la tête et découvre des immeubles beaucoup moins hauts, plus anciens et pour certains un peu délabrés. Il y aussi moins de monde même si les spectateurs continuent de nous porter comme ils savent si bien le faire.

J'aperçois le panneau du vingtième mile. Mon coach préféré me souffle qu'il ne reste plus "que" dix kilomètres. Nous sortons de Manhattan et arrivons au pied du Willis Avenue Bridge qui va nous permettre de faire une rapide incursion dans le Bronx. Ce pont est tout petit par rapport au Verrazano de notre départ mais il monte aussi ! Les organisateurs, toujours soucieux de notre bien-être, ont mis un tapis sur la chaussée. Ce n'est pas pour le décorum mais pour masquer une grille métallique qui me fait horriblement mal sous les pieds. Beaucoup de coureurs sont à l'arrêt. Certains, perclus de crampes, s'étirent contre les parapets du pont.

Ici, c'est le Bronx ! Je parviens à m'évader de mon corps quelques instants car nous voici dans ce quartier mythique de New York. Le public est toujours là, notamment un rappeur qui enchante nos muscles endoloris. J'aperçois au loin quelques immeubles murés mais personne ne se sent, bien sûr, en insécurité. Aucun gang ne se cache au coin d'une rue...

Tous les "finishers", comme disent les Ricains, pourront dire qu'ils ont foulé les cinq "boroughs" de la grande pomme : Staten Island, Brooklyn, le Queen's, le Bronx et Manhattan. Nous rejoignons la presqu'île la plus célèbre du monde par le Madison Bridge, le dernier pont de notre parcours.

Mon mari me passe à nouveau de l'eau et me rassure, comme il le peut. Il doit sentir que mes jambes vont beaucoup moins vite que ma tête. Ce n'est plus la même chanson que lors de la première moitié de course où j'avais l'impression de voler sur l'asphalte ! Je ne regarde pas mon chronomètre car j'ai peur d'avoir un choc.

Je réalise que nous redescendons vers le cœur de Manhattan en empruntant la cinquième avenue, l'une des plus célèbres artères de la ville. Le bouquet final commence à se dessiner même si je sais que la route est encore longue. Bien évidemment, la cinquième avenue est bondée. Le public a envahi la chaussée et l'ambiance repart crescendo. Nous sommes en plein cœur de Harlem. Quelques familles endimanchées doivent sortir de la messe ! J'ai de plus en plus de mal à taper les mains des enfants qui se tendent. Je le regrette mais je suis vidée.

Le trente-cinquième kilomètre est maintenant derrière nous. "Seulement sept kilomètres", me crie dans les oreilles mon sparring-partner afin de me sortir de ma léthargie. "Only, only... sept kilomètres", répète-t-il pour m'amuser ! Une paille en temps normal, une longue distance en ce dimanche automnal. Autour de moi, les visages se creusent. C'est à la fois rassurant et inquiétant. Je m'accroche en pensant à Central Park qui se profile à l'horizon...

Anna,

Muriel aura eu raison de mes forces. Ton amie m'est tombée dessus cet après-midi. En voulant la secourir, j'ai failli finir le reste de mes jours en prison. Je ne sais pas quelle était votre relation et pour tout te dire je m'en fous. C'est décidé : j'arrête tout !
Au lieu de penser aux autres, je vais tenter de penser à moi...
Finies mes recherches pour découvrir la vérité... ta vérité.
Au diable tes mystères, tes silences et tes révélations à venir.
Adieu à ton amie la libertine.
Haro sur ton coach, le gourou.
Au feu ton mot inachevé, toutes nos paroles envolées, nos promesses, nos fautes et nos failles.
Tu as couru ce marathon sans délivrer ton dernier message. À quoi bon te pourchasser pour faire ressortir de vieux démons et me briser le cœur.
Mon travail de deuil commence à partir d'aujourd'hui. Car quoi qu'il arrive, au-delà de tes trahisons et de mes renoncements, tu resteras la femme que j'ai aimée le plus au monde.

Ton homme des cavernes

Après avoir écrit une nouvelle fois à Anna, Alain s'était écroulé sur le canapé de son salon. Son téléphone le réveilla en sursaut. Il pensa laisser sonner car il en avait ras le bol des mauvaises nouvelles. En reconnaissant le numéro de Muriel, il décrocha sans la moindre hésitation.

— Oui, Muriel, je t'écoute, tu es où ?

— Toujours chez les flics, ils me harcèlent de questions, j'en peux plus !

— Ils t'ont laissée téléphoner, s'étonna Alain ?

— Oui, à titre exceptionnel. J'ai dit que je voulais vous parler. Faites gaffe, à mon avis, on est sur écoute !

Alain ne dit rien mais n'en pensa pas moins.

— J'espère que tu as tout avoué et que tu n'as pas fait ta mythomane comme avec moi dans le parc tout à l'heure.

— Oui, ne vous inquiétez pas, j'ai tout déballé. Faut vraiment que j'arrête mes conneries…

La phrase de Muriel se termina dans ses sanglots. Alain la laissa se calmer. Il commençait à savoir comment s'y prendre avec cette fille. Au bout de trente secondes, la gothique reprit la parole.

— Je vais faire de la taule, c'est sûr. La galère ultime pour moi. J'en ai connu des emmerdes mais alors là…

— Qu'est-ce que t'ont dit les policiers exactement, interrogea Alain ?

— Que je risquais de pourrir trente années en prison. Quand je sortirai, j'aurai 55 balais, tu réalises ?

Alain réalisa que Muriel le tutoyait et qu'il n'avait pas encore cet âge…

— Attends un peu avant de t'enflammer. Tu n'es pas encore condamnée et tu auras plein de circonstances atténuantes. T'as un avocat au moins ?

— Les Condé m'ont expliqué qu'un avocat allait être désigné pour me défendre, vu que je n'ai pas un radis.

— C'est un avocat commis d'office. Dis-lui bien quand tu le verras que tu n'as fait aucun mal au bébé et que tu as voulu le ramener tout de suite après l'avoir enlevé.

— Mais je ne l'ai pas fait, s'agaça Muriel !

— Tu l'as fait quelques heures plus tard. C'est l'essentiel, cela plaidera en ta faveur.

— Merci d'ailleurs, c'est grâce à vous, à toi je veux dire !

— Mais tu n'as pas manifesté la moindre résistance ! Je pourrais témoigner pour t'aider, tu sais…

— T'es optimiste toi comme type !

— Non, pas du tout je t'assure. Je suis plutôt du genre à tout voir en noir, encore plus depuis quatre jours, rétorqua Alain.

— Oui, excuse-moi… J'ai pris la mort d'Anna en pleine gueule quand Maria me l'a annoncée… J'ai eu raison de t'appeler car tu m'as, un peu, sortie de ma merde !

— Vous étiez très proches toutes les deux, enchaîna Alain ?

— Comme tu ne peux pas l'imaginer…

— Qu'est-ce que tu entends par là, demanda Alain, sur le ton de l'inquiétude ?

— On était comme deux sœurs, unies pour la vie… Quand j'ai rencontré Anna la première fois, elle m'a tout de suite plu. Une belle nana, super fringuée, à l'aise avec tout le monde, drôle. Respect monsieur !

— Oui, tu as raison, c'est ce que j'ai aimé chez elle immédiatement aussi ! Vous vous êtes rencontrées via SOS Femmes ?

— Ta femme m'a sortie de l'enfer, tu sais. J'ai débarqué à l'association… en fuite. Mais pour une fois, je n'avais rien fait de mal. Je vivais sur Marseille avec un mec qui me tabassait matin et soir. Je subissais ses coups… Il me terrorisait. Le pire, c'est que je m'écrasais… Jusqu'à ce matin où je me suis fait la belle après avoir découvert l'existence de SOS Femmes. Ils m'ont accueillie, trouvé un foyer d'hébergement puis accompagnée…

— Au travers de groupes de parole notamment, la coupa Alain.

— Bingo monsieur ! Et c'est là que j'ai rencontré Anna. Elle assurait et savait faire raconter aux participantes leur drame, les humiliations, la peur, l'engrenage… Contrairement à nous, elle n'était pas là en tant que victime, ce qui est encore plus… classe !

— Et vous avez sympathisé ?

— On s'est adorées tout de suite. Un feeling de dingue. Malgré nos quinze ans d'écart. J'aimais son expérience, son calme, sa façon de causer. Elle appréciait ma folie, mon côté rebelle et peut-être aussi mon inconscience !

— Vous vous voyiez en dehors de l'association j'imagine ?

— Oui très souvent. On buvait des coups, on rigolait, on refaisait le monde ensemble. Je lui ai raconté toutes mes galères — un vrai roman ! — comme à personne d'autre.

— Anna a dû être beaucoup plus discrète, la connaissant ?

— Eh non, tu te goures. Enfin, au début, c'est sûr, je causais et elle m'écoutait. Mais avec le temps, cela a changé. Elle n'avait jamais rencontré une dingue comme moi, je l'ai mise à l'aise. Avec moi, elle n'avait rien à craindre.

— Elle t'a parlé de moi apparemment puisque tu m'as reconnu sans m'avoir jamais vu...

— Oui, un peu, surtout au début, répondit un peu gênée Muriel.

— Tu te souviens de ce qu'elle t'avait dit, c'est important pour moi maintenant qu'elle n'est plus là...

La gorge d'Alain se serra sur cette phrase. Il était suspendu à la réponse de la jeune fille.

— Elle m'a beaucoup parlé de vos différences, de ton côté "ours mal léché" comme elle disait. Elle appréciait ta gentillesse et la liberté que tu lui laissais, je crois... — Excuse ma franchise : tu crois qu'elle m'aimait ?

— Oh là monsieur. J'en sais rien ! C'était pas mes oignons...

— Puisque c'était comme ta grande sœur, insista Alain...

— Elle était dingue de la chanson sur laquelle vous avez kiffé l'un pour l'autre. Elle me l'a même fait écouter une fois sur son téléphone car je ne la connaissais pas. Elle chantait sur la vidéo, c'était trop fun !

— Et ?

— On a déliré sur la grosse drague du mec, le beau gosse.

— Alain Delon, l'acteur !

— Oui, c'est ça. À un moment, il lui balance une phrase que j'ai apprise par cœur. "Tu es comme le vent qui fait chanter les violons et emporte au loin le parfum des roses". Un truc de ouf ! Jamais un mec ne m'a sorti de telles salades.

— C'est vrai qu'il donne son meilleur le Alain. Il lui dit tout le temps qu'elle est belle et qu'il l'aime. Ce n'est pas réservé à tout le monde, compléta Alain en pensant fort à quelqu'un...

— C'est ce que j'ai cru comprendre...

— Je le regrette chaque seconde, ces "mots tendres enrobés de douceur" comme dit Dalida, je n'ai jamais su lui dire. J'aurais dû...

— On ne refait jamais le film, tu sais, lui glissa gentiment Muriel. En tout cas, cette chanson nous avait bien fait délirer. Moi, je n'ai jamais rencontré de beaux parleurs comme Delon. Par contre, des beaux violents, je suis spécialiste…

— Avant le mec que tu as quitté ?

— Oui, bien sûr, je dois attirer les fadas. C'est pour ça que j'ai changé de look. Les gothiques, les mecs, ils n'aiment pas trop !

— Sans doute, sans doute, répéta Alain sans vraiment donner le fond de sa pensée.

— Tu comprends mieux maintenant pourquoi j'ai voulu un gosse sans passer par la case "papa", amour et toutes ces foutaises !

— Oui, je comprends mais de là à enlever un bébé de quatre jours, il y a un pas, ne put se refreiner Alain.

— C'est pas évident pour tout le monde d'avoir un enfant, même à vingt-cinq ans ! Mais maintenant c'est foutu de toute façon, dit d'une voix faiblarde Muriel…

— Vous parliez souvent d'enfant avec Anna ?

— Tout le temps…

— Comment ça, tout le temps, réagit Alain ?

— Enfin, souvent. On en parlait souvent…

— Pourtant Anna n'a jamais été dingue du sujet…

— J'en sais rien, arrête de me poser des questions. J'ai déjà les flics sur le dos !

— Excuse-moi, c'est plus fort que moi. J'aurais tellement voulu avoir un enfant avec Anna… Comme tu disais, c'est pas évident pour tout le monde…

— Mais un jour, on peut avoir des surprises… Même à quarante piges !

— Des surprises à quarante piges, tu parles de qui là ?

— Non, ne fais pas attention à ce que je raconte. Oublie !

— Tu veux dire qu'Anna avait envie d'un enfant ?

— Non, non, pas du tout. Oublie, je te dis !

— Mais non, je ne veux pas oublier. Surtout pas ça !

— Écoute, je vais devoir te laisser. Les flics veulent que je raccroche.

— Attends Muriel, je t'en supplie. Tu veux dire qu'Anna voulait un enfant et qu'elle n'osait pas m'en parler. C'est la plus belle surprise qui aurait pu nous arriver, s'écria Alain, en totale perte de contrôle !

— Non, tu n'y es pas du tout, répondit froidement Muriel. Oublie, je te dis. C'est trop tard maintenant et je dois vraiment te laisser.

Alain passa de la lumière à l'ombre en l'espace d'une poignée de secondes.

— Ou alors elle espérait avoir un enfant avec un autre mec. Te fatigue pas, j'ai compris !

— Mais non, oublie, je te dis.

— Comment veux-tu que j'oublie un truc pareil ?

— Mais arrête de te faire ton film. Je parle toujours trop et je suis la reine des connes. Ne fais pas attention à ce que je raconte.

— Merci Muriel. Tu veux me protéger c'est sympa… Mais je viens enfin de trouver le chaînon manquant dans cette sombre histoire.

— Excuse-moi mais je dois raccrocher, coupa court Muriel.

— Juste un truc : il habiterait pas New York le papa virtuel ?

— Anna ne m'a pas dit grand-chose sur lui. Je ne connais ni sa tête, ni son nom. Je te le jure, répondit honnêtement la jeune fille gothique.

— Mais c'est un Américain, c'est sûr, insista Alain !

— Oui, elle l'avait rencontré à Marseille et devait le voir à New York. C'est tout ce que je sais, je te le jure sur la tête de l'enfant que je n'aurai jamais.

— Ne dis jamais… jamais, Muriel. La vie réserve parfois des surprises comme tu disais tout à l'heure. Bonnes pour certains, horribles pour d'autres, commenta sur un ton faussement détaché notre veuf. Merci de ta franchise en tout cas.

— Je raccroche maintenant.

— Tu sais que tu peux compter sur moi si tu as besoin de quoi que ce soit. Bon courage…

Alain garda le téléphone en main pendant des secondes qui lui parurent une éternité. Qui était cet imposteur américain ? Depuis combien de temps durait leur histoire ? Anna était-elle fraîchement enceinte en courant ce marathon ? Il approchait du but et ne pouvait plus se carapater. Malgré son dernier courrier à Anna. Il pensa une fois encore à Philippidès et quitta d'un bond le canapé du salon.

Alain arpenta sa maison dans tous les sens. Histoire de calmer la colère qui l'emprisonnait depuis quelques minutes. Grâce à Muriel, maintenant il savait. Oui, Anna avait bel et bien un amant. Pire, elle voulait un enfant de lui. L'affront suprême pour Alain. Ce rêve qu'il avait caressé il y a plusieurs années avec sa femme. Ce rêve qu'elle lui avait toujours refusé. Anna avait donc décidé de l'offrir à un autre. Cet Amerloque rencontré à Marseille, dixit Muriel. Dans quelles conditions ? Il l'ignorait mais il allait trouver.

Pour la première fois depuis quatre jours, notre veuf voyait clair dans le jeu perfide de sa femme. Elle l'avait trahi depuis des mois pour un autre parce qu'elle ne l'aimait plus. Ce voyage à New York, ce marathon et ce désir d'enfant, c'était pour l'autre, pour cet inconnu. Elle ne lui avait rien laissé et s'apprêtait sans doute à le quitter. Son courrier inachevé constituait un premier pas…

Finalement, c'était peut-être mieux qu'elle n'ait jamais fini cette lettre, se dit Alain. Lui, l'homme des cavernes n'était pas par nature jaloux. Et c'est là qu'il avait sans doute pêché. En laissant toute liberté à sa femme, en se repliant sur lui-même, il avait creusé sa tombe. Bien sûr, il en voulait à sa femme et ressentait du dégoût devant une telle infamie. Mais il s'en voulait aussi à lui-même. Il s'était laissé berner comme un bleu, n'avait rien senti et avait laissé l'oiseau faire son nid ailleurs, à six mille kilomètres de là.

La nuit tombait déjà sur Bouc Bel Air et Alain ressentit un profond sentiment de solitude. Il voyait des étoiles car il était à bout de forces et n'avait pas avalé le moindre morceau depuis ce matin. Il se dirigea vers sa cuisine, mangea une pomme en deux secondes chrono. Il visualisa la journée de dingue qu'il venait de passer : Edmonde, Roger, Muriel, le bébé kidnappé, les flics, la libération. Jusqu'à cette dernière révélation. Ce secret vers lequel il courait depuis quatre jours. À en perdre haleine.

Alain s'ouvrit une bière et décrocha son téléphone. Il appela Edmonde pour savoir si elle connaissait l'existence de cet amant américain. Pas le moins du monde ! La vieille dame tomba même des nues et parut emmerdée pour lui. Dans cette épreuve, il avait au moins gagné le soutien de sa belle-mère. Alain passa sous silence le désir d'enfant d'Anna car il ne voulait pas l'achever. Il lui raconta en revanche l'amitié qu'elle avait nouée avec Muriel, leur mano à mano chez SOS Femmes et leur amitié indéfectible. Anna n'avait jamais parlé non plus de la jeune fille gothique à sa mère. Un secret de plus. La vie d'Anna était faite de cases qui ne communiquaient pas entre elles. Comme autant de mystères dont Anna était la seule à détenir la logique.

La conversation tourna court car Edmonde était fatiguée. Alain décela chez elle une profonde lassitude. Comme si plus grand-chose ne l'intéressait. La vieille dame ne lui posa aucune question, pas même sur son entrevue de la matinée avec Roger, l'amour raté de sa vie. C'était plus simple ainsi, pensa égoïstement Alain... À peine avait-il raccroché qu'il téléphona à nouveau. Son enquête continuait et il était hors de question qu'il passe la soirée seul...

Une heure plus tard, la sonnerie de la maison retentit. Alain se précipita, ravi de retrouver son frère, toujours fidèle au poste quand il avait besoin de lui. Il le serra chaleureusement dans ses bras, ce qu'il n'aurait jamais fait auparavant. Pierre ne fut pas vraiment abasourdi car il avait bien senti dans quel état comateux son cadet se trouvait lorsqu'il l'avait invité à dîner tout à l'heure.

— Viens avec moi dans la cuisine, j'étais en train de nous préparer un Ti Punch, proposa Alain à son frère. J'ai besoin d'un remontant ! Au bout du troisième verre de l'apéritif culte des Antilles, Pierre était à niveau sur les découvertes de son frère. Alain avait épanché sa soif mais surtout son irrépressible envie de raconter ses émotions du jour : les larmes d'Edmonde sur son amour caché, la ressemblance de Roger et de sa fille, la peur de se faire arrêter par la police, le désir d'enfant de sa femme et son amant américain...
Ce dernier sujet était le plus douloureux pour Alain.

— Tu te rends compte. D'abord je perds ma femme que j'aimais plus que tout au monde. D'une crise cardiaque dans une course qu'elle m'avait cachée. Le choc est brutal, commenta-t-il. Quatre jours plus tard, je découvre non seulement qu'elle avait un "jules" mais aussi qu'elle voulait un gosse. C'est la descente aux enfers...

— Je ne peux pas te dire le contraire, réagit sobrement Pierre.
Les deux compères commençaient à ressentir l'effet de leurs rhums successifs, bus bien trop rapidement. Ils en étaient à leur deuxième paquet de chips. Alain fila à la cuisine et revint avec un chorizo qu'il découpa à la va-vite. Pierre se demanda s'il n'avait pas pleuré en cachette.

— Qu'est-ce qui peut m'arriver maintenant : apprendre qu'Anna était déjà enceinte, s'agaça notre veuf !

— Je ne crois pas Frérot. Elle n'aurait pas pris le départ du marathon tout de même, tenta de le rassurer Pierre.

— Tu sais, avec elle, je m'attends à tout désormais. Elle me poignarde sans cesse et je me demande si cela va s'arrêter un jour. J'en peux plus, Pierrot.

Il se mit à pleurer à visage découvert cette fois. La colère retombait. Son aîné le serra dans ses bras et dut se faire violence pour ne pas craquer à son tour.

— Pleure, pleure... Tu en as besoin, tout ça, c'est trop lourd à porter. Heureusement, tu n'es pas seul. Heureusement, tu m'as appelé.

— Je n'oublierai jamais tout ce que tu fais pour moi en ce moment, Pierrot. Merci.

Cette fois, Pierre tressaillit à son tour. Ses yeux s'embuèrent mais il réussit à se maîtriser, parfait dans son rôle d'aîné auquel il attachait une grande importance.

— Je m'y attendais depuis hier mais maintenant c'est clair : Anna ne m'aimait plus. Elle allait me plaquer. J'aurais vécu l'enfer de toute façon…

— Ne te torture pas, Frérot. Tu voulais savoir et tu avais raison. Le pire, c'est le non-dit, les secrets, les cadavres dans le placard. Tu les as tous déterrés…

— Je me demande si je n'aurais pas dû fermer les yeux. Faire mon deuil, ne garder que le meilleur, idéaliser Anna pour toujours…

— Non Alain, excuse-moi mais tu te trompes. J'admire ton courage, ta persévérance. Tu n'as rien lâché car tu sentais justement qu'il y avait trop d'incohérences dans cette affaire. Tu es allé au bout et tu vas pouvoir commencer maintenant ton travail de deuil.

— C'est ce que m'ont dit les flics tout à l'heure, ricana nerveusement Alain.

— Et ils ont eu raison, répondit dans un sourire Pierre, en adressant un clin d'œil complice à son cadet.

Malgré l'alcool, aucun des deux frères ne perdait pied. Le chorizo était déjà quasiment terminé.

— Tu veux que je te dise, enchaîna le veuf. Tu veux que je te dise, répéta-t-il, comme s'il attendait un signe de son frangin.

— Oui, je t'écoute…

— Pour la première fois de ma vie, je suis jaloux. Je n'arrête pas de penser à cet Amerloque, dont je ne sais rien.

— Oublie-le, il n'a plus aucune importance aujourd'hui. Anna est morte et il ne se passera plus rien maintenant.

— Pas question ! Je dois savoir, s'énerva subitement Alain.

— Mais savoir quoi, riposta Pierre. Tu avais dit que tu arrêtais tout. Que veux-tu apprendre de plus, comment il s'appelle, ce qu'il fait dans la vie ?

— Je veux savoir pourquoi Anna est tombée amoureuse de lui et surtout pourquoi elle voulait un enfant, répondit Alain sur un ton glacial.

— Ok, j'ai compris. Tu veux donc aller au bout de cette sordide histoire. Quel qu'en soit le prix. Au péril de ta santé et de ton mental…

— Tout à fait. Vivre sans réponse à ces questions est impossible. Mon travail de deuil en dépend.

— Tu n'as pas peur de t'abîmer un peu plus ? Tu me fais peur Alain, je te le dis franchement.

— Je verrai bien mais ma survie est à ce prix. La preuve, je n'ai jamais été jaloux de ma vie et depuis que Muriel a gaffé, je n'ai qu'une envie : rencontrer cet Américain, le défier, le pousser dans ses retranchements. Qu'il avoue ce que ma femme m'a délibérément caché, que toute la lumière soit faite. Enfin…

— Tu ne crains pas ce face à face, tu es sûr que tu pourras affronter ce moment ?

— Je veux lui montrer que personne ne peut aimer plus Anna que moi, lui dire ce que je n'ai pas su dire à mon épouse, fermer la plaie en mettant des mots, mes mots, ceux d'un homme blessé mais coupable également.

— Mais tu n'as rien à te reprocher. C'est Anna qui t'a trahi de A à Z, sans le moindre remords. Elle n'a rien assumé et n'a pas su jouer cartes sur table en l'occurrence.

— Parfois, je me dis qu'elle a voulu m'épargner. Même si je suis un taiseux, elle savait ce que j'éprouvais pour elle. Me quitter n'était peut-être pas aussi facile après tout…

— Écoute Frérot, ne te berce pas d'illusion non plus. Je crois surtout qu'Anna a été lâche. Elle s'apprêtait à tout te dire à son retour des States. Point final !

— Tu as sans doute raison mais je veux en avoir le cœur net. Achevons notre enquête pour savoir…

— D'accord, d'accord ! Même si je ne partage pas ton obsession, je suis ton homme. Qu'est-ce qu'on fait alors ?

— C'est là que ça se gâte ! Il ne suffit pas de vouloir rencontrer l'amant, il faut le débusquer. Car ne rêvons pas, il ne va pas nous aider…

— Tu es sûr que Muriel n'en sait pas plus ?

— Sûr et certain, elle me l'a juré, je la crois. C'est peut-être une fille paumée et fragile mais c'est une fille de parole.

— Dommage, on aurait gagné du temps !

— Et la libertine, toujours aucune nouvelle ?

— Eh non, elle ne répond jamais à mes tweets, tu penses bien.

— Tu as essayé de te désaper, cela pourrait aider, plaisanta Alain !

— Arrête tes conneries, je veux t'aider mais pas au péril de mon corps !

— J'ai un pressentiment depuis que j'ai découvert l'existence de l'amoureux Ricain.

— Le coach et l'amant ne font qu'un !

— Tout juste Pierrot. Tu es d'accord aussi ?

— Ça semble logique en tout cas. C'est tout de même bizarre que personne ne connaisse ce coach. Comme si Anna voulait le cacher…

— Comme si elle avait quelque chose à se reprocher…

— Si tu veux, on peut à nouveau regarder les tweets émis et reçus par Anna. Qui sait, on a peut-être laissé passer quelque chose la première fois.

— Excellente idée.

Pierre sortit instantanément son téléphone portable. Trois secondes plus tard, ils étaient assis côte à côte sur le canapé du salon. À inspecter dans le détail le compte "Paroles, paroles". Les deux compères ne virent pas la moindre trace d'un Américain, même pas un marathonien. Anna avait multiplié les échanges avec des coureurs français. Elle relayait également les forums spécialisés consacrés à la course à pied en général. Alain reconnut celui où il avait déniché le témoignage de cette Française sur la course de New York. Il se promit de le poursuivre car, elle aussi, approchait de son but et la pression montait ! Pierre continuait de balayer frénétiquement la liste des tweets d'Anna et tomba à nouveau sur des échanges avec la libertine. Mais point d'amant à l'horizon !

— Mais putain, il est où ce con, s'écria Alain, histoire de briser le sérieux de la recherche ?

— Planqué en "DM", c'est sûr !

— Je te rappelle que tu t'adresses à un non initié, mon cher frère !

— Les "DM", ce sont les messages directs que deux abonnés peuvent s'adresser.

— Ah oui, tu m'en avais parlé l'autre jour, cela me revient. Et ces messages sont cachés.

— Oui, il n'y a que les deux abonnés qui peuvent les voir. Ils ne sont pas sur le fil des tweets mais dans un espace réservé aux messages privés.

— T'as raison, c'est sûr qu'ils communiquaient ainsi tous les deux. On est coincé pour le moment...

— Il nous reste la libertine, rebondit Pierre, motivé comme jamais.

— On a déjà regardé, c'est foutu aussi de ce côté-là, réagit Alain de plus en plus désespéré...

— Attends, on va quand même voir ce qu'elle a trafiqué depuis quatre jours. On ne sait jamais, cela peut nous donner un indice.

— Tu sais que tu es un enquêteur hors pair. Je t'embauche pour tout ce qui touche aux nouvelles technologies. Tu seras mon monsieur Communication et Réseau, réussit à plaisanter Alain !

— Le poste me convient mais en l'occurrence, je sèche.

— Pourquoi ?

— Parce que la libertine n'a pas donné signe de vie depuis quatre jours !

— Merde, on est poissards tous les deux ce soir, constata Alain !

— Comme tu dis. Tu ne trouves pas ça bizarre ?

— Bizarre, non pas spécialement. Elle a le droit d'oublier Twitter, ce n'est pas un crime monsieur Communication et Réseau !

— Sauf que monsieur Communication et Réseau a constaté que la dite libertine ne passe jamais un jour sans tweeter. C'est une accro au petit oisillon bleu !

— Une accro au sexe surtout !

— Peut-être aussi ! Mais alors pourquoi ce silence ?

— Mais j'en sais rien Pierrot, c'est son problème, ce n'est pas le mien.

— Depuis quatre jours Frérot. Rien. Pas un message, aucune photo coquine ni aucune aventure. Rien de rien. Silence radio...

— Tu ne ferais pas une fixation sur la libertine, toi, par hasard ? se moqua Alain.

— C'est pas normal, je t'assure. Cette nana passe ses nuits sur Twitter. Une vraie "addict".

— Elle a le droit d'avoir des problèmes comme tout le monde, tu ne crois pas ?

Pierre se leva soudainement et fit un saut de cabri dans le salon !

— Mais oui bien sûr, t'as raison, elle a eu un gros problème et a arrêté ses activités occultes !

— C'est-à-dire, je ne te suis pas.

— C'est simple pourtant. Ta remarque m'a ouvert les yeux ! La libertine a perdu sa meilleure amie.

— Sa meilleure amie ?

— Oui, Anna si tu préfères !

— Anna ?

— Mais Alain, la libertine, c'est ta grande amie Béatrix, c'est évident. Je ne comprends même pas qu'on n'y ait pas pensé avant, s'excita Pierre, trop content de sa découverte.

— Oh là, on voit que tu ne connais pas Béatrix, toi. Elle n'a vraiment pas le profil d'une coquine qui aime se dénuder sur Twitter !

— Que tu crois, que tu crois. Il faut toujours se méfier de l'eau qui dort !

— Béatrix serait libertine à ses heures perdues, entre deux photos. J'ai vraiment du mal à y croire, tu sais.

— J'en suis certain. Fais confiance à mon instinct. Tu disais toi-même que tu ne voyais pas du tout ce que ta femme pouvait fabriquer à échanger avec la libertine. Tu as la réponse !

— Là, tu marques un point mais j'ai quand même un gros doute. Béatrix est coincée comme pas deux, je t'assure !

— Mais justement, sur Twitter, elle ne prend aucun risque. Nous sommes dans le domaine du virtuel. Elle peut se procurer des sensations fortes sans la moindre peur.

— Plausible, plausible, ton analyse Pierrot.

— Tu sais ce qui te reste à faire maintenant. L'appeler !

— Je l'ai vue pas plus tard qu'hier soir, figure-toi, dans un bistrot à Marseille.

— Je sais, tu me l'as dit au téléphone après l'avoir quittée !

— Oui, excuse-moi, je débloque. Tout va trop vite depuis quatre jours.

— Mais tu ne m'as pas raconté votre conversation ?

— Une catastrophe ! On s'est engueulé. Elle m'a reproché de retourner la merde et s'est barrée en me laissant là comme un malpropre avec mes doutes et mes interrogations. C'est mort entre nous !

— Sauf que depuis, tu as découvert qu'Anna avait un amant, qu'elle voulait un enfant et surtout tu sais qui se cache derrière la libertine !

— J'aime ton optimisme. S'il s'agit de la libertine comme tu le penses, elle niera en bloc. On voit que tu ne la connais pas : cette fille est un roc !

— Fais confiance à ton conseiller Communication et Réseau...

Pierre tendit son téléphone à Alain pour qu'il appelle la meilleure amie, celle qui en savait trop pour tout garder en elle. Celle qui allait peut-être se trouver démasquée. Alain se mit à ricaner comme un idiot.

— Qu'est ce qu'il y a, demanda Pierre ?

— La dernière fois que je l'ai appelée, j'ai utilisé le mobile d'Anna. Pour être sûr qu'elle me réponde. C'était diabolique, elle n'a pas apprécié.

— Je la comprends ! Comme quoi, tu sais y faire. À toi de jouer Frérot.

Alain rendit à son frère son téléphone et sortit de ses poches les deux téléphones qui ne le quittaient plus : le sien et celui de sa femme. Cette fois, il choisit d'utiliser son mobile personnel. Histoire de ne pas brusquer Béatrix d'entrée de jeu.

Elle décrocha rapidement à sa grande surprise.

— Bonjour Béatrix, navré de te déranger aussi tard, c'est Alain.

— Oui, en effet il est tard. Qu'est-ce que tu me veux encore ?

— Écoute, je voulais m'excuser pour hier soir, j'ai été maladroit avec toi. Je comprends que tu ne veuilles pas trahir Anna. À ta place, je ferais pareil, ajouta Alain avec toute la mauvaise foi dont il était capable.

— Tu ne m'appelles pas pour t'excuser. Je t'écoute. Va droit au but !

— En fait, j'ai découvert qu'Anna avait un amant aux États-Unis et qu'elle voulait un enfant.

— ...

— Béatrix, tu m'entends ?

— Mais comment as-tu fait pour savoir ? Cela aurait dû rester secret pour toujours, balbutia Béatrix, manifestement surprise.

— Je me débrouille pas trop mal en tant qu'enquêteur. J'ai la chance d'être aidé par mon frère... Il est à mes côtés d'ailleurs.

— Tu veux qu'on se voie, proposa Béatrix. Maintenant que tu sais, c'est différent...

— Oui, merci Béatrix. Je te dirai tout ce que je sais. Tu vas peut-être apprendre des choses au passage.

— Qui sait, Anna était tellement mystérieuse.

— Comme tu dis ! Je peux te voir demain matin si c'est possible pour toi ?

— Non tout de suite si tu veux, à condition que tu viennes chez moi.

— Pas de problème, acquiesça Alain qui n'en croyait pas ses oreilles. Le temps de saluer mon frère et j'arrive.

— Tu peux venir avec lui si tu veux. Puisqu'il enquête avec toi !

Alain raccrocha en se demandant s'il avait rêvé. Son frère le regarda et lui tapa sur l'épaule.

— Allez Frérot, en route. Nous sommes invités chez la libertine. Cela ne se refuse pas !

Trois-quarts d'heure plus tard, les deux détectives arrivaient au pied de l'immeuble où habitait Béatrix. Au cœur de Marseille. Ils avaient réussi leur coup ensemble et n'avaient pas perdu une seconde pour rejoindre la meilleure amie d'Anna. Tous deux savaient qu'elle devait les conduire vers l'amant de New York et faire peut-être son "coming out" de libertine !

Ce rendez-vous était décisif pour Alain. Rien que d'y penser, il avait des fourmis dans les jambes. Pierre l'invita à la retenue, en bon professionnel de la communication qu'il était. Ils montèrent, d'un pas soutenu, au quatrième étage. Alain sonna à la porte de Béatrix, espérant qu'elle ne s'était pas foutue de lui au téléphone. Elle ouvrit immédiatement, malgré l'heure tardive. Pas de doute, la meilleure amie d'Anna les attendait.

Les deux frères entrèrent aussitôt. La lumière était tamisée et le décor intime. Il y avait des poufs disséminés un peu partout dans le vaste salon de l'appartement, des bougeoirs allumés dans chaque recoin et une forte odeur d'encens. Le visiteur pouvait avoir le sentiment de pénétrer dans un lupanar ! Béatrix portait un déshabillé en soie rouge, plutôt décolleté. Pierre jeta un regard malicieux à son cadet, façon de lui dire que son pressentiment sur la libertine ne devait pas être erroné. Alain pensa qu'il n'avait jamais vu Béatrix dans un tel accoutrement. L'image dénotait avec ce qu'elle affichait habituellement. Pas plus tard qu'hier lorsqu'il l'avait vue dans ce bistrot marseillais…

Les deux "ennemis" s'embrassèrent, un peu plus chaleureusement que la veille et Alain présenta avec un immense plaisir son frère aîné.

— C'est donc vous qui épaulez Alain, lui glissa Béatrix. On a toujours besoin d'un proche, surtout dans les moments les plus terribles de l'existence…

— Merci, c'est gentil, répondit Pierre, un peu gêné par le compliment.

— Heureusement qu'il est là, tu sais, enchaîna Alain. Depuis quatre jours, je me débats tout seul. Il a toujours été là quand je l'ai appelé au secours… Ce qui m'arrive souvent ces derniers temps.

— Je m'en doute, je m'en doute, répéta Béatrix.

— En tout cas, merci à toi de nous avoir reçus tout de suite. Il est tard…

— Oh, tu sais, je ne suis pas une grande dormeuse. Je travaille souvent la nuit, je bricole…

Cette fois, c'est Alain qui dévisagea son frère… Béatrix leur demanda ce qu'ils voulaient boire. Ils prirent tous les deux une bière. La photographe s'absenta quelques secondes.

— Je te laisse causer, glissa tout doucement Pierre à son frère, en lui adressant un clin d'œil de conquérant, sûr de son fait…

Béatrix revint avec trois bières à la main, sans verre. Ils burent au goulot en même temps. Alain brisa le silence en premier.

— J'ai donc découvert cet après midi qu'Anna avait un amant américain et qu'elle voulait un enfant… de lui j'imagine !

— Mais comment tu l'as su ?

— Par une très bonne amie d'Anna, plus bavarde que toi, gaffeuse surtout, avoua dans un sourire Alain.

— Muriel, j'imagine !

— Tout juste. Je vois que tu sais tout…

— Pas tout, du moins je l'espère ! Mais tu te doutes bien qu'Anna me racontait sa vie officielle et moins officielle…

— Je n'aurais jamais cru que sa vie moins officielle revêtait autant d'importance, regretta, dépité, Alain.

— C'est sûr, reconnut la meilleure amie. Voilà pourquoi je me suis tue hier quand tu m'as harcelée de questions. On n'a jamais été proche tous les deux mais je n'avais aucun raison de te voir souffrir davantage.

— D'où ta colère…

— Bien sûr, je voulais t'éviter d'apprendre cette relation… extra-conjugale. À partir du moment où Anna est morte…

— C'est cruel et insupportable. Comment ma propre femme a pu me faire un truc pareil ? Sans m'alerter une seule fois, me mettre en garde sur son éloignement, ni évoquer sa rencontre avec ce Ricain et son désir d'enfant…

Alain eut des sanglots dans la voix en terminant sa phrase et pour la première fois, il lut de la compassion dans le regard de Béatrix. Pierre tapota l'épaule de son cadet, bien décidé à ne pas interférer dans leur conversation.

— Quand je vous vois ensemble, je réalise ce que j'ai perdu, réagit Béatrix, émue à son tour. Nous étions Anna et moi filles uniques, on vivait comme deux sœurs…

— C'est ce qu'Anna m'avait dit un jour en parlant de toi, confia Alain. Je comprends mieux maintenant pourquoi tu n'étais pas à l'aise avec moi, les rares fois où l'on se croisait à Bouc Bel Air...

— Je ne peux pas te dire le contraire, je mentirai et je n'ai plus aucune raison de le faire maintenant que tu sais l'essentiel...

— Cette histoire, ce bébé...

— Qu'est-ce que t'a dit Muriel exactement ?

— Le minimum, aucun détail. Je ne sais pas comment s'appelle ce type, ce qu'il fait, comment ils se sont rencontrés...

— Je t'ai demandé de venir tout de suite parce que j'imagine bien ce que tu endures... Quels que soient les reproches qu'Anna te faisait, tu ne mérites pas un tel châtiment... à posteriori. Tu as maintenant le droit de savoir.

— Le besoin vital de savoir pour faire mon deuil en toute connaissance de cause, rectifia Alain.

— Voilà ce que je sais : tous les deux se sont rencontrés il y a six mois. Ici à Marseille. Il était en vacances dans le coin. Ils ont fait connaissance par hasard dans la rue, vers la Place Castellane...

— Pas très loin de SOS Femmes...

— Oui, sans doute. Il cherchait son chemin, est tombé sur Anna. Ils se sont parlés d'abord en français puis en anglais. Par chance, ou par malchance pour toi, ils sont bilingues, ce qui a facilité l'échange. Le touriste est tombé sous le charme tout de suite et...

— Anna aussi..., compléta à regret Alain.

— Tout à fait. Ils sont allés boire un verre ensemble dans un café en terrasse sur la place Castellane... et leur coup de foudre a commencé là...

Alain encaissa ce début de témoignage, pensa aux deux whiskys qu'il s'était enfilé sur cette même place, pas plus tard qu'hier, en sortant de chez SOS Femmes. Curieuse et cruelle coïncidence...

— Et ensuite, questionna le veuf meurtri ?

— Il est resté une semaine avec elle à Marseille. Tout est allé très vite...

— Anna avait oublié qu'elle était mariée sans doute, s'insurgea Alain.

— Non, non, je t'assure...

— Ne te fous pas de moi s'il te plaît, s'agaça Alain, de plus en plus à vif.

— Je ne me fous pas de toi ! Ce que je veux dire, c'est qu'Anna ne cherchait pas une aventure. Elle était mariée avec toi et pas malheureuse du tout, du moins le croyait-elle. Elle se plaignait de toi de temps en temps, de ton caractère, ton manque d'attention, du fait que tu te noyais dans ton boulot… Mais quelle femme n'en fait pas de même après tant d'années de vie commune.

— Si seulement tu pouvais avoir raison !

— Mais j'ai raison Alain, tu peux me croire. Ta femme était indépendante mais pas volage. À ma connaissance, elle ne t'avait jamais trompé. Mais elle est tombée amoureuse, d'un seul coup d'un seul ! À l'orée de la quarantaine, un moment charnière. Si elle n'avait pas croisé ce type, vous seriez…

— …Encore ensemble. La vie est mal faite putain, ironisa Alain, ce qui déclencha un rire jaune chez Pierre.

L'aîné ne perdait pas une miette des révélations de Béatrix. La confidente but une gorgée de bière, jeta un regard vers la fratrie puis poursuivit le récit de cette aventure.

— Il est reparti dans son pays et Anna dans votre maison. L'histoire aurait pu s'arrêter là mais il n'en a rien été. Ils ont continué leurs échanges à distance, des dizaines de fois par jour. C'était compulsif ! Les deux amants ont même réussi à se voir en coup de vent à plusieurs reprises je crois...

— Un couple ne peut se contenter d'échanges virtuels, constata amèrement le mari trompé…

— Un jour Anna a appris qu'elle était invitée par sa boîte aux États-Unis. Un coup de chance pour eux deux…

— Je dirai un coup du sort, si tu me le permets.

— L'histoire te donne raison en effet ! Lorsque son amoureux a réalisé qu'elle venait durant le marathon, il lui a proposé ce projet fou : participer ensemble à la course. Anna s'est mise au jogging comme une dingue, dans le parc de Bouc Bel Air comme tu le sais…

— Entraînée par son amant à distance !

— Oui, ce fameux coach que tu cherchais partout…

— Il s'appelle comment ce coach amoureux fou ?

— Vince Lewis. C'est un journaliste sportif assez connu aux États-Unis. Il avait défrayé la chronique il y a une vingtaine d'années…

— Ah bon, pourquoi ?

— C'était un nageur d'excellent niveau en équipe espoirs des États-Unis. Il avait tout pour lui : grand, musclé, beau gosse et surtout très fort d'après ce que m'a raconté Anna. Sauf qu'il s'est fait gauler pour dopage. À l'époque, cela avait fait pas mal jaser là-bas au pays de l'oncle Sam. Sa carrière s'est arrêtée là !

— Pas très propre propre dis-moi le coach, s'amusa Alain.

— Son nom me dit vaguement quelque chose, intervint Pierre, le monsieur Communication et Réseau.

— Depuis il a fait une belle carrière de journaliste sportif à la télé… Il commente en direct tous les grands événements, y compris le tour de France. C'est grâce à la course cycliste qu'il a découvert la France et… Marseille !

— Dommage, vraiment dommage, ajouta Alain. Je n'ai jamais aimé le sport, le vélo en particulier ! Il vit à New York j'imagine l'étalon dopé ?

— Oui bien sûr et il adore le marathon en particulier…

— Oh putain, quel con, ne parvint à se contenir Alain, de plus en plus tendu à mesure que le témoignage de Béatrix progressait.

— Tu comprends mieux maintenant pourquoi ta femme ne t'a jamais parlé de son marathon, de son coach, de ses entraînements à Bouc Bel Air, de son boulot à mi-temps…

— C'est sûr qu'elle avait tout son temps pour s'entraîner tranquillement et discuter avec son coach. Mais elle n'en avait pas ras le bol de ces footings à répétition. Tu te rends compte : quatre fois par semaine, d'après ce que m'a raconté un type qui la croisait à Bouc Bel Air !

— À la fin, je crois qu'elle était crevée par le programme de son amant coach. Elle m'avait confié un jour qu'elle était de plus en plus souvent essoufflée. L'image m'avait fait sourire !

— Elle pouvait être lessivée au vu de ses séances de torture. C'est un truc de malade, il faut aimer souffrir pour s'attaquer à un marathon. Je me suis documenté, je découvre plein de trucs, j'ai même trouvé le témoignage d'une coureuse française qui détaille son premier marathon de New York.

— Ça doit te faire bizarre ?

— Oui, j'ai l'impression d'être à côté d'Anna pendant sa course. Sauf qu'elle était avec Vince et n'en avait rien à foutre de ma pomme ! Mais au fait, ça veut dire qu'il était là quand elle a fait sa crise cardiaque ?

— Oui, j'imagine, j'imagine. Je ne lui ai jamais parlé ni avant, ni depuis tu t'en doutes. Je ne le connais pas…

— Il faut que je lui cause !

— Il est sur Twitter bien sûr mais je ne crois pas qu'il voudra te parler, confia avec malice la meilleure amie.

— Non seulement Anna s'est mise au marathon pour ses beaux yeux mais en plus elle voulait un gosse avec lui. Elle le connaissait depuis seulement six mois, je n'y comprends rien Béatrix…

— Pour être honnête, j'ai été surprise aussi quand elle m'en a parlé. Je lui avais dit de bien réfléchir à tout ce que cela entraînerait.

— Pour moi notamment, pour notre couple, notre histoire…

— Oui, on en a discuté…

— Et alors, elle s'en foutait ?

— Non, elle hésitait je pense. Faire un gosse à quarante ans avec un Américain rencontré six mois plus tôt, il y avait de quoi se poser des questions.

— Sauf qu'Anna a toujours eu un côté fonceuse, sûre de son fait…

— C'est vrai aussi…

— Tu sais Béatrix, je suis écœuré par toutes ces trahisons. Le pire, c'est cette envie de mouflet. Elle m'avait toujours dit niet pour créer notre petite famille. Elle était soi-disant trop indépendante, attachée à sa liberté. Depuis j'ai découvert aussi le secret de son passé familial. Inconsciemment, cela a dû jouer dans son refus. Sa mère a tellement souffert, j'ai même rencontré le vrai père d'Anna…

— Elle l'avait à peine évoqué, c'était très douloureux. Anna lui avait écrit sans trop savoir si elle voulait le voir.

— J'ai lu sa lettre quand j'ai vu Roger, son père…

— Tu n'arrêtes pas toi, je comprends que tu sois à bout !

— On peut le dire ! Maintenant je me demande si sa décision d'avoir un enfant avec ce Vince avait un rapport avec la découverte de sa véritable histoire familiale…

— Honnêtement je n'en sais rien, on n'en avait pas parlé toutes les deux.

— En tout cas, elle voulait me plaquer. Et elle avait commencé à me l'écrire. Je me serais retrouvé seul comme aujourd'hui.

— Tu ne peux pas dire ça Alain, affirma Béatrix.

— N'essaie pas de me ménager. C'est évident, répliqua Alain.

— Franchement non ! Je peux te jurer qu'Anna ne m'en a jamais parlé aussi explicitement que tu le dis. Elle était tentée, Vince bien sûr la poussait en ce sens…

— Tu m'étonnes, il jouait sa carte l'enfoiré !

— Mais à mon avis, Anna n'avait pas arrêté sa décision, tu pesais dans la balance bien sûr.

— Certainement en raison de ma bedaine ! Je plaisante mais je n'ai pas le cœur à rire. Tous les signaux envoyés par Anna depuis sa mort vont dans le même sens Béatrix. Elle avait tiré un trait sur notre histoire, j'en ai acquis la conviction même si j'en souffre comme un malade…

— Ne sois pas si péremptoire, la vie n'est pas blanche ou noire, nous avons tous nos zones d'ombre…

Alain et Pierre se regardèrent rapidement. L'occasion était trop belle de s'engouffrer dans la brèche ouverte par la meilleure amie d'Anna…

— Merci de ton soutien et de ta liberté de parole Béatrix. Ton rôle n'est pas évident dans cette affaire. Nous ne nous étions jamais parlés avec autant de franchise…

— Rends-toi compte… Avec Anna, on s'est rencontrées lorsque nous étions étudiantes. Dans une autre vie ou presque ! Je n'arrive pas à me remettre de sa mort, elle me manque tellement...

Béatrix marqua un temps d'arrêt car sa gorge se serrait. La photographe qu'Alain avait toujours trouvée si froide, presque transparente, fendait l'armure. Alain ne l'interrompit pas.

— Pas une journée ne passait sans qu'on se téléphone, qu'on s'envoie des messages ou qu'on se voie. Je n'avais aucun secret pour elle, c'était ma confidente, mon soutien, mon conseil, ma seconde peau.

— Tu n'es pas si timide que tu en as l'air ! Voilà ce que me disait souvent Anna à ton sujet…

— …

— Je peux te poser une question personnelle ?

— Essaie, on verra !

— Hier, tu m'as dit que tu n'utilisais pas Twitter. Mais honnêtement avec Pierre, nous avons un gros doute…

— Pourtant je n'ai pas de compte, je t'assure.

— Pas de compte… officiel pour reprendre ton expression de tout à l'heure. Mais peut-être un compte… occulte ?

— À quoi vous pensez tous les deux ? demanda-t-elle aux inséparables frangins.

— En fait, c'est Pierre qui a eu la puce à l'oreille. Anna échangeait tout le temps avec une femme qui s'affiche libertine. Elle n'a jamais répondu à nos messages depuis la mort d'Anna. Mais surtout elle a cessé toute activité.

— C'est sans doute trop douloureux pour elle, avoua à demi-mot Béatrix.

— En fouillant dans les tweets envoyés par ma femme à cette grande amie, j'ai été frappé par celui-ci : "J'aime ta perversité et ton double jeu chère libertine".

— Comme je te le disais, nous avons tous nos zones d'ombre…

— Et cette face cachée d'exhibitionniste, Anna était la seule au monde à la connaître.

— C'est possible ! Avec Twitter, on peut s'amuser en photo et la photo, c'est mon métier…

— Comme je te comprends et je suis sûr qu'Anna devait bien rigoler avec cette libertine de la nuit.

— Une seconde vie !

— Une seconde vie, oui comme tu dis ! N'est-ce pas ce dont rêvait Anna finalement ?

— Peut-être, peut-être, mais ne te torture pas.

— C'est ce que je lui dis tout le temps, sortit de son silence Pierre.

— Tu devrais nous écouter, compléta Béatrix. Maintenant qu'Anna n'est plus là, tu ne pourras jamais savoir ce qu'elle avait dans le ventre. En plus, elle était tellement complexe.

— Anna cloisonnait tout, avec des secrets pour chacun. Je me demande comment elle faisait pour ne pas s'y perdre.

— Je me suis souvent fait cette réflexion aussi !

— Quand tu m'as envoyé balader hier soir, tu m'as dit que j'aurais dû me réveiller plus tôt. Je suis convaincu que tu as raison.

— Maintenant je te trouve très réveillé en tout cas !

— Mon enquête touche à sa fin de toute façon. Nous allons te laisser. Merci encore. Grâce à toi, je connais l'existence de ce Vince Lewis et un bout de leur passion avec Anna.

— Qu'est-ce que tu vas faire maintenant ?

— Aller me coucher pour être en forme demain !

— Très sage décision. Et demain repos alors !

— Je me reposerai dans l'avion !

Béatrix et Pierre écarquillèrent de grands yeux et s'exclamèrent tous les deux en même temps :

— Dans l'avion ?

Alain sourit et son visage exprima une sérénité qui l'avait abandonné depuis quatre jours.

— Demain, je pars pour New York ! J'ai rendez-vous avec Vince Lewis…

210

Le cinquième jour

Alain n'avait pas hésité une seconde dès les révélations de Béatrix sur cette frénétique passion. Il devait surprendre Vince Lewis en le rencontrant à New York. L'enquêteur fou avait ri dans sa barbe en voyant la mine déconfite de la libertine et de son frère. Il aurait tout le temps de se reposer une fois sa mission achevée !

L'avion était rempli aux deux tiers et son arrivée à l'aéroport Kennedy était programmée dans quatre heures, calcula le mari meurtri. Aidé par Pierre, familier des voyages de dernière minute, il avait d'abord pris le premier avion pour Orly au départ de Marignane. C'est son frangin qui l'avait déposé à l'aéroport. Même s'il ne le soutenait pas dans son entêtement à traquer Anna, le monsieur Communication et Réseau avait proposé à Alain de lui tenir compagnie. Trop fou le frangin et solidaire jusqu'au bout ! Mais le cadet avait préféré décliner la proposition même si son frère, bilingue et fin connaisseur de New York, lui aurait été d'un grand secours. Pas de doute : Alain voulait être seul pour défier l'amant de sa femme.

Le veuf avait ensuite rejoint Roissy en taxi pour prendre son avion américain. Il n'avait bien sûr pas fermé l'œil de la nuit dans sa vaste chambre de Bouc Bel Air. Lui, d'ordinaire casanier et attentiste, se surprenait en prenant toutes ces initiatives. Mais il jouait sa dernière cartouche, la plus décisive. Béatrix lui avait affirmé hier soir, dans son appartement feutré, qu'Anna n'avait pas tranché son dilemme sentimental. Alain était convaincu du contraire et comptait sur son tête-à-tête impromptu avec Vince pour connaître les dernières volontés de son épouse.

Il avait passé toute sa nuit provençale à chercher des informations sur le journaliste sportif. L'animal était en effet assez connu et Alain n'avait eu aucun mal à trouver ce qu'il cherchait en priorité : sa photo ! Le type était beau gosse, grand, blond aux yeux clairs, un côté baroudeur et charmeur à la Robert Redford. Pas étonnant qu'Alain n'ait pas pesé lourd dans la balance et que sa Dalida ait craqué aussi vite. L'ancien nageur, homme de télé, savait sans doute manier les mots et les images. Et faire tourner les têtes. Anna avait en tout cas perdu la raison à la vitesse du son aux dires de Béatrix. Tout s'était sans doute joué lors de cette première semaine d'idylle du côté de Marseille...

Si Alain avait continué d'idéaliser son épouse malgré le poids des années, elle avait pris un autre chemin en choisissant d'écarter son mari de sa vie. Petit à petit, insidieusement, sans qu'il ne se doute de rien. En le trahissant chaque jour sur son emploi du temps, son boulot, ses déplacements, ses activités militantes, ses rencontres... En rêvant d'un enfant avec son amant, trahison suprême qu'Alain ne digérait pas.

Le dit amant était bien journaliste sportif pour la chaîne de télé NBC Sports. D'après ce qu'avait trouvé Alain, il commentait en direct et en différé de nombreux événements sportifs en particulier les matchs de football américain, de hockey sur glace et de basket. La chaîne avait acquis les droits de retransmission du Tour de France depuis plusieurs années, ce qui venait confirmer les propos de Béatrix... Elle appartenait au groupe NBC, la plus ancienne chaîne de télévision américaine. Leurs locaux se situaient dans le "General Electric Building", plus communément appelé "GE Building". C'était ni plus ni moins le gratte-ciel le plus élevé du Rockefeller center, l'un des centres d'affaires les plus connus de Manhattan, avait découvert Alain. Il ne connaissait pas cette tour mais avait noté scrupuleusement l'adresse et échafaudé patiemment son plan au cœur de la nuit.

Pour notre enquêteur, la donne était simple : il n'avait aucune chance de voir Vince s'il lui demandait un rendez-vous. Alain se posterait donc en bas de l'imposant building qui abritait le siège de NBC, en espérant tomber nez à nez avec l'amant de sa femme. C'était sa seule chance de parvenir à ses fins et comme d'habitude il allait la tenter à fond.

En fouinant sur le Net, Alain avait découvert le compte Twitter du journaliste américain, suivi par plus de 50 000 abonnés. L'amant publiait régulièrement sur le réseau, Alain le suivrait donc à la trace. Sans surprise, l'étalon dopé avait indiqué qu'il courait le marathon de New York mais n'en avait plus parlé après la course. Tristement normal. Alain avait vérifié sur le site officiel de la course : Vince était inscrit mais n'avait pas franchi la ligne d'arrivée...

Alain aurait bien aimé dormir dans cet avion mais il n'y parvenait pas tant son cerveau était en ébullition. Il reprit donc sa lecture des épisodes du marathon américain de la coureuse française. Plus les kilomètres défilaient, plus elle souffrait. Elle sentait qu'elle approchait de son but mais l'arrivée semblait encore bien loin.

Alain fit un parallèle entre ce récit palpitant et sa propre quête. Dans quelques heures, il foulerait pour la première fois de sa vie le sol de New York. Cette ville mythique ne l'avait jamais spécialement attiré, contrairement à sa femme qui en avait des trémolos dans la voix à l'idée de s'y rendre. Le quinquagénaire comprenait mieux pourquoi aujourd'hui !

Alain regarda au travers du hublot. Mer de nuage et calme. Il imagina Anna assise dans son avion quelques jours plus tôt. Pour rejoindre son hidalgo d'athlète et trahir son époux sur toute la ligne. Maintenant, c'est lui qui était à la place de sa femme. Prêt à retrouver Vince Lewis. Malgré l'immensité de la ville, malgré l'ampleur de la tâche, Alain croyait fermement en sa mission. En attendant, il sortit de son sac un bloc-notes et un stylo.

Anna,

Je vole vers l'épilogue de notre histoire. Direction New York. Comme s'il était écrit que le dernier acte devait se jouer là. Dans un face à face improbable entre ton amant et ton mari.

À ma gauche, Vince Lewis, bel apollon, grand, fort, sûr de ses charmes. À ma droite, Alain Vitali, bel aveugle, amoureux silencieux, bien plus âgé et résigné.

D'un côté, les muscles bandés, un port altier. De l'autre, le corps fatigué et la bidoche flasque.

La passion des débuts, des promesses en pagaille. L'usure des années et la vie qui suit son cours monotone. Rien ne m'oblige à ce combat déloyal mais je ne vois pas d'autre issue. Pour affronter la jalousie qui me ronge et enfin comprendre ton sinistre manège...

Votre aventure durait depuis six mois, tu rêvais d'un bébé et tu réalisais ton rêve en courant ce marathon à ses côtés. Que se serait-il passé si tu avais franchi la ligne ? Serais-tu rentrée comme prévu en France ? Pour me quitter ou me donner une dernière chance ? Vince était-il le nouvel homme de ta vie ou une folle aventure vécue à 200% ? Étais-tu vraiment prête à faire cet enfant que tu écartais catégoriquement jusqu'à lors ?

Pour trouver des réponses à ces questions, je vais donc affronter Vince les yeux dans les yeux. À dire vrai, je n'ai même pas peur de cette confrontation. Car depuis cinq jours, j'ai perdu une à une toutes mes illusions en suivant ta trace. Il me reste seulement à achever mon enquête dans la ville qui te faisait tourner la tête. Pour terminer ce que tu voulais me révéler. À la recherche de tes dernières paroles...

Ton mari en chemin vers ton amant

Episode 9

Bon sang, que cette cinquième avenue est longue ! J'aperçois enfin sur notre droite Central Park, le poumon vert de la ville. Mais pas question pour l'heure d'aller y respirer la verdure, nous restons sur cette maudite artère, un faux plat montant qui me fait souffrir le martyre.

Pour me changer les idées, je pense à tous nos proches restés en France, en particulier mes parents. Ils m'ont soutenue de tout leur cœur depuis le début de cette aventure. À ce moment précis, je me demande quelle mouche m'a piquée pour m'embarquer dans cette folie du marathon. À l'heure qu'il est, ma mère doit être morte de trouille. Heureusement qu'elle ne me voit pas dans cet état...

Central Park est toujours sur notre droite, caché par des grilles immenses. J'ai l'impression de faire du surplace. Je lance un SOS à mon coach : "J'en peux plus chéri". Il tente de m'expliquer que nous tenons le "bon bout" comme il dit. J'ai beau lui faire confiance, je ne le vois pas encore ce bout.

Pour ajouter à mon stress, une petite douleur, brève mais intense, vient de me titiller sous la cuisse droite. Je respire à pleins poumons, bois un coup et regarde ce public extraordinaire. À ce moment pour eux, nous avons déjà vaincu le mythe. J'entends fuser de toutes parts de cette cinquième avenue des "Good job", expression tout à fait américaine. Imaginez-vous une seconde qu'en France, on vous féliciterait pour votre bon travail !

Du coup, la formule résonne en écho dans mon cerveau fatigué. Ma cuisse est toujours aussi raide mais j'avance coûte que coûte. Portée par je ne sais quelle énergie. Mon corps dit stop, j'ai de plus en plus chaud, mais ma tête me dit "continue, accroche-toi". Parmi les spectateurs, un vieux monsieur me glisse un "No pain" plein de tendresse. Il veut me réconforter. C'est gentil mais ma souffrance est pourtant bel et bien là, lancinante et impitoyable.

Enfin nous entrons dans le parc le plus célèbre de la ville, peut-être même de tout le pays. La foule est compacte et hurle à tout rompre. J'oublie quelques secondes mon calvaire. Le soleil caresse de ses rayons les couleurs de l'automne. Je lève la tête, regarde les arbres, les feuilles sont rouges, jaunes et mordorées. Une nature accueillante cernée par les gratte-ciel : c'est aussi cela New York ! Mon mari me signale que nous allôns dépasser le vingt-quatrième mile. On dirait qu'il a un ordinateur de bord dans sa poche ! Il conserve surtout toute sa lucidité contrairement à sa femme. Je suis trop lessivée pour convertir cette drôle d'unité de mesure. Rendez-vous compte, un mile correspond à mille six cent neuf mètres... Je me souviens juste que le marathon fait un tout petit peu plus de vingt-six miles.

J'ose regarder mon chronomètre. Nous courons depuis tellement longtemps... Il y a quatre heures, nous enjambions le Verrazano bridge dans la joie et l'insouciance de ce qui nous attendait. "Moins de quatre kilomètres", m'indique gentiment mon sparring-partner. Comme s'il lisait dans mes pensées. "Tu vas le faire. Good job darling !" J'essaie de lui adresser un sourire mais mon rictus doit plutôt ressembler à une grimace d'inquiétude....

Alain était New Yorkais depuis quelques secondes. Dans le sillage de sa femme et de son amant sportif. Il récupéra sa valise et se dirigea vers une station de taxi. L'aéroport Kennedy lui sembla immense. Avant même de rejoindre Manhattan et ses gratte-ciel à perte de vue, il se sentit perdu, tellement loin de son village paisible.

Pour en arriver là, les formalités de police et de douane s'étaient révélées interminables. Les attentats du 11 septembre 2001 contre les deux tours jumelles avaient traumatisé le monde et les Américains ne laissaient rien au hasard. Alain avait eu du mal à comprendre le flic qui l'avait interrogé. Il faut dire qu'il baragouinait un anglais des plus approximatifs. Le veuf avait juste réussi à confirmer qu'il venait ici pour "tourisme". La formule lui avait passablement déplu mais il avait voulu se simplifier la tâche.

Il était seulement 10h30 locales, décalage horaire oblige. Alain monta dans son premier taxi jaune, couvert de publicité. Difficile de dire d'où venait son chauffeur tant son accent était incompréhensible. Alain se contenta de lui montrer l'adresse de son hôtel et évita d'engager un dialogue, même rudimentaire. Il faisait un froid sec et le ciel était plutôt dégagé.

C'est Pierre qui lui avait trouvé son hôtel. Il y était descendu lors d'un précédent voyage. L'établissement était plutôt "haut de gamme" et "bien situé" lui avait-il expliqué sur la cinquième avenue, en face de Central Park, à deux pas de la cinquante-neuvième rue. Dans l'avion, Alain avait étudié attentivement le plan quadrillé de Big Apple, remis par son frère. Il avait tenté de se familiariser avec ce découpage en "blocs", du nord au sud les avenues, d'ouest en est les rues perpendiculaires. L'enquêteur s'était rassuré en se disant que ce serait peut-être plus facile pour se repérer. L'espace d'un instant, il imagina un New Yorkais déambuler dans les ruelles étroites du centre historique de Bouc Bel Air !

Le trajet pour rejoindre son hôtel lui sembla assez long mais il ne perdit pas une miette de cet environnement totalement inédit pour lui. Il était plongé dans un autre monde avec un trafic automobile complètement dingue, peuplé d'immenses voitures, de poids lourds, les fameux "trucks", et de bus de transport, tellement différents de ceux de Marseille ou d'Aix. Alain fut surpris par la quantité de taxis qui sillonnaient la ville. Sans oublier les patrouilles de police, les ambulances et les camions de pompiers qui fonçaient toutes sirènes hurlantes. Cette ville ressemblait finalement assez à l'image qu'Alain avait pu en avoir au travers de films ou de reportages.

Un panneau attira l'attention du visiteur. Le Queensboro Bridge était indiqué droit devant. Quelques minutes plus tard, le taxi le traversa pour rejoindre Manhattan. Alain sentit l'émotion le parcourir de la tête aux pieds. Il pensa au récit de la coureuse française, à son entrée triomphale sur la première avenue. Il pensa aussi à Anna qui était forcément passée là quelques jours plus tôt. Quand elle était encore vivante. Quand leur histoire n'était pas encore éteinte.

La vue sur les buildings était saisissante. Alain se sentit tout à coup écrasé par leur hauteur. Déjà qu'il n'était pas très grand ! Il aperçut au premier carrefour une petite pancarte lui indiquant que la voiture empruntait la soixantième rue. Le Provençal d'adoption fut surpris par ce bruit de fond fait de klaxons, sirènes, alarmes, musique… La circulation était de plus en plus dense au fur et à mesure que le taxi pénétrait dans le cœur de Manhattan. Le chauffeur et son "touriste" coupèrent successivement Lexington Avenue, Park Avenue et Madison Avenue avant de rejoindre la cinquième avenue. Celle qui avait fait tant souffrir la marathonienne française si l'on en croyait son témoignage…

Quelques minutes plus tard, son taxi arriva juste devant son hôtel après plus d'une heure de découverte de la ville. Alain sortit ses premiers dollars et récupéra sa monnaie sans prendre la peine de vérifier. Trop compliqué pour lui ! Il salua son conducteur de façon un peu plus chaleureuse qu'à l'aéroport. Un "groom" l'attendait dehors avec sa valise ! Alain n'était pas familier d'un tel faste, contrairement à son aîné.

Le réceptionniste de l'hôtel l'accueillit avec un français parfait. Le bonheur ! Alain en profita pour repérer la position exacte de l'établissement sur son plan et lui demanda comment rejoindre le sud de Manhattan en métro. C'était apparemment très simple et certainement beaucoup plus rapide qu'en taxi. Au passage, il récupéra un plan complet du réseau des transports.

L'enquêteur rejoignit sa chambre située au septième étage. Il ne donnait pas sur la cinquième avenue mais sur l'arrière du bâtiment.

Sans doute par souci d'économie ! Il ne voyait donc pas Central Park mais peu importe il aurait tout loisir de découvrir cet écrin de verdure à pied. Sa chambre était très spacieuse avec un immense lit double dont il n'aurait aucune utilité.

Son pessimisme reprit le dessus car il imagina Anna roucouler avec son Vince. Le genre d'image dont il ne parvenait pas à se défaire depuis sa découverte de la veille. Maintenant qu'il était sur zone, Alain avait encore plus l'impression de leur courir derrière. Un étrange sentiment qu'il balaya d'un revers de la main en allant prendre une douche. Il savait que sa chasse à l'homme commençait véritablement à partir de maintenant…

Il flâna sous la chaleur de l'eau et réfléchit à son programme du jour. Avant d'aller repérer le bureau de Vince, il voulait s'imprégner encore un peu du drôle de parfum de cette ville. Le veuf avait lu dans ses recherches de la nuit que la vue du Sud de l'île de Manhattan était incontournable. Maintenant qu'il connaissait le chemin pour s'y rendre en métro, il n'allait pas s'en priver.

Une fois habillé, il s'assura que ses deux portables fonctionnaient : le sien et celui de sa femme. Son frère lui avait passé un adaptateur car ces Ricains n'étaient pas capables d'utiliser du 220 volts. Il avait suffisamment de batterie pour terminer la journée. Alain se connecta sur Twitter à partir du compte que lui avait ouvert la veille au soir son frangin avant de le quitter. Il lui envoya un tweet pour lui dire qu'il était arrivé à bon port et que tout se passait bien !

Il fouina du côté du compte professionnel de Vince Lewis. Rien à signaler, pas même le moindre tweet. Rien de grave, Alain croyait dur comme fer en son étoile sur ce coup. Cela ne lui ressemblait pas mais c'était mieux ainsi !

Il quitta l'hôtel sur cette pensée positive, non sans avoir demandé son parcours pour rejoindre le métro. C'était juste à côté. Sur son trajet, Alain remarqua plusieurs publicités sur le marathon. Il faut dire que la course s'était déroulée depuis moins d'une semaine. L'enquêteur déroula le fil des événements qui s'étaient produits depuis l'annonce du décès de sa femme. Il n'aurait jamais imaginé un tel scénario macabre, encore moins de se retrouver ici. Tout était allé tellement vite. Jamais dans le bon sens pour lui…

Alain s'engouffra dans le métro, bondé bien évidemment. Il regarda partout, vit encore plusieurs publicités autour de la course et trouva les wagons plutôt vieillots. Lui qui n'était pas chauvin marseillais pour un sou se dit tout de même que le métro de la cité phocéenne n'avait rien à envier à son homologue américain. Même s'il était dix fois plus petit et ne comptait que deux lignes en tout et pour tout !

Il changea de ligne à Times Square en se disant qu'il irait y faire un tour si son périple le lui permettait. Alain faillit se paumer dans le dédale des couloirs et trouva que les indications étaient minimalistes. C'était peut-être tout simplement lui qui n'était pas doué pour se repérer. Il faut dire qu'il n'était pas un grand voyageur, ni un grand aventurier. Le quinquagénaire préférait rester pépère sur ses terres du Sud de la France où il s'était toujours senti chez lui. Contrairement à Anna, curieuse par nature et toujours sur les routes, pour son métier de visiteuse médicale.

Avait-elle pris le métro elle aussi lors des jours précédant sa course ? Qu'avait-elle ressenti en découvrant la ville ? Il n'en savait rien puisque sa femme n'avait pas daigné lui donner de ses nouvelles à son arrivée aux États-Unis. Alain se souvint combien ce silence lui avait pesé. L'issue fatale de ce périple américain lui avait permis de déterrer tous les secrets qui se cachaient derrière.

Le trajet d'Alain se poursuivit sans encombre jusqu'au terminus de la ligne 1 : South Ferry. De nombreux bateaux partaient en effet de la pointe de Manhattan pour rejoindre la statue de la Liberté et Ellis Island, l'ancien lieu de rassemblement des immigrants, venus chercher ici un autre destin.

En marchant dans Battery Park, situé au confluent de l'Hudson et de l'East River qui encerclent Manhattan, Alain songea bien évidemment à son propre destin. Sa vie n'allait pas changer grâce à ce voyage mais il espérait mettre enfin un point final aux errances de sa femme. Autrement dit, savoir ce qu'elle avait vraiment dans le ventre.

Même si l'enquêteur n'avait pas du tout la tête aux flâneries touristiques, il contempla la vue superbe sur toute la baie de New York. Alain fut surpris par le nombre incroyable de ferries sillonnant les deux rivières. Ici, tout était démesure ! Il aperçut au loin le pont Verrazano qui, malgré la distance, était impressionnant. Des dizaines de milliers de coureurs, venant du monde entier, notamment de la France, l'avaient foulé avec joie quelques jours plus tôt…

En tournant le dos à ce spectacle, Alain découvrit une forêt de gratte-ciel, en particulier au milieu de Manhattan. Ce que les New Yorkais appelaient Midtown, avait-il lu dans l'avion. Il reconnut l'Empire State Building qui émergeait en tutoyant les nuages et encore un peu plus loin le Chrysler Building reconnaissable à sa flèche finale. Le gratte-ciel préféré des habitants de Big Apple, se souvint Alain en repensant au récit palpitant du marathon écrit par cette narratrice française.

Il ne vit pas de cet endroit le GE Building, si important pour lui, mais le veuf savait pour avoir étudié attentivement le plan de la ville qu'il se situait également dans Midtown. Malgré le dépaysement, tout ramenait Alain vers son enquête. Avant d'aller repérer le fameux immeuble dans lequel travaillait l'amant sportif, il décida d'acheter un sandwich à l'un des vendeurs ambulants qui arpentaient le parc.

Le touriste ne déchiffra pas le moindre mot de ce que lui dit le marchand et il dut utiliser la langue des signes pour se faire comprendre. Difficile tout de même de ne pas manier les rudiments d'une langue dans un tel pays, songea Alain. Il se dirigea vers l'un des nombreux bancs de l'ilot de verdure constitué par Battery Park. Son téléphone sonna à ce moment-là. Alain fit un bond de surprise car il ne s'attendait pas du tout à être dérangé, ici même, à six mille kilomètres de son pays. Mauvais présage, jugea-t-il en décrochant…

— Allô, j'écoute, commença-t-il, comme s'il allait avoir des difficultés à entendre son interlocuteur.

— Monsieur Vitali, c'est madame Jauzion, je suis infirmière à la maison de retraite de votre belle-mère. Nous nous sommes croisés il y a trois jours…

La ligne était excellente, Alain eut l'impression d'être déjà retourné en France.

— Je vous appelle pour vous annoncer une mauvaise nouvelle, poursuivit la soignante.

— Quoi, que se passe-t-il ? s'inquiéta immédiatement Alain.

— Monsieur Vitali, votre belle-mère vient de décéder…

— Mais je l'ai eue au téléphone hier soir ? C'est pas possible ?

— Elle est morte d'une crise cardiaque. Rien à voir avec la maladie d'Alzheimer.

— Une crise cardiaque, cria Alain en pensant fortement à Anna ! Mais elle n'avait pas de problème de ce côté-là ?

— Cela peut arriver à tout le monde, vous savez, notamment chez les personnes âgées. Madame Caussion était très fatiguée depuis l'annonce du décès de sa fille. — Je m'en suis bien rendu compte en lui parlant hier. Mais de là à penser que son cœur allait s'arrêter…

— Je suis désolée. Nous sommes intervenus sans perdre une seconde mais les médecins n'ont jamais réussi à la réanimer.

— C'est terrible. Elle est morte cinq jours seulement après sa fille. Vous réalisez ?

— Oui, oui, je réalise, répondit dans l'embarras l'infirmière. Je crois que vous êtes sa seule famille ?

— Oui, c'est tristement vrai. Sa seule famille, comme vous dites. Une famille disparue désormais, ajouta, de plus en plus troublé, Alain.

— Monsieur Vitali, pour les obsèques, nous pouvons vous indiquer un professionnel avec lequel nous travaillons régulièrement. Nous pourrons en parler de vive voix quand vous allez passer.

— Sauf que je suis à New York en ce moment !

— À New York, répéta incrédule madame Jauzion ?

— Oui à New York. C'est absolument impossible de rentrer pour m'occuper des obsèques. Je suis coincé ici…

Alain marqua une pause, cherchant ses mots.

— Je vous fais toute confiance, prenez l'entreprise de pompes funèbres qui vous semble la mieux, si je puis dire… Je la paierai dès mon retour.

— D'accord, d'accord, glissa la professionnelle, un brin décontenancée.

— Je n'ai qu'une seule exigence : ma belle-mère adorait Marseille où elle a passé toute sa vie avant de venir dans votre établissement. Elle doit être enterrée dans sa ville.

— Ça devrait être possible.

— Il n'y a personne à prévenir. Commandez s'il vous plaît une couronne pour moi, la plus belle possible. Avec comme inscription : "À ma belle-mère".

— Entendu monsieur Vitali, ne vous inquiétez pas, nous allôns faire le nécessaire. Nous sommes habitués…

— Je vous remercie vraiment. Je suis confus et gêné mais je ne vois pas comment faire autrement. Ma présence à New York est vitale pour moi.

— Pas de souci, je comprends. J'oubliais une chose monsieur. Nous avons retrouvé sur la table de chevet de votre belle-mère un courrier pour vous.

— Pour moi, vous êtes sûre ?

— Oui, oui, je vous assure. Elle a marqué sur l'enveloppe : "Pour mon gendre Alain".

— Ah d'accord, réagit surpris Alain. Vous pouvez me la poster à mon domicile. Je la découvrirai à mon retour.

— Comme vous voulez, comme vous voulez...

— Merci mille fois, madame.

— Je vous tiens au courant pour l'enterrement. Je peux vous rappeler dès que j'en sais plus ?

— Avec le décalage horaire, ça va être compliqué. Envoyez-moi un SMS. C'est mieux !

— Entendu.

— S'il y a le moindre souci particulier, vous m'appelez bien sûr. Ici, il est quatorze heures.

— Chez nous, il est vingt heures. Il fait nuit…

— Je m'en doute, je m'en doute, répondit Alain pour couper court à la conversation. Excusez-moi encore, je dois vous laisser. Je compte sur vous. Au revoir.

Alain n'en croyait pas ses yeux. Sa vie ne lui laissait décidément aucun répit en ce moment. Maintenant, c'est sa belle-mère qui lui claquait entre les doigts. Malgré l'effet de surprise, le choc était bien sûr moins brutal qu'il y a cinq jours. Mais Alain venait de perdre l'être qui le reliait indéfectiblement à sa femme. En fixant les immeubles de Wall Street qui étaient tout près, il ressentit encore plus vivement sa peine. Loin de chez lui, loin de tout.

Même si leur relation avait toujours été compliquée, il regretta de ne pouvoir rendre un dernier hommage à la vieille dame, la mère d'Anna, celle qui avait tout fait pour protéger son enfant. Malgré la douleur d'un amour raté, malgré ce secret de famille, malgré sa solitude…

Pouvait-il faire autrement ? Un instant, il songea à rentrer précipitamment en France. Mais maintenant qu'il était là, cela n'avait aucun sens. Il devait aller au bout de son idée fixe. Heureusement que la maison de convalescence était professionnelle jusqu'au bout. Sinon il aurait dû s'occuper de l'organisation des obsèques lui-même. D'ici, à New York ! L'infirmière lui avait enlevé une sacrée épine du pied.

Alain n'avait pas bougé de son banc depuis qu'il avait raccroché avec la soignante. Il tenta d'avaler son sandwich mais ce coup de fil impromptu lui avait coupé l'appétit. Il se força un peu car il savait qu'avec le décalage horaire la journée allait lui sembler bien longue. Le veuf pensa à tous les échanges récents qu'il avait eus avec sa belle-mère, à la façon dont elle envoyait parfois valdinguer celui qu'elle appelait son "vieux". Lorsqu'il lui avait parlé pour la dernière fois hier soir, Edmonde lui avait semblé absente. Comme si elle était déjà partie dans sa tête. Sans jamais avoir entendu parler de l'amant de sa fille, encore moins de son désir d'enfant. Mais en sachant qu'Anna avait fait un pas vers Roger, le père biologique de l'enfant, cet homme que la vieille dame n'avait sans doute jamais cessé d'aimer en secret. Grâce à son gendre, Edmonde avait même appris l'investissement total d'Anna pour défendre la cause des femmes battues. Ce dernier hommage lui avait sans doute réchauffé le cœur avant... qu'il ne s'arrête. Brutalement comme Anna lors de son marathon.

Curieuse coïncidence tout de même, se dit Alain. Une crise cardiaque avait emporté une mère et sa fille à cinq jours d'intervalle. Aucune des deux victimes n'avait pourtant jamais montré la moindre faiblesse du côté de cet organe vital. Fallait-il y voir un signe du destin ? Notre enquêteur ne croyait pas une seconde en ces balivernes. Au passage, il se remémora la confidence d'Edmonde qui s'était sentie punie par une forme de "justice céleste" lorsque André, son mari, était décédé d'une...crise cardiaque. Alain se contenta pour sa part de ce constat implacable : les trois membres de cette "famille" avaient été terrassés par le même mal. Et la dite famille était maintenant réduite en poussière...

Était-ce de ce mauvais présage dont la vieille dame parlait dans ce courrier qu'elle avait rédigé juste avant de mourir ? Sur l'enveloppe, elle avait inscrit : "Pour mon gendre Alain". Cette dernière marque de gentillesse perturba quelques minutes le dit gendre. À dire vrai, elle ne l'appelait jamais ni par son prénom, ni par son statut. Un tel courrier ne lui ressemblait vraiment pas. Devait-il s'attendre à une énième révélation ? Alain aurait aimé ouvrir tout de suite l'enveloppe pour connaître son contenu. Mais il n'avait pas encore le don d'ubiquité !

Bizarre, bizarre, marmonna dans sa tête le "touriste". Patience, patience conclut-il sur le sujet. Alain se leva en prenant la direction du métro. En chemin, il balança la moitié de son sandwich dans la première poubelle venue. Tant pis ! Il mangerait dans l'après midi si la faim revenait. Avant de s'engouffrer dans les souterrains de la station "South Ferry", l'enquêteur chercha du regard les gratte-ciel de Midtown. Là où le GE Building l'attendait !

Son second trajet en métro depuis son arrivée à New York se passa bien. Alain n'eut cette fois aucune hésitation et se retrouva beaucoup plus vite qu'il ne l'aurait imaginé au cœur de Rockefeller Center. Il dut ouvrir son plan de la ville dans la rue pour prendre la bonne direction. Une fois encore, il fut surpris par la densité de population qui arpentait les larges avenues de Midtown. Les gens semblaient happés par ce flux continu et l'enquêteur passa totalement inaperçu dans cette vague humaine. Cet anonymat lui convenait parfaitement.

Il s'arrêta un instant pour observer ce spectacle étonnant d'une ville en perpétuel mouvement, celle qui paraît-il ne dort jamais ! Son regard fut attiré successivement par un homme d'affaires assez jeune, costume cravate, les écouteurs vissés sur chaque oreille, et une grosse mamma noire, manifestement en retard, courant et parlant toute seule dans la rue sans que personne n'y prête la moindre attention.

Les publicités géantes étaient omniprésentes à chaque carrefour, le long des façades. Des vidéos étaient projetées dans tous les sens. Alain remarqua également que la ville était en permanence survolée par des avions dans un étrange ballet au dessus des gratte-ciel. Le quinquagénaire revit à ce moment les images atroces des deux Boeing heurtant les tours jumelles, tout près de Battery Park…

Le flot ininterrompu de la circulation, le bruit assourdissant, le nombre incroyable de taxis jaunes le ramenèrent à la réalité. L'après midi était déjà bien entamé lorsque le détective arriva au pied de l'entrée du General Electric Building sur la place Rockefeller. Une tour de béton de soixante-dix étages à vous faire perdre la raison ! Comme beaucoup de touristes, notre enquêteur leva la tête en direction du sommet et fut pris d'un sentiment de vertige assez enivrant. Ce gratte-ciel de style Art Déco était plutôt harmonieux, reconnut Alain, finalement assez sensible aux lignes verticales de l'ensemble.

Il fut en revanche plus circonspect en découvrant la sculpture qui surplomblait le hall d'entrée de l'immeuble. Un espèce de Dieu barbu tendant la main vers une citation : *"Wisdom and Knowledge shall be the stability of thy times"*. Alain ne comprit pas le sens exact de ces mots mais il se souvint avoir lu dans l'avion que l'artiste avait voulu signifier l'importance de la sagesse et de la connaissance dans la bonne marche du monde... Sa femme avait fait le choix rigoureusement inverse en s'adonnant à des ébats torrides avec son amant dans un flou savamment orchestré.

À sa grande satisfaction, l'enquêteur découvrit que l'accès principal au gratte-ciel se faisait uniquement grâce à deux grandes portes tournantes, une pour l'entrée, et une pour la sortie. De quoi filtrer les ardeurs de ceux qui s'aventuraient par ce passage. De quoi apercevoir plus facilement sa proie.

Grâce à Twitter, Alain savait que Vince venait toujours bosser à pied. Il restait à espérer qu'il emprunte cette entrée principale. Mais n'était-ce pas le propre des stars de passer par la grande porte, s'amusa le veuf quelques secondes. Il n'avait de toute façon pas d'autre choix que de faire le guet ici.

Puisque l'apollon se vantait de venir travailler dans cette tour vertigineuse en marchant, il devait habiter non loin d'ici, en déduisit le quinquagénaire. Il imagina un loft avec vue imprenable sur Manhattan dans lequel sa femme et son ennemi avaient copulé à loisir les jours précédant le marathon.

Sur ces divagations sans intérêt, Alain pénétra dans le hall de l'immeuble. Immense comme il fallait s'y attendre avec des peintures murales qui ne séduisirent pas vraiment notre enquêteur. Il examina la liste impressionnante des bureaux présents dans la tour et vérifia par la même occasion que les sièges sociaux de Général Electric et de NBC occupaient une bonne partie des lieux. Les studios d'enregistrement de la chaîne NBC Sports étaient indiqués. Un frisson de nervosité parcourut le corps fatigué du veuf trahi.

Alain constata qu'une partie des studios pouvait même se visiter. Il se contenta de lire les explications consacrées à ce "musée" pas ordinaire. Le "touriste" n'avait pas besoin d'en savoir plus sur la façon dont les émissions étaient réalisées. Ni de s'initier à présenter la météo devant une caméra ! Qu'il pleuve ou qu'il vente, il était maintenant paré pour affronter le bel étalon dopé.

En sortant du GE Building, Alain eut le sentiment du devoir accompli. Il repéra l'endroit exact où il se posterait dès la première heure. En espérant que sa cible viendrait bosser ici. Il traversa l'esplanade pour rejoindre la cinquième avenue. Très vite il aperçut la cathédrale Saint Patrick qui semblait perdue au milieu des gratte-ciel. Le contraste était vraiment saisissant.

L'idée d'aller y brûler un cierge traversa l'esprit embrumé d'Alain mais il retrouva aussitôt ses esprits. Il était depuis toujours totalement athée et ne s'en remettait qu'à lui-même pour achever sa mission. Le quinquagénaire traîna ensuite dans ce quartier sans être vraiment concentré comme un "touriste" ordinaire. La nuit commençait déjà à tomber et le veuf réalisa qu'il était très tard en France. Petit à petit, les néons se mirent à clignoter de partout et les buildings se transformèrent en bougies géantes.

Pendant ce temps, la ville ne se calmait pas le moins du monde. Au contraire ! Les premières sorties de bureau mirent un peu plus de pagaille. Alain songea qu'il lui faudrait retourner bosser dans quelques jours, faire comme si de rien n'était quand il retrouverait ses "élèves", se replonger dans les formations juridiques qui d'ordinaire accaparaient son quotidien.

À six mille kilomètres de là, cette perspective lui ôta ses dernières forces pour la balade. Il poussa la porte du premier restaurant qu'il trouva au hasard sur son chemin. On y servait des hamburgers dans des assiettes avec couverts. Rien à voir apparemment avec un Mac Do ! Les nappes à carreaux rouges et blancs donnaient un petit côté rétro à la vaste salle déjà bien remplie. Les gens devaient manger à toute heure dans cette ville complètement dingue.

Alain s'assit dans un coin derrière la plus petite table qu'il trouva pour… quatre personnes. Il attrapa la carte et choisit le premier hamburger venu. Une serveuse arriva deux secondes plus tard. Le veuf lui montra du doigt son choix et réussit tant bien que mal à balbutier qu'il voulait une bière. La fille sembla comprendre et lui adressa un sourire béat comme si notre "touriste" venait de passer la commande du siècle.

L'endroit était bien sûr particulièrement bruyant. La musique Country se mélangeait avec le bruit des jeux vidéos qui étaient disséminés dans la salle. On pouvait manger, s'absenter pour faire une partie, et revenir prendre sa place pour finir son hamburger. La serveuse revint avec un immense plateau rempli à ras bord, toujours aussi pressée. Elle posa énergiquement la pression sur la table : cinquante centilitres ! L'unité de base dans ce pays où tout se devait d'être géant. La même réflexion traversa l'esprit d'Alain lorsqu'il vit la plâtrée de frites qui l'attendait et son burger aussi haut qu'un gratte-ciel.

Heureusement la faim était revenue et notre homme se jeta sur sa superposition de steaks hachés sans la moindre hésitation. C'était délicieux ! La bière n'était pas désagréable non plus. Le restaurant se remplissait de plus en plus. Alain jeta un coup d'œil à sa montre. Il était déjà dix-neuf heures locales, soit une heure du matin pour lui. Le formateur sortit son plan de la ville afin d'évaluer le chemin qu'il lui restait à parcourir pour rejoindre son hôtel cosy. Bonne nouvelle : il pouvait rentrer à pied en remontant vers le nord cette cinquième avenue qui n'en finissait pas. Au pire, il avait devant lui une bonne demi-heure de marche, estima-t-il à vue de nez. De quoi digérer son repas gargantuesque et se perdre dans la symphonie de lumières qui l'attendait…

Le sixième jour

Trois heures du matin ! Alain se frotta les yeux à deux fois et vérifia les horloges de sa montre. Il était bel et bien trois heures du matin, neuf heures du côté de Bouc Bel Air. En rentrant de son restaurant, Alain n'avait pas traîné. Il était épuisé et avait rejoint rapidement son grand lit double. Le quinquagénaire avait dû s'endormir comme une masse. Son réveil extrêmement matinal n'avait rien d'étonnant. Il fallait au moins deux jours pour effacer les traces du décalage horaire entre la France et les États-Unis, avait-il lu.

Il repensa à sa première journée sur le sol new yorkais et commença à imaginer la folle journée qui l'attendait. Malgré l'horaire inhabituel pour lui, il se sentait plutôt en forme. Il espérait par-dessus tout réussir son pari fou : débusquer l'amant de sa femme et le faire parler. Cela faisait maintenant six jours qu'Anna était décédée. Déjà six jours... Malgré la cascade de mauvaises nouvelles qui avaient accompagné son enquête, Alain était toujours parvenu à ses fins. Même lorsqu'il se croyait coincé, quand le découragement s'emparait de lui, que les idées noires le sclérosaient, une brèche s'était ouverte pour découvrir un énième mystère de sa femme et poursuivre sa drôle de quête...

Alain croyait donc en ses chances de réussite en bas de ce GE Building qui l'avait fasciné. Il se leva, fila prendre une douche puis s'habilla chaudement. L'enquêteur attrapa son téléphone portable. Son premier réflexe fut de faire un petit coucou à son frère grâce à son nouveau compte Twitter. Pierre lui répondit immédiatement, lui expliquant qu'il était au boulot… un samedi !

Les deux frères s'échangèrent quelques tweets, limités par les cent quarante caractères auxquels ils avaient droit sur ce réseau social. Alain raconta brièvement sa journée de la veille et son repérage de l'immeuble où travaillait Vince. Il apprit le décès d'Edmonde à son aîné, surpris également par cette série de crises cardiaques.

De son côté, Pierre l'informa qu'il avait eu des nouvelles de leur… mère. Solange se portait bien question santé mais elle s'inquiétait pour son fils cadet, qui ne lui donnait jamais aucune nouvelle.

Alain se souvint qu'il avait téléphoné rapidement à sa matriarche en se rendant à Saint Cyr sur Mer chez Roger. Une fois de plus, Pierre avait joué parfaitement son rôle de monsieur loyal en la rassurant du mieux qu'il put. Sans lui dire qu'Alain s'était envolé sur un coup de tête vers Manhattan…

— Sage précaution, lui écrivit Alain dans un tweet. Imagine si elle savait !

— Je préfère ne pas y penser, répondit Pierre, le fils préféré.

— À dire vrai, je me fous de sa réaction. C'est le cadet de mes soucis, se défendit Alain pour clore cet échange.

Il remercia son aîné encore une fois pour toute son aide et plaisanta sur Twitter auquel il s'habituait peu à peu. En quittant son frère, Alain alla jeter un œil sur le compte de la libertine. Béatrix n'avait toujours pas repris ses activités de la nuit. La mort brutale et imprévue de son amie de toujours lui avait vraiment scié les pattes.

Alain enchaîna sur une autre "victime" : Vince Lewis. Pas de tweet non plus ! Décidément, cela devenait une manie, s'agaça notre oiseau de nuit. Qu'importe : dans deux heures, il irait prendre son petit déjeuner. Il avait déjà faim, rien que d'y penser. Il regarda au travers de la fenêtre de sa chambre et vit une cour intérieure sans aucun intérêt. Dehors, tout semblait encore calme. Dedans, l'effervescence montait…

Alain changea de portable et prit celui de sa femme. Il venait de se souvenir que Muriel avait découvert leur chanson culte sur le téléphone de son épouse. L'enquêteur chercha comme un fou dans le menu et finit par mettre la main sur la vidéo du duo Dalida, Delon. Il l'écouta religieusement dans le silence de la chambre. Comme le témoignage d'une histoire révolue même si les souvenirs remontèrent à la surface. *"C'est fini le temps des rêves",* regrettait Dalida dans ce tube des années 70. Des regrets partagés intensément par Alain…

Anna,

Nuit noire sur Manhattan mais déjà réveillé ! Je viens d'écouter sur ton portable "Paroles, paroles", la gorge serrée. À une époque, cette chanson nous réunissait encore. Tu ne l'as sans doute pas choisie par hasard pour m'écrire ce dernier mot inachevé dont je cherche ici même la fin...

Dans l'attente de l'aube, je voulais te dire que j'ai appris hier après midi la mort soudaine de ta mère. Partie elle aussi d'une crise cardiaque. Cinq jours après toi. Les médecins n'ont pu la sauver mais voulait-elle encore vivre. Pour quoi faire ? Son gendre n'allait pas la retenir, ni Roger qui a refait sa vie.

Vous voilà donc réunies à nouveau... par ce funeste destin. On pourrait croire qu'Edmonde a voulu te rejoindre sans attendre. Histoire de te remercier d'avoir exaucé son vœu en tendant la main à son amant éternel. Mais comme tu le sais, je ne crois ni au paradis, ni à l'enfer. Votre dialogue est désormais impossible. Dommage ! Ta mère aurait sans doute adoré parler avec toi de SOS Femmes et mieux comprendre ce qui t'avait incitée à militer pour cette noble cause. Tout comme elle se serait délectée de ta folle passion avec Vince. Cette aventure extra conjugale lui aurait assurément rappelé des souvenirs anciens avec l'homme aux mains de velours...

Mais tu as préféré garder ces secrets en toi jusqu'au bout, plutôt que de prendre ta génitrice comme confidente à la fin de sa vie. Comme si tu tenais à cloisonner ton existence. Votre famille est maintenant décimée, mis à part ces deux demi-frères dont vous ignoriez ta mère et toi jusqu'à l'existence. Il ne vous reste que la mémoire des vivants pour exister...

Si près du but, ton survivant préféré tient encore le coup, je te rassure ! Ma première journée d'initiation à cette ville, pas vraiment comme les autres, s'est passée sans embûches. Contrairement à toi, je ne parle pas un mot d'Américain mais New York ne m'a pas laissé indifférent. Dire que nous aurions pu la découvrir ensemble... Il aurait simplement fallu que tu me fasses un signe.

Au lieu de cela, je serai posté en bas du Général Electric Building dans quelques heures. Là où tu as sans doute retrouvé ton amant. Là où il va rencontrer ton mari. J'attends de lui franchise, vérité et clarté. Pour en finir avec tes intrigues et tes faux-semblants. Je vois peut-être enfin la fin du tunnel post-mortem dans lequel tu m'as plongé depuis six jours maintenant. Souhaite-moi une belle rencontre !

Alain avait voulu écrire à Anna pour lui annoncer la mort de sa mère. Comme si elle pouvait l'entendre et le comprendre. Il tenait surtout à la défier une nouvelle fois à propos de son amant. Lui dire froidement qu'il ne lui échapperait pas. Même s'il était sans doute la dernière personne qu'il souhaitait rencontrer.

Dehors, le jour commençait à se lever. Le veuf descendit donc prendre son petit-déjeuner. Il se laissa aller à goûter une grosse saucisse américaine avec deux œufs au plat et du pain à la mie épaisse. Malgré l'heure matinale, un couple de touristes et deux hommes seuls lui tinrent compagnie. Sans doute des hommes d'affaires, bossant le samedi. Le détective prit le temps de boire trois grandes tasses de café pour ne pas défaillir en cours de journée.

Il regagna sa chambre et se lava méticuleusement les dents. Au passage, il regarda sa tête dans le miroir de la salle de bains. Une fois n'est pas coutume, Alain se trouva bonne mine. Ou plutôt l'air décidé ! Il regarda son portable et machinalement celui d'Anna. Aucun message. Vince ne risquait plus de la joindre en appel inconnu comme il l'avait certainement fait à de multiples reprises.

À New York, il était presque sept heures du matin. L'heure idéale pour partir en chasse, se félicita Alain, motivé comme jamais. Dans le hall, il tomba à nouveau sur le réceptionniste qui l'avait accueilli la veille. Ils échangèrent quelques mots dans la langue de Molière. Cela fit un bien fou à notre homme. Comme quoi l'éloignement géographique de son pays natal n'est pas un mythe. Qu'allait-il visiter aujourd'hui ? Le Rockefeller Center, répondit sans hésiter Alain.

La cinquième avenue était déjà embouteillée et l'enquêteur décida de se rendre à pied vers sa destination. Il connaissait le chemin pour l'avoir fait en sens inverse la veille au soir. Il marcha d'un pas soutenu sans prêter attention aux bruits de la ville et à cette agitation du petit matin. Juste avant de partir, il avait eu le temps de poursuivre le feuilleton du marathon de la coureuse française.

Inconsciemment, Alain accéléra, sentant approcher la fin de son marathon personnel…

Il arriva trente minutes plus tard au pied de sa destination. Le cœur battant, prêt à en découdre avec Vince. La plaie était profonde, sa femme ne l'aimait plus, l'avait trahi sur toute la ligne et cet Américain s'apprêtait sans aucun doute à tuer leur couple formé il y a plus de dix ans. Alain devait mettre la main sur Vince, ne pas le laisser s'échapper et lui faire tout avouer. Puisqu'Anna n'était plus en mesure d'assumer ses actes.

Il était encore tôt mais le Rockefeller Center grouillait de monde. Le détective s'installa sur le côté du parvis à quelques mètres de l'entrée principale du building. Cette place était stratégique. Il l'avait repérée la veille. Notre enquêteur commença à dévisager les personnes qui s'apprêtaient à pénétrer dans la tour de soixante-dix étages. On ne se serait pas cru un samedi… À croire que beaucoup d'Américains bossaient ce jour-là. Rien à voir avec la France, songea Alain. Il y avait un peu plus d'hommes que de femmes. Tous étaient habillés en tenue de travail, la cravate ou le tailleur étaient de rigueur. Était-ce l'accoutrement type des journalistes de la chaîne NBC ? Non, selon toute vraisemblance. Mais il était certainement trop tôt pour les professionnels des médias, estima Alain. La plupart des salariés défilant devant ses yeux grands ouverts devaient plutôt bosser pour la General Electric ou les autres sociétés accueillies dans le building…

En homme prévoyant qu'il était, le détective français avait vérifié sur le site Internet de NBC sports le programme du jour. Il n'y avait aucun direct commenté par Vince lors d'une manifestation sportive. Cela augmentait donc ses chances de voir le journaliste se rendre au bureau, comme tous ceux qui passaient en ce moment même devant lui.

Le quinquagénaire sortit de sa poche la photo de son ennemi qu'il avait imprimée la nuit précédant son départ pour les Etats-Unis. A chaque fois qu'il la regardait, il ressentait le même dépit. Le type était vraiment plus beau que lui, blond aux yeux bleus, le visage anguleux, un regard profond qui avait dû pénétrer le cœur de sa femme… L'amant arborait une grande mèche de cheveux qui devait voler au vent quand lui présentait une coupe quasi militaire d'un brun ténébreux.

Sur l'image, Vince Lewis avait un sourire ultra bright. On aurait dit une publicité pour un dentifrice ! C'était certainement le genre de type affable, ouvert et charmeur. Le genre de type qui correspondait davantage à la personnalité d'Anna. Bien plus qu'un homme des cavernes, bedonnant et anti sportif...

Stop aux flagellations, se ressaisit Alain. Plus beau, plus drôle, plus fort, et alors ! Alain avait aussi ses atouts, après tout. Il avait séduit Anna en une soirée sur une piste de karaoké. Ils s'étaient mariés et avaient vécu heureux dans leur maison de Bouc Bel Air, été comme hiver, avec ou sans maillot de bain. Le bel hidalgo ne pourrait jamais effacer toutes ces années et leur complicité tissée au fil du temps.

Toutes ces cogitations matinales n'empêchaient pas l'horloge d'avancer. Le va-et-vient au pied du GE Building ne cessait pas. Tout en méditant, Alain scrutait, observait, photographiait du regard tous les passants. Jeunes ou vieux, pressés ou amorphes, l'air décidé ou absent, noirs ou blancs, secs ou grassouillets... Dans ce défilé urbain, il y en avait pour tous les goûts mais rien de ce que cherchait Alain.

Pas la moindre trace d'un reporter américain parlant parfaitement le français, pas de marathonien ni d'amoureux transi. Alain commençait sérieusement à s'impatienter. Vince devait être relativement libre de son emploi du temps. Rien ne l'obligeait à venir montrer ici sa jolie frimousse de blondinet.

Son téléphone vibra dans sa poche. Il sortit aussitôt son mobile, un peu inquiet, se demandant ce qui allait encore lui tomber sur la tête. C'était un SMS de l'infirmière qu'il avait eu en ligne la veille. Comme promis, madame Jauzion le prévenait pour l'enterrement de sa belle-mère. Elle s'était occupée de tout et avait réussi à "faire accélérer les choses" comme elle l'écrivait. Edmonde avait été enterrée ce samedi matin au cimetière Saint-Pierre à Marseille !

La soignante s'excusait de le prévenir après coup mais tout était allé très vite et elle avait tenu compte du décalage horaire entre les deux pays, se justifiait-elle. Alain fut surpris par cette célérité mais s'en accommoda fort bien. Il remercia chaleureusement madame Jauzion et lui confirma brièvement qu'il règlerait toutes les questions pratiques dès son retour en France.

Malgré cette annonce soudaine, le veuf avait continué de scruter sans relâche les entrées dans la tour de soixante-dix étages. Toujours pas de Vince Lewis à l'horizon ! Il décida d'aller fureter à tout hasard du côté de Twitter. Il se connecta en quelques secondes sur le compte du journaliste. L'amant avait refait surface vingt minutes plus tôt…

— Je pars courir. Le meilleur moyen de se vider la tête !

Tels étaient les mots choisis par l'étalon dopé. Ce tweet ne laissait place à aucune ambiguïté. Alain voyait donc sa proie lui échapper… provisoirement. En indiquant à ses 50 000 abonnés qu'il allait se dégourdir les jambes, Vince Lewis venait enfin de reprendre contact avec la civilisation. Lui qui avait abandonné le réseau social depuis son marathon avorté. Ce retour sur scène de "l'acteur" américain, même déprimé, était la meilleure nouvelle de la matinée du "touriste" français.

Episode 10

Nous avons tous mal. Central Park nous consume à petit feu. Cette nature soudaine se résume pour tous les coureurs en une succession de "bosses". La route ne fait que monter ou descendre. Jamais une portion de plat pour se "reposer" !

L'impensable se produit : ma cuisse droite, qui me fait mal depuis une bonne dizaine de minutes, se contracte. Mais cette fois, la douleur ne passe pas. C'est la crampe... Foudroyante et horrible. Je m'arrête immédiatement. Clouée sur place. Mon mari comprend tout de suite et il me redresse tout doucement. Je suis à deux doigts de m'effondrer en larmes. Il m'explique qu'il s'agit des muscles ischio-jambiers, situés sous la cuisse. "Tu dois t'étirer quelques secondes, ça te fera du bien", me conseille gentiment mon entraîneur.

En bonne athlète docile, je tente de m'exécuter. Il me faut d'abord me mettre sur le côté. Heureusement, il y a des barrières contre lesquelles je peux m'adosser. Le public me regarde et semble avoir mal pour moi. "C'est bientôt fini", me glisse un supporter dans sa langue natale. Il doit avoir à peu près mon âge. Je ne suis pas sûre que ce New Yorkais prendrait ma place à ce moment précis...

Je parviens péniblement à étirer la zone douloureuse et nous repartons cahin-caha. Le public hurle toujours à tout rompre mais pour la première fois, j'ai l'impression curieuse d'être sortie de la course. Comme si j'étais devenue spectatrice de ma souffrance. Plus rien ne compte à part ce point de blocage. Je cours comme je peux, au ralenti, avec ce sentiment bizarre d'être devenue un pantin désarticulé.

Nous dépassons enfin le quarantième kilomètre et la route continue de serpenter au milieu des arbres. Je regarde le sol et machinalement suis la ligne bleue dessinée sur le macadam. Elle marque le parcours idéal et offre un repère pour les meilleurs comme pour la masse des anonymes. En cet instant, cette "blue line" me sert de béquille. Elle était là depuis le début de notre course, je l'avais oubliée, voire snobée jusqu'à lors. Mais ce n'est plus la même chanson...

Une seconde crampe, toujours à la même jambe, me terrasse à nouveau. J'applique la même recette que lors de mon premier arrêt. Il nous reste moins de deux kilomètres mais pour la première fois depuis le départ, j'ai peur. Le doute s'instille. Cette cuisse va-t-elle "casser" juste avant l'arrivée ? M'empêcher d'accomplir ce rêve à portée de vue ? Malgré toute cette incertitude, je repars à l'abordage.

Les spectateurs ont dû percevoir ma détresse. Je les sens plus près que jamais et les entends m'encourager en... français ! Leurs "Allez la France", leurs "Bravo" me font un bien fou. Je réalise que nous sommes sortis du parc pour le longer. Nous empruntons maintenant une vaste avenue, beaucoup plus large que les allées de Central Park. "C'est la cinquante-neuvième rue", m'indique mon coach, qui connaît son New York sur le bout des doigts. J'ai toujours aussi mal à la cuisse et tente de me convaincre que je vais réussir à éviter un troisième stop au bord de cette artère résidentielle.

Sur le côté, une jolie nana lève ses bras le plus haut possible pour que toutes les coureuses, tous les coureurs, méditent bien le contenu de sa pancarte. Son message est clair : "Vous avez commencé avec vos jambes, vous finissez avec votre cœur". Je voudrais m'arrêter et l'embrasser mais j'ai trop peur de ne pas pouvoir repartir !

Je dois finir cette course avec mon cœur et un peu du souffle de mon mari dont je lis l'inquiétude dans le regard. Je sais qu'il souffre pour moi. Je sais que je n'aurais jamais fait ce marathon sans lui. Je sais que je ne peux pas abandonner. Si près du but. Ce graal pour lequel nous sommes venus des quatre coins du monde. Notre Amérique à nous. J'aperçois au loin une place circulaire ornée d'une immense statue. "Regarde là haut, le type perché, c'est Christophe Colomb, rigole mon sparring-partner. Il te montre le chemin vers l'arrivée..."

Alain quitta sa zone d'observation et fomenta la suite de son plan d'attaque. Puisque l'amant avait décidé de courir ce matin, il y avait de fortes chances pour qu'il vienne bosser en début d'après midi. Le détective prévit donc de revenir sur zone à ce moment-là. En attendant, il avait pas mal de temps devant lui. C'était le moment idéal pour découvrir Central Park. Qui sait, il pourrait tomber nez à nez sur Vince en train de noyer son chagrin dans ses baskets !

Alain rejoignit le poumon vert de Manhattan à pied. Il prenait goût à la marche dans cette ville où il y avait toujours quelque chose à voir, cette mégapole où l'atmosphère était tellement différente de celle de sa Provence. En chemin, il médita sur son premier rendez-vous avorté avec son meilleur ennemi mais gardait espoir. Twitter lui avait été vraiment utile pour la première fois de sa vie. Il faudrait qu'il pense à le raconter à son frère.

Il faisait beau et froid sur New York et la circulation était toujours aussi impressionnante. Ce bruit incessant cassait un peu les oreilles de notre veuf, pas mécontent d'aller respirer un bon bol d'air du côté du parc mythique de la ville. Grâce à l'aide de son plan, il pénétra dans Central Park par Grand Army Plaza, à l'angle de la soixantième rue. Au passage, il réalisa qu'il était à deux pas de son hôtel.

Alain commença à arpenter avec plaisir cette véritable oasis. On entrait dans un autre monde sans gratte-ciel, sans voiture, calme et paisible. Tout à coup, le regard était attiré par tous ces arbres, ces points d'eau, ces collines, ces couleurs. L'automne brillait de mille feux, dans un dégradé magnifique. Alain longea un étang, baptisé "The Pond", où les oiseaux venaient flâner et dans lequel les feuilles des arbres se reflétaient à l'infini.

C'était samedi. Comme la météo se voulait clémente, les familles s'étaient données rendez-vous pour passer un moment de détente loin du tumulte des avenues voisines. Il y avait aussi de nombreux sportifs, en particulier des cyclistes, des cavaliers et… des coureurs.

L'enquêteur continuait d'observer tous ces visiteurs. Vince était peut-être à ce moment précis dans l'un des innombrables sentiers boisés que comptait le parc. Pour se vider la tête comme il l'avait affirmé quelques minutes plus tôt sur Twitter. Alain aurait été bien incapable de courir…

Et dire qu'ici même, six jours plus tôt, le parc était archibondé. Des pancartes étaient brandies fièrement par des dizaines de milliers de spectateurs venus encourager leurs héros du jour, ces marathoniens qu'Alain apprivoisait peu à peu grâce au journal intime de cette coureuse. Il avait même le sentiment de commencer à la connaître…

Après avoir dépassé ce grand étang chéri des volatiles, Alain aperçut sur sa gauche la patinoire du parc qui, selon les saisons, accueillait le patin à glace ou à roulettes. Il croisa de plus en plus de coureurs et découvrit au sol quelques traces de cette fameuse ligne bleue dessinée pour le marathon de New York.

Sans s'en rendre compte, Alain se trouvait donc sur le parcours de la course. Il avait encore en tête le feuilleton de la Française qu'il avait lu ce matin dans sa chambre. Il chercha machinalement des panneaux indiquant les miles ou des barrières mais les services de propreté avaient fait place nette. Peu importe, il se remémora le calvaire vécu par la marathonienne, percluse de crampes, sans doute tout près d'ici ! Sa première crampe était intervenue au quarantième kilomètre, là même où Anna avait fait sa crise cardiaque…

Alain stoppa net sa marche, chercha un indice, un repère qu'il ne trouva pas. Il était sur East Drive, l'une des deux artères principales du parc. En semaine, les voitures devaient passer ici mais heureusement la circulation était interrompue le week-end. Pas étonnant que la ligne bleue soit par endroit totalement effacée !

Quoi qu'il fasse, son esprit revenait toujours vers Anna, arrivée ici certainement exténuée, mais si proche de la ligne d'arrivée. Convaincue qu'elle allait réussir son pari, avec à ses côtés son amant coureur. Mais à quelques centaines de mètres de là où il se trouvait, elle était tombée.

L'émotion d'Alain était particulièrement vive. Cette fois, il avait vraiment le sentiment de courir sur les traces de sa femme. Il s'assit sur le premier banc venu et sortit son bloc-notes, là où il avait écrit certains des mots destinés à Anna depuis son décès. Mais ce n'est pas ce qu'il cherchait. Alain voulait relire les notes qu'il avait prises lorsque son frère avait téléphoné aux organisateurs du marathon.

Il tomba sur le témoignage assez précis de cet athlète brésilien qu'il avait oublié. Ce coureur venu spécialement de Rio avait raconté les cris d'effroi et la stupeur du public lorsqu'Anna s'était écroulée. "Je l'ai vu s'effondrer devant moi… Cette vision m'a glacé le sang. Tout le monde s'est mis à hurler dans le public. Les secours sont arrivés presque immédiatement. Je pense qu'elle est morte sur le coup."

Alain se mit à pleurer en s'imaginant la scène, un drame humain en pleine ferveur populaire, un accroc dans l'incontestable réussite de cette course. Son chemin de croix depuis six jours venait se terminer ici même, au cœur de ce parc. Là où la crise cardiaque d'Anna avait mis un terme à leur mariage, à l'adultère, au bébé et à tous ces rêves secrets…

"Les organisateurs sont désolés !", avait noté Alain sur son bloc-notes avec un gros point d'exclamation. À l'époque, il butait encore sur ce désir de marathon. Sans savoir qu'elle courait au côté de son nouvel homme, ce dernier maillon de la chaîne qu'il espérait attraper tout à l'heure en bas du GE Building. Le journaliste pourrait lui raconter avec force détail la course de sa femme et surtout la façon exacte dont le drame s'était produit.

Anna avait eu nettement moins de chance que cette autre coureuse française pour laquelle le mauvais sort s'était arrêté sur une double crampe. Malgré le doute, toute proche de la rupture, la coureuse avait finalement réussi à quitter cet écrin de verdure, portée par la fougue des spectateurs. Alain se souvint de cette banderole qui l'avait tant aidée à ce moment de la course : "Vous avez commencé avec vos jambes, vous finissez avec votre cœur", relatait-elle dans son récit.

Anna, elle, n'avait pas pu finir son marathon à cause de son cœur, son cœur qui avait trahi sans vergogne son mari, son cœur qui ne lui avait laissé apparemment aucune chance… Alain sortit de sa torpeur lorsqu'une calèche lui passa devant. Un autre style de promenade proposé ici. Plus romantique sans doute. Nettement moins fatiguant qu'un marathon.

Un groupe de coureurs passa à côté de l'attelage sans y prêter la moindre attention. Deux hommes et deux femmes. Peut-être deux couples ou tout simplement des amis. Mais pas de Vince Lewis dans ce groupe. Il ne fallait tout de même pas rêver, pensa Alain…

Ce flash back lui avait coupé toute envie de découvrir davantage Central Park. L'enquêteur se contenta de poursuivre son inventaire, toujours assis sur son banc. Il observa à nouveau les arbres dans lesquels s'amusaient souvent des écureuils, paraît-il. Alain n'approfondit pas la question et sortit son téléphone. Pas de message de la France cette fois ! Il décida de regarder si le journaliste sportif avait donné des nouvelles de son footing. Son compte était resté silencieux depuis deux heures. Alain en profita pour fouiller dans des tweets anciens à la recherche de messages de sa femme. Il ne trouva strictement rien. Comme quoi les deux tourtereaux faisaient bien la différence entre vie publique et vie privée…

Alain s'agaça une fois de plus, rien que de penser à cette histoire. Il quitta le compte Twitter de l'apollon dopé qui avait su séduire sa Dalida et se mit sur sa page d'accueil personnelle. Le quinquagénaire tomba sur le dernier tweet envoyé ce matin par son frangin de bon matin lorsqu'il était encore dans sa luxueuse chambre d'hôtel. Il aurait aimé que Pierre lui tienne compagnie dans ce parc qui avait vu sa femme mourir…

Une fenêtre s'ouvrit sur sa page d'accueil : "1 nouveau Tweet". Tel était le message affiché. Alain, peu habitué au réseau social, tenta de cliquer sur ce texte. Il vit apparaître immédiatement un tweet posté quelques secondes plus tôt par l'amant de sa femme.

— Bien couru. Au boulot maintenant !

Alain n'en crut pas ses yeux. Il décampa immédiatement et se mit en marche en direction de la sortie la plus proche. Quelques minutes plus tard, le détective attrapa le premier taxi qu'il trouva au bord de la route. Pas question cette fois de fureter la tête en l'air dans les rues peuplées de gratte-ciel.

— GE Building, please, dit-il, avec son accent français, au conducteur.

Le tout prononcé sur un ton militaire.

— Je suis très pressé, ajouta Alain dans sa langue natale.

— Ok, ok. Everything is ok, répondit simplement le chauffeur.

Le taxi démarra sans attendre une seconde de plus.

Dix minutes plus tard, Alain était déjà posté en bas du General Electric Building. Heureusement pour lui, Central Park n'était pas trop éloigné du Rockefeller Center en voiture. L'enquêteur regarda sa montre, le cœur haletant. Oui, il était essoufflé ! Pourtant, il n'avait pas couru. Mais il espérait cette fois ne pas manquer sa proie.

Vince avait envoyé son tweet annonçant son départ pour NBC Sports moins d'une demi-heure plus tôt. Alain estima donc vraisemblable de ne pas l'avoir manqué. Il savait grâce au réseau social que le journaliste venait toujours travailler à pied. Mais il n'avait pas la moindre idée de l'adresse à laquelle il habitait, ni de son temps de trajet…

Il restait à espérer qu'il ne soit pas parti immédiatement et surtout qu'il passe par cette entrée principale. Alain n'avait même pas cherché à savoir par quel autre accès il pourrait s'engouffrer dans l'immeuble. Le détective ne pouvait se dédoubler, ni embaucher des renforts. S'il le manquait encore cette fois, il essaierait une autre stratégie. Pourquoi pas en contactant directement la chaîne de télé ? Mais le veuf rencontrait un sérieux obstacle avec son maniement de la langue.

C'était déjà la mi-journée et Alain constata qu'il y avait davantage de sorties de l'imposant gratte-ciel que d'entrées. L'enquêteur pouvait ainsi repérer plus facilement les quelques personnes qui s'aventuraient vers la tour de soixante-dix étages. Les minutes passaient et Alain sentit le doute s'immiscer. Il était sur la ligne de départ de son marathon, prêt à s'élancer vers sa cible. Mais il ne savait pas trop à quoi s'attendre. C'était une aventure totalement inconnue. Il pensa à sa femme qui devait être dans le même état d'esprit six jours plus tôt du côté du Verrazano Bridge… Sous pression !

De plus en plus nerveux, Alain n'arrêtait pas de regarder sa montre. Il ne maîtrisait ni la progression des aiguilles, ni l'emploi du temps de l'amant de sa femme. Soudain, une vision lointaine lui procura un profond soulagement. Aucun doute ! À une centaine de mètres de lui, le détective reconnut sans la moindre hésitation l'homme qu'il attendait par-dessus tout. Celui dont il n'aurait jamais osé imaginer la relation extra conjugale, même dans ses pires cauchemars.

Sans attendre, Alain se dirigea vers le journaliste. Il n'avait pas l'intention de tergiverser, ni de le laisser filer. Tout en se rapprochant, Alain fut surpris par sa taille. Le type devait approcher les deux mètres. Rien d'étonnant pour un ancien nageur de haut niveau mais Alain, du haut de ses un mètre et soixante-douze centimètres, allait devoir lever la tête pour lui causer !

Vince Lewis l'aperçut à son tour et affiche immédiatement un air de stupeur et de mécontentement. Comme s'il avait reconnu le mari de sa maîtresse. Les deux hommes se retrouvèrent très vite l'un en face de l'autre. C'est Alain qui engagea les hostilités.

— Bonjour, je suis Alain Vitali, le mari d'Anna, se présenta-t-il avec un soupçon de défi.

— Je sais, je vous ai reconnu, répliqua dans un français parfait le géant américain.

— Ah bon, s'étonna Alain.

— Anna m'avait montré une photo de vous deux, prise il y a très longtemps. Je ne m'attendais vraiment pas…

— … à me retrouver là, le coupa net Alain, pas mécontent de cette première victoire.

— Mais comment avez-vous fait ?

— Ça n'a pas été simple, je vous rassure. Mais quand on veut quelque chose, on finit toujours par l'obtenir. Je suis têtu !

— Et vous êtes venu exprès à New York ! Mais vous êtes totalement crazy, s'emporta le journaliste avec une pointe d'accent Yankee au passage.

— Ça ne m'amuse pas, vous savez. Voir le mec qui s'est tapé ma femme dans mon dos pendant des semaines, des mois même !

— Mais qu'est-ce-que vous foutez là au juste, répliqua bille en tête Vince ?

— Je veux savoir…

— Mais savoir quoi shit ! Merde comme vous dites en France !

— J'ai découvert votre existence il y a deux jours. Je commençais à m'en douter mais tout de même…

— Je ne sais pas trop à quoi vous jouez en vous pointant ici. Mais au cas où cela vous aurait échappé, Anna est morte. Dead ! Je n'ai rien à vous raconter, vous pouvez rentrer chez vous en France.

— Ne le prenez pas comme ça, please, s'énerva Alain. Si vous croyez que j'ai fait six mille kilomètres pour me faire envoyer valser, vous vous plantez !

Alain avait prononcé ces mots sûr de son fait. Il se considérait dans son bon droit et sa colère froide ne laissait place à aucune ambiguïté.

— Écoutez Mister, c'est votre problème. Personne ne vous a obligé à venir à Manhattan. J'ai rien à vous dire, point final.

Vince s'écarta et commença à se diriger vers l'entrée du building. La tête en l'air pour le regarder, Alain l'attrapa par la manche.

— Attendez s'il vous plaît. Je ne vais pas vous trucider, ni taper le scandale. Ce n'est pas le style de la maison ! Mais j'ai besoin de comprendre ce qu'Anna voulait exactement. Même si ça doit faire mal.

— Mais vous êtes du genre à aimer souffrir ! Je ne vois pas bien l'intérêt.

— Moi, je le vois très bien.

— Mais c'est Anna qui aurait dû vous parler. C'était à elle de le faire, pas à moi !

— Sauf qu'elle m'a tout caché et qu'elle ne peut plus parler aujourd'hui.

— Je sais, je sais, je ne m'en remettrai jamais…

Le regard clair de Vince s'était embué. En quelques secondes, le grand athlète venait de perdre de sa superbe. Il balaya sa grande mèche de cheveux blonds d'un revers de la main, se racla la gorge et reprit la parole.

— Depuis le marathon, je n'ai quasiment pas dormi. Je ne sors pas, je ne travaille pas. Je ne parle à personne. C'est atroce…

— Bienvenue au club des solitaires dépressifs, mon vieux.

Le surnom était sorti tout seul ! Vince devait avoir au moins dix ans de moins que lui mais Alain n'était pas mécontent de son ironie mordante, ni de son clin d'œil posthume à sa belle-mère qui l'appelait à tout bout de champ mon vieux… La plaisanterie laissa de marbre Vince.

— Je n'ai pas envie de vous parler, insista-t-il. Laissez-moi tranquille. Je dois aller bosser maintenant. Mes collègues m'attendent.

— Parler fait toujours du bien. Voilà ce que je ne cesse de me dire depuis six jours… Je n'ai pas suffisamment parlé à Anna, je le regrette tellement…

— Des regrets comme vous dites. On en aura tous les deux jusqu'à la fin de nos jours maintenant.

— Nous parler ne changera rien à notre peine. Mais on aimait la même femme apparemment.

— On était rivaux, arrêtez votre cirque !

— Vous aviez le beau rôle et moi celui du couillon qui est cocufié sans même le savoir. La pilule est dure à avaler, je crève de jalousie contre vous, j'enrage contre Anna et pourtant je suis venu spécialement pour vous rencontrer. On peut quand même essayer de se parler un petit peu, vous ne croyez pas ?

— Je ne vois pas l'intérêt. C'est stérile !

— Putain mais vous parlez super bien français. C'est incroyable, réagit Alain maître dans l'art de la diversion.

— Ma mère est Française, j'ai toujours parlé les deux langues.

— Ah d'accord, je comprends mieux votre aisance, votre vocabulaire. Cela devait plaire à Anna ?

— Oui, elle aimait en effet. Mais elle parlait aussi très bien l'anglais.

— Contrairement à moi… Heureusement que vous maîtrisez la langue de Molière, sinon notre dialogue serait impossible.

— Écoutez Alain, vous permettez que je vous appelle Alain, enchaîna Vince avec une pointe d'agacement ?

— Oui, allez-y.

— Je vais vraiment vous laisser maintenant.

— Accordez-moi quelques minutes. On boit un verre et je vous laisse tranquille ensuite.

— Mais ça ne mène à rien votre histoire. Mettez-moi votre poing dans la gueule, si cela peut vous soulager, et tirez-vous !

— Non, désolé ! Je suis plutôt du genre colère rentrée. J'en veux encore plus à Anna qu'à vous. Tout ce que je souhaite maintenant… pour faire mon deuil comme on dit, c'est savoir ce que ma femme mijotait exactement dans sa tête. Juste avant le marathon, elle avait commencé à m'écrire mais s'est arrêtée. Je voudrais connaître la fin de l'histoire…

— Ah bon, elle vous a écrit. Je ne le savais pas… La fin de l'histoire, on la connaît tous les deux maintenant. The game is over, dit-on chez nous.

— La partie est finie, c'est ça ?

— Oui…

— Pour moi, la partie sera finie quand je verrai totalement clair dans le jeu d'Anna.

Vince soupira un grand coup tout en fixant, du haut de ses deux mètres, ce veuf qui ne lâchait pas l'affaire.

— Ok, concéda-t-il. Mais je vous mets à l'aise tout de suite. Je ne répondrai sans doute pas à toutes vos questions !

Alain avait gagné la première manche. Aux forceps. Il commençait à avoir de l'expérience en la matière. Après avoir finalement donné son accord, Vince téléphona à son boulot pour dire qu'il arriverait plus tard que prévu. Pendant ce laps de temps, le veuf observa son meilleur ennemi de la tête aux pieds. Non seulement le sportif était immense mais il était aussi beau gosse et habillé avec élégance. Alain lui donnait moins de quarante ans. Vince devait donc être plus jeune que sa femme ! Le journaliste était bien blond aux yeux bleus. Il affichait un physique impressionnant surtout la carrure. L'ancien nageur devait faire des pompes tous les matins ou de la musculation, en déduisit Alain, hermétique à tout exercice physique.

Après avoir baragouiné avec un collègue sans qu'Alain ne comprenne le moindre mot, Vince proposa au mari de sa maîtresse de se rendre dans un Starbucks Coffee voisin. Lors de ses quelques marches dans la ville, Alain avait remarqué que cette enseigne était très présente dans Manhattan, beaucoup plus qu'en France. Quelque part, ces boutiques remplaçaient nos célèbres bistrots hexagonaux qui n'existaient pas aux États-Unis.

En chemin, les deux hommes ne se parlèrent pas. Vince marchait trop rapidement pour Alain. Il ne devait pas avoir le même rythme cardiaque. Le veuf mit à profit cet intermède pour construire sa stratégie de dialogue. Il devait éviter d'agresser l'athlète même si l'envie allait certainement le démanger…

Vince poussa la porte du café et s'installa à une table au fond de la salle. L'endroit était copieusement rempli, c'était encore l'heure du déjeuner, réalisa Alain. Le journaliste se chargea de la commande : un jus d'orange pour lui, une bière et un sandwich pour le Frenchy.

— Merci d'avoir cédé à ma demande, commença Alain. J'imagine que ce ne doit pas être évident de voir débarquer de France le mari de sa maîtresse… décédée.

— Si Anna pouvait nous voir…

— Elle serait morte de rire et morte de trouille je pense !

Vince parvint à sourire pour la première fois depuis leur rencontre. Alain retrouva ce sourire ultra-bright qu'il avait détecté sur les photos officielles du chroniqueur sportif.

— Anna était d'une nature gaie, confia Vince. Toujours d'humeur égale. Elle aimait plaisanter.

— C'est ce qui vous a plu chez elle, réagit le mari, pensant en son for intérieur que sa femme lui offrait de moins en moins souvent ce visage.

— Entre autre. Avec elle, on riait tout le temps. On parlait beaucoup aussi. Je n'avais jamais vu une femme aussi bavarde et curieuse.

— Vous vous êtes rencontrés sur Marseille, je crois ?

— Oui, totalement par hasard il y a six mois. Je lui ai demandé mon chemin en ville et l'on s'est mis à discuter, très simplement, comme si l'on se connaissait déjà.

— Elle ne vous a pas dit qu'elle était mariée, s'inquiéta tout de suite Alain ?

— Au risque de vous surprendre, elle me l'a dit immédiatement. Sans aucune gêne.

— Apparemment ça ne vous a pas arrêté !

— Non mais elle non plus Mister, claqua Vince.

— Là-dessus, je vous suis bien volontiers !

— Notre histoire a commencé dès ce premier jour. Nous sommes allés boire un verre sur une grande place circulaire avec plein de bistrots et de restaurants partout. J'adore !

— C'est normal, répondit laconiquement le veuf, se souvenant qu'il s'agissait de la place Castellane aux dires de Béatrix.

Plus Vince évoquait Anna, mieux il semblait se porter, remarqua le détective. Ces bons souvenirs semblaient ranimer des étincelles brutalement éteintes. Le journaliste raconta ensuite leur première balade le long de la corniche en passant par la statue du David, réplique de la sculpture de Michel Ange. Puis un premier baiser sur la plage de la Pointe Rouge. Alain coupa court dans ce travelling qui le consumait à petits feux.

— Mais vous êtes reparti aux États-Unis ensuite ?

— Je suis resté plus d'une semaine, j'ai prolongé mon séjour de trois jours rien que pour elle. Un vrai coup de foudre !

— Elle parlait de moi ou elle m'avait totalement oublié, s'offusqua le mari trahi ?

— Honnêtement à ce moment là, on n'a pas parlé de vous. Jamais. Même si je savais où je mettais les pieds…

Alain encaissa difficilement mais parvint à maîtriser ses nerfs.

— À votre retour sur New York, l'éloignement géographique n'a pas calmé vos ardeurs, demanda-t-il, feignant d'ignorer la réponse ?

— Ça aurait dû en toute logique. Mais la logique en amour…

— C'est sûr, commenta Alain, à la limite de la rupture face à toutes ces révélations… Mais comment vous faisiez, à distance ?

— Je n'ai jamais passé autant de temps avec une nana sans la voir ! On a tout fait : les appels et les SMS, la conversation en webcam via Skype, les mails, les messages privés sur Twitter…

— Je comprends mieux tous ces appels secrets reçus par Anna sur son téléphone ou encore l'absence de tweets entre vos deux comptes…

— Je vois que Mister est détective à ses heures !

— C'est une passion que je me découvre depuis six jours mon vieux ! Je suis dans la peau du mec qui découvre une autre femme que celle qu'il croyait connaître. Elle court, elle s'occupe des autres, elle bosse de moins en moins, elle voit ses copines, elle s'éclate sur Twitter… Et moi, je suis seul comme un con, sans même m'en rendre compte. C'est pathétique !

— On peut arrêter là si vous voulez, proposa Vince à son interlocuteur, qu'il sentait de moins en moins vaillant.

— Non, surtout pas. Je me suis préparé à tout entendre, ne vous inquiétez pas pour moi, fanfaronna Alain.

— Comme je vous l'ai dit tout à l'heure sur le parvis, c'est du masochisme !

— Je m'en fous. C'est mon problème, pas le vôtre, répliqua Alain pour couper court.

Un blanc de quelques secondes s'immisça dans la conversation.

— Et l'on tient six mois comme ça à distance ? C'est un peu virtuel non, observa le Frenchy.

— Oui mais c'est fou tout ce que l'on peut faire à distance avec les moyens actuels, reconnut un peu gêné Vince. On voyait notre tête… nos corps tous les jours sur l'ordinateur grâce à Skype. Ce truc est génial, et en plus c'est gratuit.

— J'en ai entendu parler mais je ne l'ai jamais utilisé. Avec Anna, nous n'en n'avions pas besoin. On se voyait en vrai, c'est mieux !

— Vous avez bien raison. C'est pour ça qu'on a décidé de se voir quelques jours en Europe avec Anna.

— Quoi ? Où ça ?

— À Florence en Italie. C'est une ville très romantique, encore plus hors saison quand elle est moins envahie par les touristes. Les places, les ruelles, les palais et les façades Renaissance, le fleuve Arno et tous les ponts, les cathédrales...

— ...

— C'était un séjour de rêve. On y a passé une semaine. Mon meilleur souvenir avec elle. Je ne l'avais jamais vue aussi heureuse...

— ...

— C'est là qu'on a commencé à parler de vivre ensemble, je vous l'avoue...

— Oui, je sais. Et le bébé, c'est là aussi, ajouta, plus glacial que jamais Alain ?

-...

— Je sais presque tout mais j'aime bien avoir des confirmations !

— Mais qui vous l'a dit ?

— La seule personne à laquelle Anna disait tout ou presque. Vous ne la connaissez pas contrairement à moi !

— Béatrix ?

— Tout juste, alias la libertine sur Twitter !

— Comment ça ?

— Ah, vous n'étiez pas au courant ? Un mystère dans votre besace, ça change !

— Vous pouvez m'expliquer ?

— C'est juste que Béatrix s'excite la nuit via Twitter en se foutant à poil. Cela amusait beaucoup ma femme, votre maîtresse. Je vous rassure, je n'étais pas au courant non plus. Mais ne nous égarons pas. Ce bébé alors ?

— Vous croyez ?

— Comment ça, je crois ! Je suis comme Saint Thomas, moi, je ne crois que ce que je vois, feint de plaisanter Alain qui n'avait pas du tout le cœur à rire. En tant que papa virtuel, votre témoignage fait foi. Puisque la maman n'est plus là...

— Ce bébé, on en rêvait tous les deux. C'est Anna qui m'en a parlé la première. Elle rêvait d'un petit garçon tout blond.

— Aux yeux bleus et costaud comme vous aussi !

— Arrêtez si vous voulez connaître la suite.

— Ok mon vieux. Continuez please.

— Anna était fille unique...

— Pas vraiment mais elle ne le savait pas !

— …

— Je vous expliquerai ensuite, cela n'a plus aucune importance. Continuez…

— Pour moi, elle n'a aucune famille, à part sa mère ! Anna a beaucoup souffert de la solitude et s'est protégée comme elle a pu. Son côté volubile vient de là, je pense. Quand elle est devenue adulte, elle s'est persuadée qu'elle ne voulait pas d'enfant. Trop indépendante, pas maman dans l'âme, pas envie de gros ventre, de nuits agitées…

— Ce discours, elle me l'a servi mon vieux. Plein de fois. À mon corps défendant !

— Oui, je sais, elle m'en a parlé.

— J'ai pourtant insisté mais je n'ai pas su la convaincre. Je m'en voudrai jusqu'à la fin de mes jours…

— Elle m'a affirmé qu'elle n'en avait pas envie à l'époque. Je vous le promets.

— Sauf qu'elle a changé d'avis avec vous ! Ce qui me rend dingue, avoua Alain.

— Je suis désolé…

— Continuez…

— Elle venait d'avoir quarante ans, c'était maintenant ou jamais. Que voulez-vous que je vous dise ? Je lui ai donné l'envie, c'est aussi simple que ça !

— Comme vous dites…

— En Italie, on n'arrêtait pas de croiser des "bambini" partout. Les Italiens sont dingues des gosses. Anna m'a demandé si j'envisageais d'être père un jour…

— Et vous avez dit oui.

— Je me suis à chialer comme... Comment vous dites déjà en France ?

— Comme une madeleine !

— Oui, comme une madeleine. J'ai trente-cinq ans, j'ai voyagé dans le monde entier pour mon boulot, c'était le bon moment… En plus, avec une Française, comme ma mère ! Mais tout était trop beau…

Vince s'arrêta, l'émotion devenait trop forte. Il but une gorgée de son jus d'orange. Alain, lui, n'avait ni soif ni faim.

— Tout était trop rapide vous voulez dire, rebondit le veuf ?

— Sans doute aussi mais nous étions prêts. Tous les deux sommes un peu fonceurs !

— Et casse-cou aussi non, s'agaça Alain ?

— C'est normal que vous voyiez les choses ainsi. Je me mets à votre place…

— Non surtout pas, ne vous mettez pas à ma place, riposta violemment le Frenchy ! Ou si tiens, imaginez qu'Anna vous annonce que finalement, ce beau bébé, elle avait décidé de l'avoir avec un Italien rencontré à Marseille…

— C'est stupide, s'énerva à son tour le journaliste.

— Tout à fait, c'est stupide et c'est ce qui m'arrive quand je vous entends. Anna vous offrait sur un plateau ce qu'elle m'a toujours refusé. En femme mariée… C'est dégueulasse.

— Je vous comprends, je vous comprends…

— Elle allait donc me quitter, c'était planifié ça aussi ?

— Non, pas planifié…

— Mais elle y pensait sérieusement ?

— J'attendais que ça vienne d'elle. Je ne voulais pas la brusquer. Souvent elle culpabilisait par rapport à vous…

— Ravi de l'apprendre. Elle me l'a bien caché !

— …

— Mais pour vous Vince, son choix était fait. Elle voulait vivre avec vous et concevoir ce garçon blondinet aux yeux bleus comme son papa ?

— …

— Répondez honnêtement, je connais la réponse de toute façon…

— ….

— Tout son comportement à mon encontre, tous ses mensonges, tous ses non-dits, son éloignement, ses gestes de moins en moins tendres…

— Arrêtez de vous faire du mal, ça ne sert plus à rien…

— Tout ce déni, c'est l'attitude d'une femme qui n'aime plus son mari, une femme qui en aime un autre, une femme prête à tout pour son amant, prête à refaire sa vie, rêvant d'un enfant…

— C'est ce que je crois aussi, finit par lâcher Vince...

— Et vous avez raison mon vieux. Maintenant je sais…

Alain avait enfin obtenu la confirmation qu'il attendait. De la bouche même de l'amant de sa femme. Les dés étaient bel et bien jetés. Seule la mort était venue bouleverser les plans machiavéliques d'Anna… Vince observa le veuf anéanti, tellement plus petit et plus âgé que lui. Le journaliste se sentit de plus en plus embarrassé face au désarroi du Frenchy. Il chercha à changer de sujet en levant une interrogation qui le taraudait depuis quelques minutes.

— Excusez moi Mister de vous embêter avec ça mais tout à l'heure vous m'avez dit qu'Anna n'était pas fille unique…

— Anna avait deux demi-frères…

— Quoi ?

— Oui, deux demi-frères, du côté de son père mais je vous rassure, elle ne vous l'a pas caché. Elle l'ignorait !

— Mais son père est mort d'une crise cardiaque quand elle avait cinq ans !

— Son père adoptif, pas son vrai père.

— C'est quoi ce truc !

Alain commença à comprendre le trouble de son rival et enfonça le couteau dans la plaie.

— Ne me dites pas que vous n'étiez pas au parfum tout de même !

— Ben non, confessa gêné Vince. Elle avait un père caché ?

— Tout à fait mon vieux. Il s'appelle Roger, je l'ai rencontré pour lui annoncer la mort d'Anna. C'est là que j'ai appris qu'il avait eu depuis deux garçons, les demi-frères de ma femme donc. Vous suivez ?

— Difficilement à dire vrai !

— Anna ne vous a donc jamais parlé de son vrai père, insista lourdement Alain, bien content de s'enfoncer dans cette brèche.

— Non, je vous assure.

— C'est incroyable, ça avait tellement d'importance pour elle...

— Mais comment l'avez-vous su ?

— Par sa mère en personne, la pauvre Edmonde, qui a vécu quasiment toute sa vie avec ce lourd secret.

— Anna ne vous en avait pas parlé non plus alors ?

— Non, comme vous mon vieux. Mais puisque vous étiez le nouvel homme de sa vie, je suis sidéré de son silence. Elle avait écrit à Roger, juste avant de partir pour New York… Elle aurait pu vous en parler…

— Elle ne m'en a rien dit, rien de rien, répéta, dépité l'amant.

— Je comprends votre désarroi mon vieux. C'est étrange… d'autant plus étrange que la découverte de ce secret de famille a dû peser dans sa décision de vouloir un gosse avec vous…

— Vous pouvez développer ?

— C'est sa mère qui lui a révélé il y a deux mois sa fabuleuse aventure avec ce Roger. Un coup de foudre un peu comme le vôtre avec Anna. Sauf que l'histoire s'est arrêtée là. Les deux amants ne se sont jamais revus. Anna est née, le portrait craché de Roger, mais c'est André qui a reconnu la gamine, convaincu d'être son père.

— Atroce...

— Et Edmonde a vécu toute son existence avec ce fardeau. Sans rien en dire à sa fille. Jusqu'à ce qu'elle se décide, sentant arriver la fin de sa vie.

— Quelle a été la réaction d'Anna ?

— Bouleversée, perturbée, révoltée, comme elle savait l'être...

— J'imagine bien...

— Ensuite, elle en a régulièrement parlé avec sa mère. Selon Edmonde, elle était fascinée par cette attirance folle entre les deux amants, fruit de sa naissance... Anna reprochait presque à sa mère ne pas avoir tout plaqué pour Roger...

— Je vois, je vois, cogita à voix haute Vince.

— Bizarre qu'elle ne vous en ait pas parlé, elle qui semblait prête à tout quitter pour vous, à me dire adieu à son retour de New York...

— ...

— Elle qui voulait un bébé. Anna avait une occasion unique grâce à vous de ne pas répéter l'erreur de sa mère, quarante ans plus tôt...

— ...

— Anna décidément m'échappe.

— C'est bon, j'ai compris votre démonstration, on peut peut-être passer à autre chose, lança le journaliste qui accusait le coup.

— Anna la cachottière, Anna l'hésitante peut-être, se délecta Alain, bien content de voir son rival défaillir sous ses yeux.

— ...

— J'allais oublier autre chose d'important...

— Quoi encore, l'interrompit Vince, à fleur de peau ?

— Edmonde n'avait jamais entendu parler de vous. Elle ne connaissait que son gendre !

— Anna me parlait peu d'elle également.

— Avec ma femme, nous en parlions tout le temps, répondit du tac au tac le veuf. Nous avons vécu la dégradation de l'état de santé d'Edmonde ensemble, la découverte de la maladie d'Alzheimer puis son placement en maison de retraite. Comme un couple uni dans l'épreuve. Anna savait qu'elle pouvait compter sur moi...

— J'imagine. Tant mieux pour vous, se contenta de glisser Vince sur la défensive.

— Anna était très proche de sa mère, elles se confiaient beaucoup toutes les deux. Je me suis beaucoup occupé d'Edmonde ces derniers jours. Maintenant, c'est fini, ajouta énigmatique Alain pour ménager son effet de surprise.

— Pourquoi c'est fini ?

— Parce que j'ai appris sa mort hier, ici même à New York. Je venais d'arriver…

— God, s'écria Vince. C'est pas croyable, quelques jours après sa fille.

— Oui, je me suis fait la même remarque. Et ce n'est pas tout…

— Allez-y…

— Edmonde est morte d'une crise cardiaque.

— …

— Elle n'avait aucun problème de ce côté-là, aucun signe avant-coureur…

— Exactement comme Anna…

— C'est le parallèle que nous sommes obligés de faire. Mais sur la santé d'Anna, sa crise cardiaque, vous en savez plus que moi j'imagine, balança Alain à son meilleur ennemi.

Vince but une nouvelle gorgée de jus d'orange, un peu abasourdi par toutes ces révélations. Le Frenchy trempa enfin les lèvres dans son demi-litre de bière. Il croqua même dans son sandwich, un espèce de hotdog avec des frites à l'intérieur. Rien ne faisait peur à ces Américains sur le plan de l'équilibre alimentaire.

— La santé d'Anna : juste parfaite, reprit l'amant.

— Parfaite ?

— Oui, jusqu'au drame. Pour moi, Anna était en pleine possession de ses moyens. Elle ne s'était jamais plainte de son cœur, n'avait jamais consulté le moindre médecin à ce sujet. Une femme en forme, la quarantaine triomphante.

— Je partage votre point de vue. Cette crise cardiaque reste une énigme. Une de plus, me direz-vous ! Mais celle-là s'impose à nous pauvres mortels. De nombreuses personnes succombent à des crises cardiaques, sans aucun antécédent.

— Je sais mais je n'arrive pas à accepter une telle issue. Quelques secondes avant sa mort, Anna me parlait encore. Je vis avec la hantise de cette image, celle où elle tombe… Celle qui me l'enlève pour toujours…

— Moi, je n'ai pas l'image mais c'est pire. J'ai appris en même temps le décès de ma femme, sa passion pour la course à pied et sa participation au marathon de New York. C'est beaucoup pour un seul homme…

Vince fit mine de rien entendre et poursuivit son témoignage.

— Nous étions en plein Central Park… Noir de monde comme quasiment pendant toute la course… On allait dépasser le quarantième kilomètre. Le public aime cet instant. Ça sent la fin de course même si les deux derniers kilomètres sont souvent les plus durs…

— C'est ce que j'ai cru comprendre, nota Alain en pensant au récit de l'autre coureuse française.

— A ce moment là, les coureurs se rapprochent les uns des autres. Tout le monde tourne au ralenti. On se regarde ou pas, on souffre en silence, on suit bêtement la ligne bleue comme un automate. Heureusement, les spectateurs nous portent. Ce sont des acteurs à part entière de cette course totalement crazy.

— Vous aimez bien cette expression, ironisa Alain au passage.

— J'ai déjà assisté à plein d'événements sportifs dans le monde entier, notamment des marathons. Je peux vous dire que New York ne ressemble à rien d'autre. C'est de la folie pure. En tant que coureur, c'est quelque chose que vous ne pouvez jamais oublier…

— Anna a dû se régaler…

— Elle en a pris plein les yeux comme tout le monde. Lors d'un ravitaillement du côté de Brooklyn, on a échangé quelques mots avec un couple de Français. Ils venaient de Paris et avaient couru l'année d'avant le marathon de la capitale française. Le type m'a dit en se marrant : "Là bas, les gens nous regardent passer comme des bêtes curieuses. Ils observent plus qu'ils n'encouragent… À New York, on dirait qu'ils courent avec nous !"

— C'est fantastique, commenta le non sportif.

— C'est drôle de vous entendre dire cela…

— Pourquoi donc ?

— Parce qu'Anna a passé sa course à tout trouver fantastique ! Elle rigolait avec le public, surtout les enfants, tapait dans leurs mains, applaudissait. Je peux vous garantir qu'elle a savouré chaque instant, chaque seconde, consciente de vivre un moment unique…

— Mais elle s'est peut-être emballée, portée par cette ferveur populaire ?

— Non, pas du tout, je veillais au grain pour la calmer ! J'étais à ses côtés en tant que coach plus qu'en … amant, hésita Vince.

— Elle a adoré votre préparation d'après mon enquête, insista le veuf.

— Oui... C'est ce qu'elle me disait tout le temps, y compris pendant la course.

— Sa course se passait donc plutôt bien...

— Comme pour toute personne bien préparée. Anna s'est entraînée plusieurs mois à l'avance à raison de quatre séances par semaine. Je lui ai tout appris, je l'ai conseillée, couvée, rassurée. Du sur-mesure comme je ne l'avais jamais fait auparavant.

— Mais l'impensable s'est produit à ce putain de quarantième kilomètre.

— Depuis quelques kilomètres, Anna était cuite. Comme 99% des coureurs. C'est ce qu'on appelle le "mur", the "wall" chez nous !

— Oui, je me suis documenté, je connais maintenant ce fameux mur même si je ne suis pas sportif pour un sou !

Vince dévisagea Alain comme s'il avait à faire à un extra-terrestre.

— Bref, Anna souffrait mais rien d'anormal. Je l'aidais du mieux que je pouvais. En lui portant sa bouteille d'eau, en lui proposant une éponge, en la faisant rire...

— Je vois, je vois...

— Elle avait mal aux jambes mais aucune crampe. Alors que nous étions entourés de coureurs, obligés de s'arrêter, tout à coup incapables de faire la moindre foulée. Une crampe ne dure pas longtemps mais elle vous stoppe littéralement...

Alain n'en pensa pas moins mais ne voulut pas interrompre le journaliste.

— Pour encourager Anna, je lui ai dit qu'elle avait quarante bornes dans les pattes, comme on dit chez vous. Cette expression m'a toujours fait rire, j'adore votre langue...

— Et Anna a ri ?

— Non, pas du tout. Elle m'a répondu : "Encore deux kilos, c'est long".

— "C'est rien du tout mon amour", "c'est rien du tout mon amour"...

Alain n'aima pas du tout ce "mon amour" répété deux fois, comme pour mieux l'abattre. Il vit Vince se décomposer et s'arrêter de parler. Comme sonné. Les deux hommes firent silence, revivant chacun à leur manière cette rupture irrémédiable, ce moment où la femme de votre vie vous abandonne sans préavis, ni accompagnement. La mort abjecte. Cette saloperie de l'existence. Un air connu que chacun redoute et feint d'ignorer. Ce passage qui unit et réunit les vivants. En espérant que son tour viendra le plus tard possible…

Vince reprit ses esprits au bout de quelques secondes…

— Excusez moi, Mister. C'est encore très chaud pour moi, j'ai l'impression d'être resté dans Central Park depuis six jours.

— J'y étais tout à l'heure en vous attendant. Je me suis retrouvé par hasard sur le parcours. Sans doute tout près de là où Anna est tombée…

— Je ne sais pas si je pourrai retourner courir là bas un jour, avoua l'amant…

— …

— Voilà donc notre dernier échange : "Encore deux kilos, c'est long", "C'est rien du tout mon amour". Je me le repasse en boucle. A m'en taper la tête contre les murs. Je voudrais pouvoir faire marche arrière et changer la suite du scénario. Comme s'il s'agissait d'un rêve. Mais c'est juste impossible…

— J'aimerais pouvoir en faire autant et me battre comme un damné pour garder ma femme près de moi…

— Mais nous sommes comme deux cons, face à face et orphelins.

— Anna s'est arrêtée net d'après les organisateurs. Ils ont recueilli le témoignage d'un coureur brésilien qui était à côté de vous.

— Ah bon, je n'étais pas au courant…

— Essayez d'aller au bout s'il vous plaît. C'est important pour moi.

— Elle m'a regardé une dernière fois avec un drôle d'air, comme si elle me disait : "Cause toujours, j'en bave". On a continué de courir tout doucement peut-être dix ou vingt secondes. J'étais tout près d'elle. Sûr de notre réussite et tellement fier...

Alain ne dit plus rien. Il attendait la suite. Scotché au récit de Vince.

— Je regardais droit devant moi quand je l'ai sentie partir. Comme foudroyée sur place. Elle s'est fracassée contre le sol, j'ai été incapable de la retenir. J'ai tout de suite compris que ce n'était pas une chute. La brutalité de la scène, les hurlements dans la foule, les "oh, my god", les coureurs qui s'arrêtent…

— …

— Je me suis mis à crier "Anna, Anna, my love, mon amour". Je l'ai allôngée sur le dos, son visage était en sang. Elle était déjà morte… Deux policiers sont arrivés immédiatement. L'un deux a pris le pouls d'Anna. Il a tout de suite fait non de la tête à son collègue… Rien à faire, rien à regretter. C'était impossible de la sauver.

— Une ambulance est arrivée très vite je crois ?

— Oui, moins de cinq minutes après. À cet endroit de la course, de nombreux secours sont en alerte. Le médecin avait des gestes précis et sûrs. Il n'a même pas essayé de la ranimer. Ils ont mis Anna sur un brancard et ont libéré la zone de course. Je les ai suivis et leur ai raconté les minutes précédant l'arrêt cardiaque. Comme pour vous…

— Et ensuite ?

— Ils m'ont demandé si j'étais son mari. J'ai répondu : "un ami". Ils ont arraché son dossard. Comme tous les coureurs, Anna avait rempli au dos de son sésame les coordonnées des personnes à prévenir en cas d'incident. Il y avait les vôtres et celle de la responsable du job d'Anna en France.

— Oui, madame Bruguière, c'est elle qui m'a prévenu du décès de ma femme…

— Ah bon, ils ne vous ont pas appelé en premier. Je leur ai dit que vous étiez son mari…

— Si, si bien sûr. J'ai retrouvé mon statut de mari en ce sinistre instant. Mais je n'ai rien compris au téléphone, j'ai cru que c'était une erreur, j'ai raccroché au nez du type qui tentait de me mettre au courant, se souvint Alain.

— Je comprends.

— Il faut dire que j'ignorais totalement que ma femme était à New York pour courir son premier marathon avec son amant. Je pensais qu'elle était uniquement en séminaire pour son laboratoire pharmaceutique…

— …

— Et ensuite ?

— Les flics puis les organisateurs m'ont posé plein de questions. J'étais abattu, incapable de prononcer une phrase complète. Ils n'ont pas insisté. Je leur ai juste dit que je voulais rester anonyme, qu'en France, la famille d'Anna n'était certainement pas au courant… Ils ont dû me prendre pour un dingue.

— C'est possible, c'est possible.

— J'ai laissé mes coordonnées et suis rentré chez moi à pied. Je n'habite pas très loin de Central Park.

— Je sais, vous le dites souvent sur Twitter !

— Exact, on ne peut rien vous cacher.

— Anna y arrivait très bien, vous avez dû vous en rendre compte, lâcha Alain.

— Excusez moi, je suis fatigué. Depuis dimanche dernier, vous êtes la première personne à laquelle je raconte ce qui s'est passé.

— Je suis crevé aussi. Anna ne m'a rien épargné depuis sa mort. J'ai parfois l'impression qu'elle est morte plusieurs fois depuis dimanche…

— Les organisateurs m'ont rappelé le lendemain pour me dire qu'ils avaient réussi à prévenir la France, que le corps d'Anna serait rapatrié très vite.

— Oui, j'étais là pour l'accueillir. Toujours dans mon costume officiel de mari. Dans ce cas, l'amant disparaît.

— Croyez bien que je le regrette…

— Pas autant que moi, mon vieux. Pas autant que moi… Si vous n'aviez jamais croisé Anna à Marseille, elle n'aurait jamais fait ce marathon. Il n'y aurait jamais eu d'amant. Jamais d'accident…

— Je n'arrête pas de me le reprocher…

— Vous pouvez, mon vieux, lança Alain au journaliste en le défiant du regard.

— Quand Anna m'a annoncé qu'elle venait ici pour son boulot, j'ai cru qu'elle me faisait marcher. Trop beau pour être vrai.

— C'est la seule chose que je savais dans cette sombre histoire…

— Elle m'a donné ses dates. Pile poil pendant le marathon. J'étais déjà inscrit. Mon septième dans ma ville. Je lui ai proposé de tenter l'aventure.

— Et elle a accepté en parfaite inconsciente !

— C'est vrai qu'elle avait ce grain de folie, ce je ne sais quoi qui m'a fait craquer tout de suite pour elle.

— Là où elle est maintenant, son grain de folie ne lui servira à rien. Elle a juste servi une dernière fois aux étudiants en médecine de Marseille, fit observer Alain avec son humour à froid.

— Je sais qu'elle tenait à donner son corps à la science, réagit l'amant sportif.

— Après vous l'avoir donné à de multiples reprises.

— Arrêtez Mister, c'est bon maintenant, tiqua Vince. Vous voulez pas que je vous raconte tout, non plus, s'énerva-t-il.

— Non, gardez ces images pour vous, j'ai les miennes aussi. Les souvenirs sont les derniers remparts contre la mort.

— Je garderai les jours précédant le marathon, elle était subjuguée par New York, ma ville, mon univers, mon terrain de jeu préféré.

— Mais elle a bossé un peu quand même ?

— Oui, oui, bien sûr. Ses collègues pourront vous le confirmer.

— Je m'en fous maintenant. Ses collègues vont vite l'oublier. Les médicaments continueront de séduire les médecins sans Anna, son verbe et sa grande classe…

— Son élégance…

— J'ai récupéré la valise d'Anna, je l'ai ouverte, confessa Alain à son rival. J'y ai trouvé l'odeur de son parfum… Et la panoplie parfaite de la femme d'affaires en déplacement à New York…

— Ses parfums, j'en étais dingue. Anna sentait toujours bon. Je me perdais dans ses effluves…

— Vous n'étiez pas seul dans ce cas, mon vieux !

— Je deviens trop bavard, s'excusa sincèrement Vince.

— Je continue si vous me le permettez…

— Oui, oui. Allez-y.

— Dans cette valise à l'odeur envoûtante, un vêtement particulier a attiré mon attention…

— Oui, lequel, réagit aussi sec le géant américain ?

— Une robe…

— Une robe magnifique…

— Oui, une robe de soirée noire que ma femme n'avait portée qu'une seule fois. Pour un mariage où nous sommes allés ensemble…

— Une robe longue, en drapé noir, signé d'un grand couturier français…

— Christian Dior…

Les deux hommes s'étaient compris. Mais Alain voulait savoir. Tout savoir. En enquêteur fou qu'il était devenu depuis six jours.

— J'avais trouvé incongrue la présence de cette robe pour ce séjour new yorkais. Mais j'ignorais encore votre existence. Maintenant, j'imagine un dîner en tête à tête dans un restaurant luxueux de Manhattan…

— Est-ce bien nécessaire, tenta Vince ?

— Oui, ça l'est !

— Comme vous voudrez, répliqua Vince. Plus qu'un restaurant, c'est un endroit avant tout magnifique. L'une des plus belles vues sur la ville. Le restaurant de l'hôtel Marriott sur Times Square. Situé au quarante-huitième étage. Avec de larges baies vitrées pour ne rien manquer de la ville.

— À condition d'avoir la plus belle table ?

— Même pas la peine, plaisanta Vince ! Le restaurant est monté sur un plateau pivotant. On tourne tout doucement pour découvrir Manhattan à 360 degrés. Au bout d'une heure, vous avez accompli un tour complet... C'est tout bonnement magique !

— Vous avez sorti le grand jeu ce soir là, commenta le veuf, dépité mais pas abattu.

Il laissa passer quelques secondes tout en fixant froidement son adversaire, cet homme qui avait désiré lui enlever sa femme.

— Mais finalement, tout ce faste n'aura servi à rien, reprit-il.

— ...

— La vraie Anna, l'authentique, sans robe de soirée Christian Dior, habillée avec goût mais sans ostentation, je vivais avec elle...

— Et alors, s'agaça Vince, qui ne voyait pas du tout où voulait en venir le Frenchy ?

— Alors, alors, elle agissait tous les jours sans robe d'apparat...

— C'est-à-dire ?

— Pour voler au secours des femmes.

— Voler au secours des femmes ?

Vince regarda Alain totalement interloqué. Dans ce regard, se mêlait de l'incompréhension et de l'ignorance...

Il était venu à New York pour cette rencontre au sommet. L'échange avait été nourri, complet et…épuisant. Après avoir quitté Vince, Alain avait regagné son hôtel à pied pour récupérer ses affaires et rentrer au bercail. L'enquêteur n'avait trouvé aucune raison valable pour rester une seconde nuit dans sa grande chambre d'hôtel.

Dans le taxi qui le ramenait vers l'aéroport, Alain vit défiler les lumières de la ville. En cette fin de journée, la nuit était déjà tombée sur Manhattan. Sa voiture jaune avançait au ralenti. Le samedi, la circulation semblait encore plus dingue qu'en semaine. Mais Alain s'en foutait puisqu'il n'avait aucun avion réservé ! Une fois rendu à l'aéroport, il demanderait tout simplement le premier vol disponible pour le ramener dans sa Provence d'adoption.

Sa mission s'achevait. Alain apprécia ce sentiment du devoir accompli et put dérouler le fil de sa conversation avec Vince. Bien que récalcitrant au début de leur entrevue, l'amant avait finalement joué le jeu de la confession. Oui, Anna était très amoureuse de cet homme. Elle parlait sans cesse et se perdait dans son regard bleu. Sa femme devait apprécier se blottir contre lui, protégée par sa carrure de sportif. Tout ce qu'elle avait perdu avec lui, toute cette tendresse qui s'étiolait entre un mari et sa femme.

Alain pensa à ces deux phrases de leur chanson culte, celles qu'Anna avait soulignées dans son dernier mot à son époux. "Comme j'aimerais que tu me comprennes, que tu m'écoutes au moins une fois". Voilà assurément ce qu'elle avait trouvé chez son amant, du soutien, de l'échange, une nouvelle vie. Pour le voir, Anna avait été prête à tous les subterfuges. Jusqu'à partir à Florence, la capitale Toscane, pour y retrouver son nouvel amoureux. Alain fit travailler sa mémoire et se souvint d'un déplacement professionnel d'une semaine à Paris. Une pure invention. Un stratagème pour s'envoyer en l'air avec le journaliste sportif et lui demander un enfant.

Car Vince avait été clair : c'est bien Anna et elle seule qui lui en avait fait la demande. Comme si elle voulait revenir en arrière et mettre au monde un bébé, celui qu'elle avait toujours refusé à son mari. Qu'avait-il donc fait pour subir un tel affront ? Pourquoi ne leur avait-elle pas laissé une seconde chance ? Elle savait bien que son mari aurait dit oui, même à cinquante ans !

Que nenni ! Anna avait déjà tiré un trait sur leur couple, préféré se projeter vers un autre homme, plus jeune, plus grand, plus ouvert. Ce blond aux yeux bleus qui était totalement crazy et partant pour lui donner sa graine. Grâce à cette rencontre, Anna rêvait donc d'un petit garçon et d'un ailleurs loin de Bouc Bel Air, loin de la Provence.

Elle demandait juste un peu de temps, pour se rassurer et se débarrasser de son boulet de mari. C'était sans doute plus difficile qu'elle ne le pensait de tirer un trait sur une histoire longue d'une dizaine d'années et d'oser dire la vérité de ses sentiments. Elle avait commencé à lui écrire sans terminer sa missive, sans aller au fond des choses, là où il faut appeler un chat un chat, là où les mensonges et les non-dits sont interdits.

Cette dernière étape, celle de la franchise, s'avérait sans aucun doute l'épreuve la plus pénible pour Anna. Anna, la femme aux multiples facettes, la reine de la dissimulation, celle qui n'ouvrait jamais les mêmes tiroirs selon ses interlocuteurs.

Car l'autre enseignement de ce drôle de rendez-vous américain tenait dans l'ignorance dans laquelle l'amant avait été lui aussi plongé. Ignorance sur l'activité militante de SOS Femmes, ignorance sur Roger et Edmonde, ignorance sur la libertine, ignorance sur le fameux courrier inachevé. À la grande surprise d'Alain, cette liste était longue et faisait sens. Comme si Anna avait voulu aussi tenir à l'écart son amant, ne pas se dévoiler complètement, se protéger et garder sa part de mystère…

Le grand blond était resté bouche bée devant les révélations d'Alain même s'il ne l'avait pas exprimé par fierté et orgueil. Le journaliste croyait maîtriser son histoire avec la belle Française, tout écouter et tout comprendre. Mais il avait vu tout à coup s'afficher de grandes zones d'ombre. Un vrai motif de satisfaction pour Alain.

Les deux hommes s'étaient salués après avoir échangé, au cas où, leurs coordonnées. Tristes, seuls, amoureux d'une femme intrigante et profondément secrète. Cette femme dont le cœur avait arrêté de battre, d'un seul coup d'un seul, dans les allées boisées de Central Park. Si proche de son rêve, si loin au final…

Le septième jour

Alain apprécia l'image. Le corps de sa femme s'offrait à lui. Sans retenue ni gêne. Elle lui fit un clin d'œil et lui demanda simplement de venir. Son sexe lui sembla tendu à l'extrême. Prêt à exploser. Avant de s'engager, il caressa une nouvelle fois le pubis humide de celle qu'il aimait par-dessus tout. Même après toutes ces années, cette vision le rendait fou, ses poils bruns dans lesquels il aimait tant se perdre, ce corps de rêve, ses petits seins fermes, toutes les lèvres de sa Dalida…

Les secrétions intimes d'Anna lui enlevèrent ses dernières résistances. Le mari pénétra sauvagement sa femme. Il ne sentit plus sa verge emportée dans des vagues de désir. Leur va-et-vient s'éternisa aussi longtemps que possible. Les deux époux se regardaient par intermittence, leurs visages exprimaient la rage de leur coït, dans la plénitude de leur orgasme partagé. Quand tout vous échappe, votre corps, votre tête. Tout votre être.

Leurs cœurs battaient vite, à l'unisson. Alain aurait voulu figer ces instants uniques pour l'éternité, vivre uniquement pour l'amour et le sexe de sa femme. Mais il se libéra dans un rut final aussi beau qu'envoûtant. Sa semence s'écoula tout doucement dans les profondeurs les plus intimes de sa femme. Une fois encore, ils avaient été ensemble pour partager le plus beau cadeau de l'existence…

Alain se réveilla en sursaut. En nage et troublé. Il jeta un regard gêné vers son pantalon puis vers sa voisine, heureusement en plein sommeil. Le quinquagénaire dut attendre un certain temps avant que son érection ne retombe ! Tant son rêve était bon et intense.

L'avion, qui le ramenait vers la France, était plongé dans le noir. Le veuf regarda sa montre : cinq heures du matin. Il l'avait remise à l'heure de son pays au moment du décollage. Alain songea à son rêve dont il n'avait oublié aucune seconde. Et pour cause ! Ces moments magiques, il les avait vécus régulièrement avec son épouse. Plusieurs fois par jour au début de leur histoire puis de moins en moins souvent au fil des années. Comme un condensé de leur union dont l'intensité s'était étiolée sans qu'Alain ne s'en alarme.

Alain fouilla dans ses souvenirs pour retrouver un orgasme digne de son rêve. Il réalisa combien leurs étreintes étaient devenues espacées et mécaniques. Certes, le couple faisait encore l'amour mais les vieux mariés avaient laissé en chemin la folie des corps embrasés. Alain l'avait évidemment remarqué mais s'en était accommodé par lâcheté et facilité. De son côté, Anna avait des raisons objectives de moins désirer son mari. Dans leur lit de Bouc Bel Air, le journaliste de New York ne devait jamais être bien loin...

Alain ouvrit la maison, plus seul que jamais. En ce dimanche automnal, le village était plongé dans une léthargie que ne goûta guère le veuf en entrant dans son salon. Son escapade express à New York était venue confirmer toutes ses craintes sur les désirs les plus intimes de sa femme. Anna, morte brutalement, n'avait pas pu le plaquer mais c'était tout comme pour le détective. Il cumulait un double statut : cocu et veuf ! Et lui dans tout ça ? Il n'avait jamais cessé d'aimer sa femme et se serait battu comme un beau diable pour la garder si elle lui avait donné au moins une chance...

Mais la crise cardiaque d'Anna avait réglé le problème autrement. Quoi qu'il advienne, Alain resterait le mari, le veuf, le malheureux. Plus personne n'entendrait parler de Vince et Alain garderait pour lui l'existence de cet amant faisant battre le pouls de sa femme les six derniers mois de sa vie. Seuls Béatrix, Muriel et Pierre connaîtraient ce secret. Alain savait qu'il pouvait compter sur leur discrétion...

Sur ces entrefaites, il téléphona brièvement à son frère pour lui dire qu'il était rentré au pays. Alain lui relata son tête-à-tête avec le journaliste et la teneur de leur échange. Pierrot ne fut pas vraiment surpris comme s'il avait pris son parti, lui aussi, du caractère volage de sa belle-sœur. L'aîné rappela à son cadet la promesse faite avant son départ. Ce périple américain devait mettre un terme à cette folle enquête démarrée sept jours plus tôt.

En raccrochant, Alain pensa au coup de fil qui l'avait réveillé le dimanche précédent. Son interlocuteur lui annonçait le décès de sa femme en plein marathon, il lui avait raccroché au nez, criant à l'erreur. Sans savoir encore que la méprise était de son côté. Il attendait des nouvelles de sa femme partie officiellement pour son boulot, elle dînait aux chandelles dans sa robe Dior avec vue sur son géant et les gratte-ciel !

Depuis ce dimanche, Alain avait vécu les sept jours les pires de son existence. Il n'avait jamais eu le temps de se poser, ni de se lamenter sur son sort. Le formateur pépère s'était mué en enquêteur tenace, convaincu au fond de lui qu'Anna ne lui avait pas tout dit. Il n'aurait jamais imaginé ce qui l'attendait sur la trace des mystères de sa femme…

Maintenant tout était fini et le moment était sans doute venu d'attaquer ce travail de deuil que lui recommandait Pierrot. Malgré le vide qui le saisissait, malgré l'absence d'envie, malgré les infamies de sa Dalida. Que restait-il à un homme de cinquante ans, trahi et esseulé ? Le travail bien sûr. Alain s'était toujours noyé dans son job de formateur et il devrait recommencer. L'alcool. Il en avait trop abusé et essaierait de se limiter. Car ce refuge était un leurre qui avait contribué à éloigner Anna. L'amour. Il avait été gâté en rencontrant Anna lors d'un karaoké improbable. La chance ne repasserait pas deux fois et surtout son amour pour sa femme ne s'éteindrait jamais…

Le tableau était noir et Alain se demanda ce qui pourrait lui sortir la tête de l'eau. Le temps paraît-il ferait son usage et la vie reprendrait le dessus. Alain en doutait sérieusement. Mais il était veuf depuis seulement sept jours et devait au moins essayer de se battre. Pour quelque temps. Pour voir et savoir si la vie sans Anna valait la peine d'être vécue. Il pourrait chercher à bâtir une relation avec Béatrix, accompagner Muriel dans sa galère, tendre la main à ses parents, notamment à cette mère qui lui faisait tant de reproches, profiter de son frère qui l'avait vraiment aidé ces derniers jours. La liste lui sembla trop longue et au dessus de ses forces du moment. Mais qu'importe. C'était un début.

Pour reprendre pied avec la réalité, Alain se prépara à déjeuner tout en réfléchissant aux tâches urgentes des prochains jours : téléphoner à son boulot, accomplir les démarches administratives liées au décès de sa femme, payer l'enterrement d'Edmonde… Tout à coup, le veuf se souvint que sa belle-mère lui avait écrit un mot, retrouvé par les infirmières de la maison de retraite. A New York, il avait demandé à madame Jauzion de lui poster chez lui. Il fila illico presto chercher son courrier en traversant le jardin. La vue de la piscine lui rappela les longueurs de sa femme dans ce bassin qu'elle aimait tant.

Il dut faire demi-tour car il avait oublié les clés. L'effet de la fatigue et du décalage horaire sans aucun doute. Une minute plus tard, il ouvrit enfin la boîte aux lettres. Elle était bien remplie. Un petit carton attira l'attention d'Alain. L'expéditeur le surprit : le laboratoire pharmaceutique où bossait Anna. Le veuf éventra à la hâte le carton. Madame Bruguière lui avait écrit un gentil mot. La responsable de sa femme. Celle qui lui avait annoncé la mort de sa Dalida. Lorsqu'il était passé pour l'imbécile de service, même pas au courant qu'elle courait le marathon de New York.

Madame Bruguière lui expliquait qu'elle lui adressait tous les effets personnels de la défunte et lui souhaitait à nouveau ses condoléances les plus sincères. Alain tomba sur trois photos qui attirèrent immédiatement son attention. La première image réunissait Béatrix et Anna, très jeunes, certainement à l'époque de leur rencontre lorsqu'elles étaient étudiantes. Au dos, Béatrix avait simplement écrit : "A mon amie, pour la vie". Sur une autre photo en noir et blanc, Alain retrouva avec plaisir Edmonde, digne et fière, prenant la pose dans son appartement des Cinq Avenues à Marseille. Bien avant que la maladie d'Alzheimer ne vienne lui pourrir la fin de son existence.

Alain trembla en contemplant le dernier cliché. Ils étaient tous les deux dans leur jardin de Bouc Bel Air. Enlacés, heureux et morts de rire. Cette photo avait été prise des années plus tôt par un voisin, se rappela tout de suite Alain. En plein été à l'occasion d'un barbecue pastis rosé merguez qui fleurait bon la Provence et les cigales. A l'époque où sa femme l'aimait sans doute encore, à l'époque où Vince n'existait pas, où Anna ne courait pas, où ils faisaient l'amour au bord de la piscine en pleine nuit…

Il était encore debout devant sa boîte aux lettres, le carton dans les bras ! Un peu groggy par ses clichés. Alain regagna le canapé de son salon pour poursuivre son inventaire. Un grand agenda mauve lui sauta aux yeux. C'était l'agenda professionnel de la visiteuse médicale. Il le feuilleta rapidement et constata qu'elle y notait ses rendez-vous de démarchage auprès des médecins généralistes de sa zone de chalandise.

Il exhuma ensuite un magnifique stylo Montblanc qu'il avait acheté trois années plus tôt à la femme de sa vie pour son anniversaire. Trente-sept ans à l'époque… L'enquêteur prit ensuite une liasse de papiers soigneusement maintenus par un gros trombone. Alain y trouva la photocopie du mot que sa femme avait finalement écrit à Roger, son vrai père. Il le relut plus tranquillement que lorsque Roger lui avait montré dans sa maison de Saint Cyr sur Mer. "Ma mère vient de m'annoncer l'impensable", reconnaissait Anna, pas vraiment emballée de voir cet inconnu, son père, entrer dans sa vie "comme par effraction". "A un moment charnière de mon existence", ajoutait Anna. Les mots avaient été bien pesés, observa Alain.

Lorsqu'il l'avait lu la première fois, il lui manquait l'information essentielle sur l'existence de l'amant…

Le veuf tiqua ensuite sur une autre phrase : "J'ai longtemps hésité avant de vous écrire, me demandant si ce retour vers le passé n'allait pas me dévaster encore un peu plus". Comme quoi cette histoire familiale était le nœud gordien d'Anna, son jardin de souffrance et de silence sur lequel la gamine avait grandi. Son sens du non-dit et du mystère venait sans aucun doute de là…

Alain lut ensuite une petite bafouille signée de Muriel, un peu farfelue dont il ne comprit pas vraiment le sens. Dans cette pile de feuilles, il étudia également un mail envoyé par Vince à la coureuse sur son programme d'entraînement. Le mari remarqua l'absence de mots doux du coach, qui semblait ne pas vouloir mélanger les rôles ! Cette prudence permettait aussi à son "élève" de pouvoir imprimer sans le moindre risque le plan de ces réjouissances.

Anna avait aussi mis de côté la plaquette de présentation de SOS Femmes, la même qu'Alain avait lu quelques jours plus tôt, effaré par son contenu. Le dernier papier broché fit bang dans le cœur du veuf. Les paroles de leur chanson. Sans aucune annotation cette fois. Ce texte décidément les unissait pour toujours. Leur marque indélébile. Celle que Vince ne pourrait jamais altérer, celle qui aiderait Alain à affronter les prochaines semaines.

Le reste du carton contenait toute une série d'objets promotionnels ou de cadeaux en tout genre glanés au fil des années par Anna. Grâce à cette entreprise médicale qui ne l'embauchait plus qu'à mi-temps depuis six mois. Six mois ! Cela correspondait à sa rencontre avec Vince, réalisa Alain. Il ferma le carton sur cette coïncidence dont il se serait volontiers passé.

L'enquêteur mit ensuite la main sur sa pile de courriers pour lire la lettre de sa belle-mère qu'il était venu chercher quelques minutes plus tôt dans son jardin. Il décacheta l'enveloppe de la maison de retraite et prit le courrier d'Edmonde. Comme lui avait expliqué l'infirmière lorsqu'il était à New York, la vieille dame avait simplement écrit sur sa missive : "Pour mon gendre Alain". Le gendre ouvrit délicatement l'enveloppe…

Cher Alain,

Une fois n'est pas coutume, je vous écris et vous appelle par votre prénom, vous, mon gendre que je n'ai jamais ménagé. Nous n'avons jamais été proches tous les deux, absorbée que j'étais par ma relation avec ma fille. Vous l'avez compris et vous en êtes, je pense, accommodé, même si cela a dû vous saouler parfois...

Ce soir, je suis épuisée. Vous m'avez téléphoné tout à l'heure pour me demander si j'avais eu vent de l'amant américain de ma fille ! J'avoue n'avoir été qu'à moitié surprise même si, comme je vous l'ai dit, Anna ne m'en avait jamais parlé. Mais je la trouvais différente depuis quelques semaines. Soucieuse et grave. Elle semblait attendre beaucoup de son séjour new yorkais. Je comprends mieux maintenant pourquoi...

Vous n'aviez pas besoin de ça mon pauvre vieux ! Mais sachez que je suis avec vous dans cette galère sentimentale, moi l'experte en la matière. Sachez surtout qu'Anna vous aimait. Je n'ai jamais eu le moindre doute là-dessus. Même si vous n'avez jamais eu d'enfant ensemble, même si votre histoire était abîmée par l'usure du temps, cette même usure que je ressens vivement en cette triste soirée automnale.

Ma fille avait donc choisi d'aller voir ailleurs. Comment pouvez-vous l'accepter, vous qui avez toujours aimé éperdument Anna ? Mais son escapade cruelle ne doit pas vous faire oublier l'essentiel... elle et vous, vous et elle. Votre rencontre sur cette chanson de Dalida. Ce tube des années soixante-dix... Tout sauf anodin...

À ce propos, j'ai une dernière chose à vous confier, une chose que vous devez ignorer. Cette chanson, Anna ne l'a pas choisie par hasard lors de votre rencontre. Cette chanson, c'est moi qui lui ait fait découvrir quand elle était enfant. Quand nous nous sommes retrouvées toutes les deux après la mort d'André.

Je l'écoutais en boucle, je l'adorais. J'ai toujours vu au travers d'Alain Delon mon Roger, cet homme qui se voit barrer la route par une Dalida inflexible. Il a beau lui dire qu'elle est son "rêve défendu", son "seul tourment", son "unique espérance", elle lui renvoie en boucle ces "paroles, paroles, paroles", indifférente et lointaine. Comme je l'ai toujours été avec Roger, que j'ai n'ai pourtant jamais cessé d'aimer. En secret pour toujours...

Voilà mon vieux pourquoi cette chanson n'est pas neutre pour votre femme. Elle ne vous l'a jamais avoué. Sans doute par pudeur ou par gêne. On en parlait de temps en temps toutes les deux, il

nous est même arrivé de l'écouter ensemble. Surtout quand j'ai révélé à Anna l'identité de son vrai père. Je lui ai alors décodé l'histoire personnelle de cette chanson comme je viens de vous l'expliquer. C'est un juste retour des choses de vous informer. Anna vous aurait certainement mis au courant mais elle est morte avant d'avoir pu le faire...
Je vous remettrai en mains propres ce mot. Plus facile pour moi à écrire qu'à raconter de vive voix. Je vous embrasse.
Edmonde

Elle avait écrit cette lettre peu de temps après leur dernier échange téléphonique... La veille de sa mort comme le montrait la date inscrite en tête du courrier. Se sentait-elle partir ? Difficile d'anticiper une crise cardiaque, se raisonna Alain. Mais la vieille dame n'avait plus envie, plus rien ne la retenait sur terre. Elle avait donc voulu saluer son gendre comme jamais auparavant. Avec des termes chaleureux, des pensées positives. "Sachez qu'Anna vous aimait…" Alain relut avec plaisir ces quelques mots même s'ils appartenaient au passé.

Ce courrier contenait aussi une nouvelle révélation sur "Paroles, paroles". Un petit secret de famille bien gardé. Anna avait omis de révéler que la chanson avait bercé son enfance. En choisissant de la chanter avec lui ce soir là, le soir de leur rencontre, elle l'avait ancrée pour la vie dans son cœur et dans celui de son futur mari...

Alain était abasourdi mais cette missive représentait une bouffée d'oxygène dans ce dimanche cafardeux et silencieux. Le veuf quitta son canapé pour récupérer dans ses affaires le dernier mot d'Anna, celui qu'il avait déniché au fond de son sac à main, celui qui commençait par les paroles de cette fameuse chanson.

C'était une feuille volante. Anna avait commencé par taper le texte de la chanson interprétée par Dalida et Delon. Cette complainte, qu'elle écoutait donc depuis son enfance, avait aidé sa mère à affronter sa solitude. Elle l'avait choisie sciemment pour démarrer l'histoire d'amour de sa vie. Elle l'avait encore choisie pour ce mot décisif dans lequel elle s'apprêtait à lui révéler la vérité...

"Comme j'aimerais que tu me comprennes", "Que tu m'écoutes au moins une fois". Ces deux phrases, prononcées par Alain Delon, avaient été surlignées au feutre jaune. Ce n'était pas neutre. Forcément. Sauf qu'Anna avait un amant, qu'elle voulait mettre au grand jour cette passion cachée, vivre avec l'Américain et tomber enceinte. Comment pouvait-elle demander à son mari de la comprendre ? Il y avait un truc qui clochait, songea Alain. Anna était tout sauf bête, du genre franche et têtue. Elle n'avait pas besoin de louvoyer ainsi. Ce mystère énerva le veuf qui poursuivit sa lecture de la feuille volante.

Il termina la lecture des paroles cultes puis enchaîna avec l'écriture manuscrite de sa femme. "Ce dernier voyage ne ressemble à aucun autre", avouait-elle. Et pour cause ! Alain espéra au passage que sa femme ne l'ait pas trompé à chacun de ses déplacements. Sa Dalida esquissait ensuite des reproches. "Nous n'arrivons plus à nous comprendre", "Je comptais sur toi pour sentir que je m'échappais. J'attends toujours". Quel toupet tout de même. S'il avait eu la traîtresse en face de lui, Alain lui aurait expliqué qu'elle n'avait qu'à assumer ses faits et gestes, dire qu'elle s'échappait et tenter avec son mari de sortir de cette crise ! C'était vraiment trop facile de lui renvoyer la balle. Comme s'il était seul coupable. Certes, il prenait sa part de responsabilité, se reprochait ses négligences, son autisme, sa passivité. Mais contrairement à elle, il n'avait pas accumulé les mensonges, il ne l'avait pas trompée, il n'avait pas partagé l'orgasme de son rêve avec une autre personne… Là encore, Alain vit une incohérence qui lui échappait…

Anna enchaînait ensuite sur son fameux marathon. "Il me faut maintenant t'expliquer pourquoi ce marathon représente bien plus qu'un défi sportif et humain, pourquoi je me suis enfermée dans une stratégie du silence, pourquoi cette course doit libérer des choses en moi…"

Sauf que les explications s'arrêtaient là, sur ces points de suspension qui firent toujours autant de mal à Alain. Anna se considérait comme "enfermée" par ses silences. Le mot était fort également. Enfermée comme dans une prison dont elle espérait se "libérer" grâce à ces fameux quarante-deux kilomètres et cent quatre-vingt quinze mètres. Mais Alain ne vit pas en quoi son marathon pouvait changer les choses. L'accomplissement de ce rêve n'influerait en rien sur son trouble sentimental, Anna était la seule à pouvoir se libérer de ces secrets. Qu'elle soit marathonienne ou non…

À la lumière de son enquête, la relecture de ces paroles et de ces lignes inachevées comportait trop d'imprécisions, voire d'invrai-semblance, s'étonna Alain. Et s'il était passé au travers de quelque chose ? Ce petit indice qui peut faire pencher la balance du bon côté dans toute intrigue. Le détective relut donc entièrement le mot écrit des mains de sa femme. Il ne vit rien d'autre et s'agaça. Le veuf posa la feuille de papier et commença à faire les cent pas dans sa maison. La marche était toujours bonne conseillère. Il se récita presque de mémoire les dernières phrases d'Anna. En quoi ce marathon pouvait-il la libérer de ces errements ? Alain butait là-dessus…

Il regagna son réfrigérateur et attrapa un Perrier. Le quinquagénaire le but quasiment d'une traite tout en observant son jardin au travers des fenêtres. Il pensa à Anna, à ce séjour américain inédit qui comptait tant pour elle, à tout ce que Vince lui avait confié. Sa femme était loin de se douter de l'issue fatale qui l'attendait sur le macadam new yorkais. Un premier voyage… Un dernier voyage. Alain tiqua sur ces mots. Eut un doute. Il se précipita vers son canapé pour récupérer la missive de sa femme. Bingo ! Tout était dit dès la seconde phrase. A première vue anodine. "Parmi toutes les destinations où j'ai posé mon sac, ce dernier voyage ne ressemble à aucun autre." Ce "dernier" voyage. Quand Anna avait écrit ce mot, rien ne pouvait lui laisser penser qu'il s'agissait de son "dernier" voyage. Sauf si… Sauf si elle se savait en danger en courant cette course, sauf si elle prenait délibérément un risque, sauf si elle espérait une libération irrémédiable…

L'esprit d'Alain partit en boucle immédiatement : la crise cardiaque de la fille puis de la mère à quelques jours d'intervalle, la fatigue liée à l'entraînement, les derniers mots d'Anna à Vince "Encore deux kilos, c'est long". Alain pensa à la réaction d'incrédulité de l'amant quand Anna était tombée net sur le goudron. A la sienne quand il l'avait appris. Et pourtant. Pourtant ce "dernier" voyage résonnait bizarrement dans sa tête. Il décida de téléphoner à son frère pour le sonder.

— C'est pas idiot, réagit Pierrot. Curieux qu'elle parle d'un "dernier" voyage.

— C'est ce que je pense aussi. Je vais téléphoner à Béatrix…

— Bonne idée. Anna lui aura peut-être fait une allusion.

— On ne sait jamais, lança Alain.

— Attends deux secondes Frérot. Je pense à un truc.

— Oui…

— Quand on est allé tous les deux chez Béatrix, elle nous a dit qu'Anna était crevée par sa préparation au marathon. Cela me revient ! Anna lui avait confié qu'elle était essoufflée. Oui, c'est ça "essoufflée".

— Putain con, t'as raison, je m'en souviens maintenant. "Essouf-flée" ! Même que Béatrix avait souri devant cette expression.

— Ben oui, à priori, quand tu prépares un marathon, t'es pas sensé être essoufflé !

— Sauf si tu as des problèmes cardiaques. Merci Pierrot, tu es un génie. Je te rappelle plus tard…

Alain raccrocha aussi sec. Il avait posé le carton envoyé par le laboratoire pharmaceutique d'Anna sur la table de la salle à manger. Il en sortit l'agenda professionnel de sa femme, celui dans lequel elle notait tous ses rendez-vous. Cet agenda mauve qu'il avait feuilleté tout à l'heure en le découvrant…

Si Anna avait des problèmes cardiaques sérieux, elle avait consulté un spécialiste. Et dans ce cas, en femme organisée qu'elle était, elle avait forcément noté ce rendez-vous sur son agenda ! C'est la raison pour laquelle Alain avait quitté précipitamment son frère aîné.

L'agenda en question, en cuir, de couleur mauve, affichait un grand format. Même si Anna travaillait à mi-temps depuis six mois, elle continuait chaque semaine d'arpenter le grand Sud à la rencontre des médecins généralistes susceptibles de prescrire les médicaments de son employeur. Sans surprise, Alain vérifia que son épouse notait dans son agenda tous ses rendez-vous. Avec soin et toujours selon la même méthode. D'abord l'heure de la rencontre puis le nom du docteur. Jamais une adresse ou un numéro de téléphone. A croire que sa femme avait tout en tête depuis toutes les années qu'elle sévissait comme visiteuse médicale !

Il feuilleta les pages des derniers mois sans perdre de vue ce qu'il cherchait. Dr Balman, Dr Dolto, Dr Cocheret, Dr Cotrel, Dr Piemant… Les noms se suivaient de semaine en semaine sans aucun indice particulier. À un moment, Alain constata qu'une page avait été barrée. En bas d'une colonne, Anna avait simplement écrit en tout petit "Florence". Un prénom ? Une ville plutôt. Notre détective poursuivit son inventaire malgré l'électrochoc.

Lui n'apparaissait jamais dans ce répertoire, regretta-t-il en tournant les pages, tel un automate fatigué. Les identités des généralistes se succédaient sans que n'apparaissent ni les entraînements de Bouc Bel Air, ni les groupes de parole animés par Anna pour SOS Femmes. La mention de la capitale Toscane surgissait donc comme une exception, preuve de l'importance accordée par sa femme à ce séjour romantique. Là où elle avait parlé à Vince pour la première fois de son désir d'enfant. Là où, de son propre aveu, l'amant avait pleuré "comme une Madeleine"…

Tout à coup, le blues ressenti par le veuf s'évacua sur un "mardi". Un "mardi" pas comme les autres. Aucun rendez-vous avec un généraliste ne semblait inscrit pour ce jour là. Anna avait entouré plus grossièrement qu'à l'accoutumée un horaire : quinze heures. Suivi d'un mot : "Cardio". Suivi d'un nom et d'un numéro de téléphone. Ce monsieur Lacanau était sans doute cardiologue de son état. Alain sortit son téléphone portable de sa poche et composa immédiatement le téléphone inscrit au stylo noir sur l'agenda mauve. Il tomba sur le répondeur et réalisa qu'on était dimanche. Une voix d'homme plutôt grave. Alain eut tout de suite la confirmation de son pressentiment. Le Dr Lacanau était bien cardiologue. Il terminait son message en indiquant son téléphone portable. A n'utiliser qu'en cas d'urgence. Alain n'eut pas la moindre hésitation et tapa les huit chiffres qu'il venait d'entendre. En urgence !

Plusieurs sonneries retentirent. Il était déjà dix-sept heures. L'heure du repas était passé, réalisa avec satisfaction Alain.

— Oui, j'écoute…

C'était la même voix que sur le répondeur, constata tout de suite Alain.

— Oui, bonjour, je suis désolé de vous déranger un dimanche. Dr Lacanau ?

— Oui, lui-même.

— Alain Vitali à l'appareil, je suis le mari d'Anna Vitali, votre patiente, tenta au culot l'enquêteur, qui n'avait rien à perdre.

— Oui, un problème, demanda tout de suite le praticien ?

— Oui... Ma femme est morte d'une crise cardiaque. Je viens de trouver vos coordonnées dans son agenda. Je vous ai appelé tout de suite…

— …

— Excusez ma méthode un peu brusque mais je ne savais pas que ma femme vous voyait…

— Comment ça ?

— Oui, ma femme m'avait caché ses problèmes de santé…

— Ah d'accord, répondit un peu embarrassé le médecin. Mais quand est-elle décédée ?

— Il y a une semaine. Elle courait le marathon de New York et…

— Non, s'écria à l'autre bout de la ligne le cardiologue ! Je l'avais pourtant mise en garde. J'avais été on ne peut plus clair, je vous le garantis.

— Je vous crois, je vous crois, répéta Alain tout en réfléchissant au geste d'Anna.

— Ecoutez monsieur, je vais être brutal avec vous mais votre femme savait pertinemment qu'elle courait un gros risque en prenant le départ de cette course. Je lui avais formellement déconseillé, je ne comprends pas…

— Tout comme vous ne devez pas comprendre qu'elle m'ait tout caché…

— Vous savez, pour être honnête, ça arrive. Certains patients gardent leur maladie pour eux, pour épargner leurs proches, pour tout un tas de raisons privées qui ne nous regardent pas. Par contre, les mises en garde médicales, c'est notre rayon.

— Qu'avait exactement ma femme ?

— Écoutez, elle est venue me voir, je dirai il y a deux mois environ. Elle s'entraînait justement pour ce marathon et se plaignait de son rythme cardiaque. Après plusieurs analyses, nous avons détecté un rétrécissement aortique. Pas encore trop important mais significatif tout de même. Je lui ai prescrit un traitement médicamenteux, avec des anticoagulants notamment, et lui ai dit de tirer un trait définitif sur son marathon. En attendant de voir l'effet du traitement et l'évolution de sa pathologie.

— Et alors ?

— Alors, elle a tout de suite acquiescé, comme n'importe quel patient à sa place. Les gens ont tout de suite peur dès que l'on touche au cœur, l'organe sentimental par excellence. En plus, elle m'avait dit que ça n'annulerait pas son voyage puisqu'elle partait à New York avant tout pour son boulot. Je me souviens très bien, on avait parlé ensemble de mes collègues généralistes avec lesquels elle bossait tout le temps…

— Pas étonnant donc qu'elle ait fait une crise cardiaque ?

— Malheureusement non. Je lui avais dit qu'elle pouvait continuer de courir, tout doucement, au maximum trois-quarts d'heure. Rien à voir avec un marathon !

— Elle est morte au quarantième kilomètre, après plus de quatre heures d'effort.

— C'est de l'inconscience. On devait se revoir justement à son retour des États-Unis. Pour faire un point sur son état de santé. Je ne comprends pas…

— Moi je comprends enfin la raison de sa crise cardiaque, remarqua Alain. Pour tous ceux qui la côtoyaient, ma femme était en parfaite santé. Ce drame restait une énigme. Tout comme pour ma belle-mère…

— Votre belle-mère est morte également d'une crise cardiaque, réagit le cardiologue. Je l'ignorais…

— Là, c'est normal que ma femme ne vous ait rien dit, ironisa Alain. Ma belle-mère est morte il y a deux jours seulement.

— Ah bon, je vois, commenta surpris le médecin.

— Peut-il y avoir un lien entre les deux décès ? questionna le veuf.

— Bien sûr, c'est possible. L'hérédité n'est pas à exclure en l'espèce. Mais je ne peux pas me prononcer sans connaître le dossier médical de votre belle-mère…

— J'ai encore une question si vous me le permettez ?

— Oui, je vous écoute.

— Anna était-elle condamnée à vos yeux ?

— Pas le moins du monde. Excusez ma franchise mais sa pathologie n'avait rien d'irrémédiable. Pris à temps, cela se soigne très bien…

— Je vous remercie monsieur Lacanau. Excusez-moi de vous avoir dérangé un dimanche.

— Pas de problème, pas de problème. Je suis sincèrement désolé pour votre femme…

Les deux hommes se quittèrent sur ces mots. Sur ce dernier secret. Le plus important d'entre tous. Celui qu'Anna avait gardé pour elle seule. Celui avec lequel elle s'était "enfermée" avant de décider de se "libérer" dans les rues bondées de New York. Les derniers mots d'Anna venaient enfin de prendre tout leur sens…

— Bonjour Vince, c'est Alain. Je ne vous réveille pas ?

— Non, non, il y a longtemps que je suis réveillé Mister. Vous êtes bien rentré, au moins, s'inquiéta l'amant sans doute surpris d'avoir déjà au téléphone le mari de sa maîtresse.

— Oui, sans souci mon vieux. Mais je viens de découvrir quelque chose, je voulais vous prévenir…

— Qu'est-ce qui se passe encore ? réagit avec une certaine virulence le journaliste sportif.

— La crise cardiaque d'Anna ne doit rien au hasard. Elle était même prévisible.

— Comment ça prévisible ? Anna était malade ?

— Oui tout à fait mon vieux. Je viens d'en avoir la confirmation par le cardiologue qui la suivait.

— Mais comment…

— Comment j'ai fait pour le découvrir, mes talents d'enquêteur comme d'habitude.

— …

— Vous vous souvenez, Anna m'avait écrit un mot, non terminé, que j'ai retrouvé dans son sac à main. En parlant de son séjour chez vous, elle évoquait un "dernier" voyage. Ça m'a mis la puce à l'oreille.

— Mais qu'est-ce qu'elle avait au juste ?

— Un rétrécissement aortique. Elle était sous traitement et interdite de marathon bien sûr. Trop risqué !

— Mais alors…

— Alors elle a couru, malgré la promesse faite à son médecin. Avec la conscience totale des risques encourus…

— Sans rien me dire, pour me protéger, pour accomplir notre rêve, coûte que coûte…

— C'est votre façon de voir les choses, c'est normal !

— C'est magnifique, Mister, vous voulez dire. Anna a couru ce marathon par amour pour moi, pour vaincre le signe indien, sûre d'elle comme toujours, arrogante peut-être…

— Elle a surtout voulu ne pas choisir entre nous deux. C'était son dernier message. J'ai mis sept jours pour le découvrir. Enfin ! Ça change tout pour moi...

— Comment on dit chez vous déjà ?

— Besoin d'une traduction mon vieux ? se marra Alain.

— Non pas besoin, j'ai trouvé...

Vince marqua un blanc, Alain attendit sereinement la suite.

— Chacun voit midi à sa porte, reprit l'amant ! D'ailleurs, il est bientôt midi ici à New York.

— Comment on dit chez vous déjà, rebondit Alain. Take care, mon vieux ! Prenez soin de vous maintenant que mon enquête s'achève. Ici, le soleil se couche mais j'ai l'impression qu'il est au zénith ! Bye bye New York !

Alain raccrocha sur cette dernière plaisanterie. Sans même attendre la réponse de son meilleur ennemi.

Episode 11

Nous venons de laisser Christophe Colomb sur sa statue pour entrer une dernière fois dans Central Park. Je sens que la fin est maintenant toute proche, j'espère que ma cuisse va tenir jusqu'au bout. Même si je suis exténuée, même si je n'attends plus aucun sursaut, même si je ne peux pas abandonner ici ! Le public nous crie que c'est gagné. Je cherche désespérément du regard au loin la ligne d'arrivée mais ne voit rien. J'interroge mon coach qui ne me répond pas. Nous passons un premier virage qui fait mal aux pattes, puis un second. Je n'aperçois toujours pas le point final de notre périple new yorkais.

L'allée est large, les spectateurs sont cette fois massés derrière des barrières. Pour eux, c'est fantastique, pour nous pas encore ! Pourtant, on doit forcement approcher de notre graal. Je m'impatiente. À nouveau un tournant. Cette fois, je vois la banderole d'arrivée. Tout là-bas. Plus que quelques centaines de mètres. Les organisateurs ont installé ici des gradins de chaque côté de la chaussée. Histoire de nous faire terminer en héros cette course mythique. Si nous en doutions encore, la foule nous acclame dans une hystérie collective dont les Ricains sont capables. Ils sont debout comme à l'arrivée de la finale du 100 mètres aux Jeux Olympiques...

Je ne veux pas perdre une miette de cette liesse. Je lève les bras, je tape les mains d'autres coureurs, tous aussi heureux les uns que les autres, je lance des "Merci" à cette horde de supporters, compacte et heureuse. Grâce à ces femmes, ces hommes et ces enfants que je ne connais pas, je retrouve une énergie dont je me croyais incapable. Les marathoniens, qui ont déjà terminé leur course, nous encouragent également, en particulier les Français. J'ai des frissons partout, mes yeux se mouillent, comme au moment du départ quand l'hymne national a retenti devant le Verrazano Bridge...

Je regarde le ciel, tout bleu, puis la ligne d'arrivée... à quelques dizaines de mètres. Je prends la main de mon homme, étrangement silencieux en cet instant, peut-être encore plus ému que sa femme. Il l'a fait pour moi, je l'ai fait grâce à lui. C'est fini. J'entends le bip de ma puce électronique pour la dernière fois. Au sol, la ligne bleue a disparu. The end ! Je me retourne vers cette ligne d'arrivée qui symbolise ma réussite.

Mon premier marathon s'achève sur un chrono de quatre heures et trente-sept minutes. Tout près de l'objectif de départ. Je regarde autour de moi, les sourires sont sur tous les visages, même les plus éprouvés. Un condensé de bonheur.

Les bénévoles nous font une haie d'honneur, nous applaudissent en nous criant des "Congratulations", comme si nous étions les premiers de cette saga planétaire. Je reprends la main de mon mari, la serre et pleure de joie. Une femme s'approche pour me passer ma médaille autour du cou. Je suis marathonienne et l'embrasse tendrement.

Après ce cri du cœur, mon entraîneur réclame aussi sa part du gâteau. Il me prend dans ses bras, longuement, et me glisse la phrase dont je rêvais depuis des semaines : "You did it !". Oui, je l'ai fait. Je pense à mes parents, mes amis, mes collègues, je pense aux semaines de labeur à raison de quatre séances hebdomadaires, je pense à mes deux crampes, à mes arrêts sur le bord de la route, à la rupture que j'ai entrevue. Mais je suis allée au bout, j'ai tenu bon, je n'ai pas renoncé. Car cette course est unique, ce public est fantastique, la fête est permanente. Je les revois m'encourager, je lis leurs banderoles, je sens leur soutien sur mes mains...

Quelques jours ont passé dans ma nouvelle vie de marathonienne mais la pression n'est pas retombée. En écrivant ces lignes, je me vois sur mon petit nuage, je regarde cette superproduction où la vedette est le marathon lui-même. Je pense à cette phrase d'Emil Zatopek, l'incomparable coureur tchécoslovaque : "Si tu veux courir, cours un kilomètre. Si tu veux changer ta vie, cours un marathon".

Terminer mon premier marathon, à New York, et... changer de vie. Trois rêves en un ! Je ne l'oublierai jamais...

Le village provençal de Bouc Bel Air était maintenant plongé dans le noir. Alain apprécia cette quiétude qui contrastait avec l'euphorie décrite dans le récit de la marathonienne française, dont il venait d'achever le récit. La narratrice avait gagné son pari, avant tout un pari sur elle-même, et il était heureux pour cette inconnue, devenue familière au fil des pages.

Lui le non sportif avait pris du plaisir à découvrir cet univers inconnu de la course à pied, le mythe du marathon et la légende de New York. Sur les traces de sa femme. En partageant des émotions qu'elle avait certainement ressenties. Tous les deux encore et toujours.

Assis sur son confortable canapé, Alain ressentit en cet instant une forme d'apaisement qui lui fit du bien. Le visage las de Roger apparut dans sa mémoire. Car le vrai père d'Anna avait vu juste lors de leur rencontre à Saint Cyr sur Mer. Ce jour là, en apprenant la mort de sa fille au quarantième kilomètre du marathon, Roger avait fait un parallèle entre ce décès brutal et celui de Philippidès, le soldat grec, succombant en annonçant la victoire de son peuple sur les Perses. Après un périple de quarante kilomètres pour délivrer son message. Malgré la douleur, malgré sa solitude…

Le mythe du marathon était né sur cette histoire et sa légende se perpétuait depuis l'Antiquité. Anna le savait et s'était certainement passionnée pour ce destin tragique. Elle la femme complexe et torturée, volubile en apparence mais profondément secrète et indécise. Maintenant Alain n'avait plus aucun doute. Sa Dalida voulait envoyer un message en prenant le départ du côté du majestueux Verrazano Bridge.

Ce "dernier voyage", comme elle le décrit, était prémédité. Quelques jours auparavant, Edmonde avait trouvé sa fille "soucieuse et grave", se souvint Alain. Lorsqu'Anna avait écrit à Roger, la douleur, devenue insupportable, affleurait déjà au travers des mots, la peur d'être "dévastée un peu plus" à un "moment charnière" de son existence. Béatrix, la confidente éternelle, sentait que son amie de toujours n'avait pas arrêté son choix entre ses deux hommes... Et pour cause.

Car Anna était malade, seule à le savoir, seule à le cacher à tous ses proches, à ses deux hommes, à son amie, à sa mère, à Muriel, à tous ceux qu'elle aimait. Oh, rien de dramatique. Une anomalie cardiaque décelée à temps, un traitement en cours, une visite de contrôle prévue avec son cardiologue. Seule interdiction formelle : les efforts violents de longue durée. Ne surtout pas mettre son cœur à rude épreuve...

Mais le cœur d'Anna souffrait d'un autre mal, beaucoup plus insidieux. Depuis cette rencontre du côté de la place Castellane, six mois plus tôt. Elle s'était donnée sans retenue à cet Américain qui l'écoutait et la rassurait, beau et ténébreux, plus jeune, plus fou que son mari. Elle avait rêvé, à quarante ans, d'une autre vie et d'un amour plus fort. La femme mûre et décidée croyait pouvoir faire table rase de son passé perturbé en donnant la vie et en construisant cette famille qui lui avait été toujours refusée. Comme un ultime pied de nez à sa pathétique histoire de gamine élevée seule par une mère malheureuse. Anna espérait ne pas répéter l'erreur d'Edmonde avec Roger, l'homme aux mains de velours. Pas question de manquer de courage. Elle, la fonceuse, saurait trancher dans le vif...

Sauf que le retour brutal de ce père la chamboulait totalement, sauf qu'elle avait peur de se planter. Quitter son mari allait s'avérer beaucoup plus difficile qu'elle ne le pensait. Car son amour pour l'homme qui partageait sa vie depuis plus de dix ans n'avait tout simplement pas disparu. Rongée par le doute et la culpabilité, enferrée dans ses secrets avec ses deux hommes, elle avait préféré ne pas choisir, partir sur un dernier coup de dés, renoncer à la vie pour enfin se "libérer".

L'émotion gagna Alain en l'imaginant faire sa valise, dans cette même maison quelques jours plus tôt. En route pour cette course macabre. Il pensa à cette pancarte évoquée par la marathonienne française dans son récit. "Vous avez commencé avec vos jambes, vous finissez avec votre cœur". A sa manière, chaotique, irréversible, Anna avait fini avec son cœur...

Et même si Vince voulait se bercer d'illusion, croire mordicus que la belle Française avait choisi son étalon, décidé de courir pour lui et pour lui seul, histoire de vaincre le signe indien, Alain n'en avait cure.

Le testament de sa femme, il était allé le chercher depuis l'annonce de sa mort. Au péril de ses forces. Sept jours pour Anna. Sept jours à découvrir l'impensable, les secrets, les blessures, les trahisons et finalement ce dernier message, le plus beau d'entre tous, ces paroles inachevées sur un bout de papier, ces foulées interrompues sur un coin de macadam, à six mille kilomètres de lui. Un autre continent, un autre monde, un ailleurs pour finir de souffrir, choisir d'y rester une fois pour toutes...

Funeste destin d'une femme "enfermée" dans ses silences, funeste destin d'une fille élevée sans père, funeste destin d'une marathonienne morte avec ses secrets. Avec son amant à ses côtés et son mari dans son cœur pour toujours.

Alain sortit de sa poche le téléphone de celle qu'il avait aimé par-dessus tout, celle qu'il aimerait jusqu'à la fin de sa vie. Enfin sûr de lui et de ses gestes, détendu comme quelqu'un qui achevait son marathon personnel, le veuf trouva sans l'ombre d'une hésitation la vidéo qu'il cherchait. Il monta le volume à fond et lança la lecture de "Paroles, paroles", la chanson de leur rencontre, la chanson de l'enfance de sa femme, la chanson qui excluait Vince pour la nuit des temps.

Ces paroles cultes, ces paroles choisies comme code de ce téléphone, ces paroles du compte Twitter, ces paroles laissées au bureau, ces paroles adressées à Alain pour qu'il l'écoute et la comprenne enfin, ces paroles qui ne l'avaient jamais quittée...

Elles avaient tant manqué à Alain ces paroles, il en avait tellement besoin maintenant...

Le duo éternel Delon-Dalida pouvait commencer. Comme un nouveau départ.

— *C'est étrange, je n'sais pas ce qui m'arrive ce soir, je te regarde comme pour la première fois...*
— *Encore des mots, toujours des mots, les mêmes mots.*
— *Je n'sais plus comment te dire.*
— *Rien que des mots.*
— *Mais tu es cette belle histoire d'amour que je ne cesserai jamais de lire...*

Merci à

Valérie et Françoise, mes deux premières lectrices de cœur, mes plus fidèles soutiens.
Benjamin, Léa et Lola, mes trois enfants.
Christine et Jessica, mes relectrices attentives et précieuses.
Jérôme pour son talent graphique et sa générosité.
Olivier pour notre marathon de New York, savouré comme il se doit.
Marseille, ma ville, toujours à mes côtés lorsque j'écris.
Dalida et Alain Delon pour leurs "Paroles, paroles", sources d'inspiration ©Leo Chiosso, Giancarlo Del Re, Gianni Ferrio, Michaele.

Gérard Atlan, "Follow the blue line", ©Thomas Cook S&D.
Erwan Mordelet, "Marathons, Dans la foulée d'un coureur photographe", ©Mango Sport.
Yann Arthus-Bertrand et John Tauranac, "New York vu d'en haut", ©Editions de La Martinière.

Claudie Gallay, "L'amour est une île", © Actes Sud, pour le festival d'Avignon…
Henning Mankell, "La cinquième femme", ©Editions du Seuil, pour son commissaire Wallander…

Table des matières

www.ingramcontent.com/pod-product-compliance
Lightning Source LLC
Chambersburg PA
CBHW060952030726
47503CB00003B/835